LE CHIOC

Superati i quaranta un uomo diventa interessante, una donna zitella. Ma Teresa Papavero non se ne cruccia, ha ben altre preoccupazioni. Dopo avere perso il lavoro in circostanze a dir poco surreali decide di tornare a Strangolagalli, borghetto a sud di Roma nonché suo paese nativo, l'unico posto dove ricominciare in tranquillità. E invece la tanto attesa serata romantica con Paolo, conosciuto su Tinder, finisce nel peggiore dei modi: mentre Teresa è in bagno, il ragazzo si butta dal terrazzo.

Suicidio? O piuttosto, omicidio? Il maresciallo Nicola Lamonica è abbastanza confuso al riguardo. Non lo è invece Teresa che, dotata di un intuito fuori del comune, capisce alla prima occhiata che qualcosa non va. Il fatto è che non le crede nessuno. Tantomeno Leonardo Serra, l'affascinante quanto arrogante poliziotto arrivato per indagare sulla morte del giovane.

A peggiorare la situazione la misteriosa scomparsa di Monica Tonelli, ospite del B&B che Teresa ha aperto nella casa paterna con la complicità dell'amica Gigia. Tutto il paese è in subbuglio perché la sparizione della donna viene addirittura annunciata nel famoso programma "Dove sei?" e a indagare arriva proprio l'inviato di punta, Corrado Zanni.

Per Teresa è un periodo impegnativo, coinvolta in indagini dai risvolti inaspettati e perseguitata dalle ombre del passato: la scomparsa della madre e il burrascoso rapporto col padre, il noto psichiatra Giovan Battista Papavero.

E così, tra affascinanti detective, carabinieri, reporter d'assalto e misteriosi sconosciuti, Teresa si trova risucchiata in una girandola di intrighi e colpi di scena. Tanto a Strangolagalli non succede mai niente!

Chiara Moscardelli

Teresa Papavero e la maledizione di Strangolagalli

In copertina: elaborazione digitale da
© plainpicture/Mia Takahara - Shutterstock / Elnur

Progetto grafico di collana: Rocío Isabel González

Questo libro è un'opera di fantasia. Qualsiasi riferimento a persone,
fatti e luoghi reali ha soltanto lo scopo di conferire veridicità alla narrazione,
ed è quindi utilizzato in modo fittizio.

Copyright © 2018 Chiara Moscardelli
Edizione pubblicata in accordo con Donzelli Fietta Agency Srls

www.giunti.it

© 2020 Giunti Editore S.p.A.
Via Bolognese 165 – 50139 Firenze – Italia
Via G. B. Pirelli 30 – 20124 Milano – Italia

Prima edizione: maggio 2018
Prima edizione collana "Le chiocciole": aprile 2020

«[…] e io pensai a quella vecchia barzelletta, sapete… quella dove uno va da uno psichiatra e dice: "Dottore, mio fratello è pazzo. Crede di essere una gallina" e il dottore gli dice: "Perché non lo interna?" e quello risponde: "E poi a me le uova chi me le fa?". Be', credo che corrisponda molto a quello che penso io dei rapporti uomo-donna. E cioè che sono assolutamente irrazionali, e pazzi, e assurdi, e… Ma credo che continuino perché la maggior parte di noi ha bisogno di uova.»

Woody Allen, *Io e Annie*

Prologo

«Signorina Papavero, lei non collabora.»

La stanza degli interrogatori della piccola caserma dei carabinieri di Strangolagalli era caldissima e il ventilatore nell'angolo sembrava non funzionare, per quanto il maresciallo Nicola Lamonica provasse a rianimarlo con malcelata ostinazione.

Secondo Teresa Papavero, però, quella non poteva certo definirsi una stanza degli interrogatori. Sembrava piuttosto il soggiorno della signora Marisa, la governante che si era presa cura di lei quando era piccola. Il centrino sotto il ventilatore ne era la prova.

«Non dica così…» rispose Teresa, sventolandosi il viso con il bordo della gonna nera e mostrando al povero maresciallo il tulle sottostante. E non solo quello. «La verità è che fa troppo caldo qui dentro. Ha controllato che la spina sia attaccata? E il pulsante?»

Nicola Lamonica la guardò sgomento.

Con chi credeva di avere a che fare? Con un imbecille? Il fatto che fosse finito a lavorare in un posto come quello, un borgo di poco più di duemila anime in provincia di Frosinone, non significava nulla. Quando ancora prestava servizio a Napoli era considerato da tutti un uomo dall'intelletto fine e dal grande intuito. Ovvio, quindi, che la spina fosse attaccata.

«Si concentri, la prego» proseguì spazientito. «Ha capito o no che si trova in guai seri?»

«Ma perché? Non l'ho mica ammazzato io!»

«Se lo dice lei...»

«Certo che lo dico io!»

Quella donna lo stava facendo diventare matto e, come se non bastasse, era ora di cena. Un familiare languorino aveva cominciato a farsi strada nello stomaco del maresciallo. Doveva cambiare approccio o non sarebbe riuscito a tornare a casa neanche per colazione. Sapeva bene chi era quella Teresa Papavero: conoscere vita, morte e miracoli della gente era il suo mestiere. Appena trasferito, neanche un anno prima, si era fatto dare i nomi di tutti gli abitanti di Strangolagalli e aveva condotto delle indagini personali su ognuno di loro. Gli piaceva avere la situazione sotto controllo. Quella ormai era la sua città, e lui il tutore della legge. Anche se chiamarla città non era appropriato. Borgo, borghetto, cittadina? Comunque sia, lui la Papavero l'aveva inquadrata subito: figlia di un uomo importante, il Professore, come lo chiamavano tutti in paese, viziata e senza un lavoro stabile né una professione. Insomma, una che aveva avuto la fortuna di nascere dalla parte giusta e con un padre sempre pronto a soccorrerla. Questa volta, però, il Professore non avrebbe potuto fare nulla per lei. La situazione era seria.

Si sistemò la giacca della divisa e proseguì, giocandosi la sua carta migliore: la finta comprensione.

«Per lei deve essere stato uno shock trovarsi lì in quel momento» riprese con voce pacata.

Teresa annuì con enfasi.

«Se però riuscisse a raccontare per bene i fatti, le circostanze che l'hanno condotta a casa della vittima, mi sarebbe più facile aiutarla. Da quanto tempo vi conoscevate? Avevate una relazione? Era un suo amico?»

«E va bene, glielo dico! Però deve promettermi che rimarrà tra noi. Sa come funziona qua in paese, la gente chiacchiera...»

«Ma certo! Ci mancherebbe. Sono un uomo di legge io!»

«Speriamo» disse Teresa, senza celare un certo scetticismo al riguardo. Ma prima che il maresciallo potesse replicare, continuò: «Ci eravamo conosciuti su Tinder».

«Prego?»

«Tinder, ha presente?»

«Temo di no.»

«È 'n'applicazione, marescia'» li interruppe il giovane appuntato romano che fino a quel momento non aveva mai smesso di digitare al computer. Si chiamava Romoletto, Teresa lo conosceva bene perché ronzava attorno a Chantal, la sua estetista. Come d'altra parte facevano tutti gli uomini di Strangolagalli. E tutti senza speranza.

«Un'applicazione?»

«Sì, de' quelle pe' gli incontri, 'ste robbe qui, ha presente?»

«Che incontri? Chi si deve incontrare con chi?»

Il ragazzo si alzò e si diresse verso Lamonica: «Ecco, vede?». E gli mostrò il suo cellulare. «È facile. Scorre qui, ce so' tutte 'ste foto de' ragazze: se una je piace, cor dito se butta a destra, se nun je piace, se butta a sinistra. Oppure c'è er còre, o la icse.»

Teresa lo guardò con comprensione.

«Se ve piacete» continuò l'appuntato «potete chiacchiera', usci' 'nsieme. Ecco, per esempio, la vede 'sta bella ragazzetta? Je sto a batte' i pezzi da giorni. Mo' s'è decisa a prende 'n aperitivo ma...»

«Va bene, va bene, ho capito.» Il maresciallo, innervosito, spinse via il cellulare che l'appuntato gli teneva forzatamente sotto il naso. In verità non aveva capito niente, ma non voleva darlo a vedere.

«Quindi» disse rivolto a Teresa «ricapitolando, questo Tinder serve a... a...»

«Conoscere uomini» lo aiutò Teresa.

«A rimorchia'» aggiunse Romoletto.

«Va bene, come preferite. Comunque, a incontrare persone dell'altro sesso.»

«Si può dire anche abbordare, adescare...»

«Basta!» Il maresciallo stava perdendo la testa. «Sto cercando di capire perché ha utilizzato questo Tinder invece di andare al bar, in piazza, al municipio! Insomma, dove si va generalmente a... a rimorchiare, ecco.»

«A Strangolagalli?»

«Perché no?»

«Guardi, mi manca solo il Centro sociale anziani, poi credo di avere perlustrato tutto il paese. E sa una cosa? Niente di niente.»

Il maresciallo si incupì, come se la mancanza di uomini nella sua città fosse un problema di sicurezza nazionale. «Be', però» concluse, non trovando al momento una soluzione, «il Centro sociale anziani è un posto molto accogliente, se posso dire la mia.»

L'interrogatorio non stava dando i risultati sperati. Era stato il primo ad arrivare sulla scena subito dopo che la Papavero aveva chiamato il 118. Volevano mandare qualcuno da Frosinone, ma lui si era imposto. Che diamine! Che cosa ci stava a fare lì? Era perfettamente in grado di gestire da solo la faccenda. Non appena arrivato, d'altronde, aveva capito subito che non c'era più nessuno da soccorrere. L'uomo era sul marciapiede, morto stecchito dopo un volo di quattro piani. L'abitazione si trovava a un passo dalla caserma, appena fuori dal centro storico di Strangolagalli, e questo aveva reso le cose più semplici. La tempestività era una cosa importante. Aveva chiamato immediatamente l'amico Peppino Tarantola, il medico del paese, che nonostante fosse nel pieno di una partita a scopone, aveva mollato tutto e si era precipitato sul posto. A complicare la faccenda, invece, e fin da subito, era stato l'atteggiamento della donna. Non riusciva a capire se fosse completamente scema o semplicemente pazza. In più era martedì, un caldissimo martedì di giugno, e il martedì sua moglie cucinava il pesce, cosa che lo faceva crogiolare fin dalle prime ore del mattino nell'attesa di rientrare a casa in tempo per la cena.

«Spero che lei non mi giudichi per questo.»

«Prego?» Lamonica dovette fare uno sforzo enorme per distogliere l'attenzione dalle triglie e dai polipetti che sentiva già in bocca.

«Dicevo... spero non penserà che io sia una che esce tutte le sere con un uomo incontrato su Tinder.»

«Nooo, e perché dovrei?» Il maresciallo avrebbe voluto pronunciare quella frase nel modo più naturale possibile, invece gli scappò un acuto che non gli sarebbe venuto fuori neanche con un boa di struzzo rosa attorno al collo e una camicia a fiori.

«Era una persona per bene, timido. Si trovava qui in vacanza e lei sa che cosa vuol dire arrivare in questo posto senza conoscere nessuno.»

Il maresciallo annuì, suo malgrado.

«E poi, diciamoci la verità, si trattava quasi di un miracolo!»

«In che senso?»

La Papavero si sistemò meglio sulla sedia e cominciò: «Se si esclude il Centro sociale anziani, ben inteso...».

«Diamolo per appurato» rispose comprensivo Lamonica.

«Primo» proseguì Teresa, alzando il pollice, «era un uomo.»

Il maresciallo dovette convenirne con lei e annuì.

«Secondo: era single.»

«Questo non possiamo saperlo.»

«Sottigliezze. Terzo: si trovava a Strangolagalli! Se non lo chiama miracolo questo!»

Lamonica tacque cercando di riordinare le idee mentre la Papavero prendeva un fazzoletto dalla borsa e cominciava a tamponarsi il viso.

«Proprio non si respira qui dentro. Mi sto sentendo male.»

«Marescia'» intervenne Romoletto che era rimasto in piedi accanto al ventilatore.

«Che succede?»

«La spina! Era staccata, marescia'. Ecco, mo' è partito.»

«Eh!» gridò la Papavero, dando con la mano un colpetto soddisfatto al tavolo. «Che cosa le dicevo? Ora sì che si ragiona» e si tastò il polso iniziando a contare i battiti. «Mi sento meglio. Credevo di avere un DPTS, invece...»

«Prego?»

«Un DPTS: disturbo post-traumatico da stress. Non sa cos'è?»

«Certo che lo so...» ma doveva averlo detto con poca convinzione, perché la Papavero proseguì come se nulla fosse.

«Il DPTS è la reazione a un qualsiasi evento che una persona percepisca come estremamente stressante. E uno che si butta dalla finestra appartiene di diritto a questa categoria, non crede?»

Lamonica era spaventato. Quante personalità aveva quella donna? Sette? Otto?

«Senta, posso parlare francamente?» proseguì la Papavero.

Il maresciallo si sentì improvvisamente sollevato. Forse, dopotutto... «Può considerarmi il suo migliore amico» le rispose, mentre la speranza gli si riaccendeva dentro, e sentiva tornare l'acquolina in bocca.

«Ebbene, so che quello che sto per dirle potrà essere usato contro di me in tribunale, ma...»

«Suvvia, non siamo in un film americano, stia tranquilla. Si confidi pure.»

«Non ha preso in considerazione il fatto che qualcuno possa essersi introdotto in casa mentre ero in bagno?»

Che colpo basso.

«Signorina Papavero. Lo ritiene davvero possibile? Quanto è rimasta in bagno, un'ora?»

«Be', proprio un'ora, no. Ma cinquanta minuti, sì!»

«Perbacco.»

«Congestione. Mi viene sempre quando c'è l'aria condizionata. Dei crampi che neanche si immagina...»

«Certo, capisco. Però avrebbe dovuto sentire qualcosa.»

«Impossibile. Tenevo l'acqua del rubinetto aperta. E anche quella della doccia. Sa, per non far sentire il rumore... E poi, ora che mi ci fa pensare, lui doveva aver acceso la radio perché, poco prima di chiudermi alle spalle la porta del bagno, ho udito distintamente della musica provenire dal soggiorno.»

«Va bene, anche ammesso che lei non abbia sentito niente, per quale ragione qualcuno sarebbe dovuto entrare in casa del suddetto Paolo Barbieri e buttarlo fuori dalla finestra?»

«E io come faccio a saperlo?»

Lamonica stava decisamente perdendo la pazienza.

«Comunque qualcun altro c'era, altrimenti rimarrei l'unica sospettata» insisté Teresa.

Al maresciallo scappò un'esclamazione di sollievo di cui si pentì immediatamente non appena vide la Papavero cambiare espressione.

«Un momento! Non penserà davvero che sia stata io?»

«No, assolutamente no!»

Ecco di nuovo l'acuto.

Si schiarì la voce e cercò di assumere un tono più serio: «Sto solo cercando di verificare i fatti».

«Esatto, verifichiamoli! Vede, signor Lamacina...»

«Lamonica, maresciallo Lamonica.»

«Come preferisce.»

«Non è che lo preferisco, Lamonica è il mio cognome!»

«Se insiste. Il fatto è che non è facile spiegarle quello che sento. Si metta nei miei panni.»

«Difficile.»

«Ci provi. Visualizzi la scena: aperitivo in terrazza, candele dappertutto. Sta visualizzando?»

Lamonica annuì con enfasi. Chiuse anche gli occhi per apparire più credibile.

«A quel punto però che succede? Arriva il mal di pancia. Un attacco terribile. Così, all'improvviso. Comincio a sudare freddo, ha presente? Sono brutti momenti.»

«Bruttissimi.»

«Penso: sarà stata l'aria condizionata. A lei non lo fa mai? Insomma, non appena siamo saliti in casa l'ho sentita subito. Un vento gelido proprio lì, sulla pancia. Dopo poco sono corsa in bagno. Galoppo! Perché quando ci si rende conto di non avere autonomia… Non un minuto di più, eh!»

«Va bene, ho capito. Non sia così dettagliata.»

«Me lo ha chiesto lei. Comunque, io sono lì, nel bagno. Mi chiudo dentro e apro tutti i rubinetti, anche quello del bidet, per star sicura. E quando finalmente esco, quello che fa?»

Il maresciallo e Romoletto pendevano dalle sue labbra.

«Che fa?» chiesero in coro.

«Niente! Perché non c'è. Da nessuna parte. Lo chiamo, lo cerco dappertutto e quando esco in terrazza e mi affaccio… quello è lì, disteso sull'asfalto. Non sono cose che capitano tutti i giorni.»

Come se avesse realizzato solo in quel momento ciò che realmente era accaduto, scoppiò in lacrime. Non un pianto moderato e composto, bensì un'esplosione disordinata di singhiozzi e gemiti, tanto che il maresciallo, che proprio non se lo aspettava, fece un salto all'indietro, spaventatissimo.

«Lei pensa che io sia pazza, vero? Glielo leggo negli occhi.»

«Nooo» Lamonica scosse la testa deciso. «Pazza, che parolona!» mentì. «Lei è ovviamente sconvolta» e, prima di poter aggiungere altro, vide la Papavero avventarsi sul fazzoletto e soffiarsi il naso con un rumore assordante: «Scusate, scusate tanto. Deve essere il calo dell'adrenalina».

«Indubbiamente.»

Ma il maresciallo non credeva a una parola. Il racconto che aveva appena sentito non era verosimile, e doveva guadagnarsi la fiducia della Papavero se voleva tirarle fuori la verità. E ora che la donna aveva abbassato le difese poteva affondare il coltello.

«Signorina Papavero» disse, con la voce più calma e suadente che ricordasse di avere mai avuto. Almeno non gli era partito di nuovo il falsetto. «Comprendo benissimo il suo stato d'animo ed è DOVEROSO da parte sua sfogarsi, ne trarrà giovamento.»

«La ringrazio. Sì, credo anche io.»

Il maresciallo non riuscì a nascondere una certa soddisfazione.

«Ho avuto la tipica reazione fisiologica di *attacco o fuga*» sussurrò la Papavero tra i singhiozzi.

«Certo, certo» rispose comprensivo, già pregustando una sua confessione. Poi, fu colto da un dubbio: «Cioè?».

«Vede, maresciallo, il corpo, quando è sotto pressione, rilascia adrenalina. Il battito cardiaco aumenta e le pupille si dilatano. Come sono le mie adesso?» e si sporse verso Lamonica sgranando gli occhi.

Ma Lamonica non rispose. Come avrebbe potuto? La certezza di una imminente capitolazione della donna si era polverizzata in un attimo, e la Papavero lo stava ancora fissando con gli occhi sgranati, in attesa di una risposta.

«A me sembrano normali» rispose infatti, con un filo di voce.

«Appunto, come immaginavo. Si sono stabilizzate e io sono crollata.»

A crollare furono anche le spalle del maresciallo, che in quel momento sembrava una scimmia a cui avessero appena portato via l'ultima banana. Eppure, non voleva arrendersi senza mettere in scena un ultimo, estremo tentativo. «Per tornare a noi...» disse, raccogliendo tutte le sue forze, «forse quello che non ha il coraggio di dire è che il Barbieri ha cercato di... insomma, ha preteso da lei qualcosa che non era disposta a dargli. E lei, sentendosi minacciata, si è difesa. Ma lui ha insistito e allora...»

La Papavero smise improvvisamente di singhiozzare e lo guardò sgomenta: «Ma figuriamoci!».

«Prego?»

«Figuriamoci se doveva insistere! Ero lì apposta!»

Il gomito su cui aveva appoggiato la testa perse la presa e il maresciallo scivolò, quasi cadendo dalla sedia. Per fortuna riuscì a riprendersi con agilità. Lo stesso non poté dirsi per il ventilatore che, come spinto da una forza soprannaturale, atterrò improvvisamente al suolo con uno schianto, facendo volare non solo i fogli che l'appuntato aveva religiosamente accatastato sulla scrivania e il centrino che, ora Teresa ne era certa, era stato fatto dalla signora Marisa in persona, ma anche il toupet del maresciallo. Con la dignità di un condannato a morte Lamonica lo raccolse da terra e lo riposizionò lì dove era sempre stato: sul suo cranio completamente calvo. La spina del ventilatore era stata definitivamente sradicata dal muro e nel giro di un paio di minuti la stanza tornò infuocata, e l'ordine fu ristabilito.

Ma il maresciallo aveva perso il filo del discorso. Era confuso e non sapeva più da che parte affrontare la questione, da dove ripartire. La Papavero, al contrario, sembrava non essersi affatto smarrita. Anzi.

«Essere single superati i quaranta è una vera tragedia, mi creda.»

«Lo immagino» rispose distratto. Tanto più che non vedeva il nesso tra lo stato civile della donna e la morte del povero ragazzo.

«Impossibile.»

«Insisto.»

«E io le dico che non può capire. A me non interessa fidanzarmi nel senso canonico del termine e se fossi un uomo lei non ci vedrebbe nulla di strano, però sono una donna!»

Il maresciallo deglutì.

«Per voi uomini è tutto più facile. E lei è un uomo, giusto?»

Doveva rispondere?

«Era una domanda retorica, s'intende.»

«Sono sollevato.»

«Voi maturate, noi invecchiamo. Voi mettete su i capelli sale e pepe, noi dobbiamo tingerli! Ecco, vede?» e così dicendo mostrò al maresciallo l'attaccatura dei capelli. «Li ho fatti tre settimane fa e ho già la ricrescita!!!»

«Vedo, vedo.»

«E le sembra giusto? Anche io vorrei essere libera di andare in giro brizzolata, o con un toupet, ma non mi donerebbe. Per carità, a lei sta benissimo.»

«Sì, be'...»

«E allora mi sono iscritta a Tinder. Luigina, cioè la Gigia, che lei conoscerà senz'altro, ha insistito. Diceva che mi sarei divertita. In fondo erano ben dieci mesi che non uscivo con un uomo. Praticamente da quando mi sono trasferita qui, e visto che a lei era andata bene...»

«Ah, sì?»

«Benissimo, guardi. Ha conosciuto un bravo ragazzo, di Frosinone. Ormai si frequentano da tempo. Anche troppo bravo, se posso dire, quasi noioso e...»

Il maresciallo tossì.

«Ha ragione, sto divagando. Comunque, Gigia mi spiega come si fa e io mi iscrivo. Solo che come immaginerà non c'era nessuno di Strangolagalli. Vado a Roma, a Frosinone, mi faccio chilometri in macchina per cosa? Per incontrare uomini sposati, single impenitenti, minorenni, cripto-gay!!!»

«Perbacco.»

«Ma non ci ho fatto nulla, eh! Con i minorenni, intendo» mentì. Già si trovava abbastanza nei guai.

«Meno male.»

«Paolo non aveva caricato foto abbracciato a un puma nella giungla, né si era descritto come il principe azzurro per ogni tipo di donna. Anzi, ora che ci penso Paolo non ne aveva affatto, di foto. Ed era così… così normale. Come se non bastasse, era a Strangolagalli! Sotto casa, capisce?»

Lamonica si domandava per quanto ancora sarebbe andata avanti. Per lui era stato evidente fin dall'inizio che cosa fosse successo: un incontro andato male. I due avevano litigato, la donna aveva perso la testa e il tutto era finito in tragedia. Magari si era trattato di legittima difesa, ma era certo che se la sarebbe sbrigata in un paio d'ore. In quel momento, però, non era più certo di niente, e a farne le spese sarebbe stata la zuppa di pesce di sua moglie.

«Senta, a questo punto credo proprio di dover chiamare qualcuno» riprese lei.

«E chi?»

«Che ne so? Un avvocato?»

«Un avvocato, che parolone!»

«Meno male, perché non ce l'ho. Non sono in arresto, quindi?»

«Assolutamente no.»

«Ancora meglio. Avrei dovuto avvisare mio padre, e non è un uomo facile…»

«Facciamo una cosa» disse il maresciallo. «Ora che abbiamo familiarizzato, se la sente di raccontarmi tutto dall'inizio? Non è in arresto, sia chiaro. Lei è libera di andare quando vuole. Ma è morto un ragazzo e sarebbe importante avere tutte le informazioni utili il prima possibile, quando i dettagli sono ancora freschi.»

«Ha ragione.»

Lamonica si sentì soddisfatto. La tecnica della comprensione funzionava sempre. Guardò l'ora: le otto e mezza. Bene: la zuppa di pesce l'avrebbe mangiata ancora calda.

«Io spero per lei che non abbia impegni per la serata.»

«Come, scusi?»

«Se devo partire dall'inizio di tutto...»

«Be', io intendevo dall'inizio della giornata di oggi...» deglutì.

«Nooo! Impossibile. Non capirebbe. Mi vedo costretta a cominciare da prima, per farle capire il contesto.»

«Ma da prima quanto?»

«Da prima prima.»

«Se proprio deve. A questo punto, però, la faccia fare a me una telefonata.»

E con la gravità di Humphrey Bogart che in *Casablanca* si appresta a dire addio alla donna che ama, il maresciallo Nicola Lamonica alzò la cornetta per chiamare la moglie e salutare definitivamente la sua zuppa di pesce.

Parte prima

1

Normalmente, non c'era nulla nella vita di Teresa Papavero, quarantadue anni, single, che facesse notizia. O meglio, non c'era più stato nulla da quando sua madre era scomparsa senza lasciare traccia il giorno del suo dodicesimo compleanno. La dimostrazione, almeno secondo Teresa, che non ci si poteva fidare di nessuno.

Le persone non arrivi mai a conoscerle veramente.

La fiducia è un bene fragile, anche dopo quindici anni di matrimonio, una figlia e un cane. Può andare in frantumi in un attimo, o meglio, in cinque ore. Questo il tempo impiegato da sua madre per sparire nel nulla. Anzi, a lei forse era bastato anche meno per riempire due valigie e chiudersi la porta alle spalle.

Avrebbe almeno potuto scegliere un altro momento.

Per Teresa quello era stato un giorno decisivo: da lì a poche settimane lei e suo padre avrebbero lasciato definitivamente Strangolagalli, loro città natale, per trasferirsi a Roma, e Teresa avrebbe smesso di festeggiare il compleanno.

«Prometti che ci sentiremo tutti i giorni?» le aveva domandato Luigina, detta Gigia, la sua compagna di banco fin dalle elementari, durante il loro ultimo incontro.

«Te lo prometto. Anzi, tu sarai l'unica persona a cui vorrò bene.»

«È una grande responsabilità.»

«Lo so. Ma io non mi affezionerò più a nessuno. Te la senti?»

«Sì.»

E così era stato. Teresa aveva mantenuto la promessa e non aveva più dato fiducia a nessuno, anche quando avrebbe potuto, e forse dovuto. Già aveva un padre che le dava un gran da fare: Giovan Battista Papavero, uno dei più grandi psichiatri degli anni Ottanta e Novanta, studioso del comportamento criminale. Tra i primi, a dire la verità. Aveva lavorato con Basaglia nell'ospedale psichiatrico di Gorizia e grazie a lui, nell'86, la polizia era riuscita a catturare il "mostro di Torino". Giancarlo Giudice, per l'esattezza, un camionista che uccideva prostitute vecchie, grasse e poco curate che gli ricordavano la matrigna. Suo padre aveva aiutato gli inquirenti a tracciare il profilo di Giudice e a stabilire il suo *modus operandi*. Per il professor Papavero le origini del male andavano sempre ricondotte all'infanzia dei criminali.

Giovan Battista Papavero era il tallone d'Achille di Teresa.

Il giorno in cui per Teresa il mondo si sarebbe capovolto, di nuovo e per la seconda volta, niente aveva fatto presagire quello che poi sarebbe successo.

All'inizio tutto era sembrato normale: si era svegliata, aveva fatto colazione e si era addentrata nel traffico di Roma. Viveva nel quartiere Flaminio grazie al sussidio mensile del padre, perché se fosse dipeso da lei si sarebbe potuta permettere tutt'al più un monolocale a Spinaceto. Forse.

Laureatasi in Psicologia nel vano tentativo di seguire le orme paterne e renderlo fiero di lei, Teresa aveva fallito in entrambe le missioni: non aveva mai trovato un lavoro vero e proprio e il padre la considerava una cretina. Dopo i corsi del master in Psicologia applicata all'analisi criminale, che aveva seguito da neolaureata, non era entrata a pieno titolo nel mondo del profiling, purtroppo, ma si era trasformata nell'efficientissima commessa di un negozio sulla cui natura era meglio sorvolare, se non voleva mandare definitivamente al manicomio quel povero Lamonica. Subito dopo quell'esperienza, a cui aveva dovuto rinunciare per inseguire i suoi sogni di gloria, si era presto ritrovata a fare l'operatrice di call center per una società che si occupava di fornire materiale per protesi di ogni tipo, nonché supporto telefonico.

E quella mattina, la mattina in cui il suo mondo si sarebbe capovolto, stava proprio andando al lavoro ed era come sempre in ritardo.

Era convinta che l'azienda nascondesse un traffico di prostituzione minorile e che lei fosse stata assunta per un errore burocratico. Questo perché la sede principale era in Bulgaria, e le operatrici sembravano tutte sotto i sedici anni. Con l'eccezione di lei, s'intende.

«*Unni stai iennu?*»

Angela, la portiera nana e baffuta che parlava siciliano stretto, era apparsa all'improvviso dal buio della guardiola, spaventandola a morte.

«Oddio! Lei così mi uccide.»

«*Unni stai iennu?*» ripeté.

«Dove sto andando?» le domandò Teresa, gridando come se si trovasse di fronte a una cinese sordomuta.

«*Chiddu*» rispose la donna, annuendo.

«Sto... sto salendo in ufficio.»

«*Nun c'arristò cchiù nuddu.*»

«Eh?»

«*Nuddu. Ri supra, nuddu.*»

«Lei dice che di sopra non c'è nessuno?» continuò Teresa, sempre urlando.

«*Zitta, chi nun sunnu sorda.*»

«Mi scusi, è che non la capisco! Che vuol dire che di sopra non c'è nessuno?»

«Chi t'haju ddiri? Stamatina sunnu arrivata, haju tuppuliato, nuddu vinna a ràpiri. Allura haju preso a copia di li chiavi, sunnu trasuta allièggiu! Nuddu!»

«Non ho capito niente. Io salgo che sono già in ritardo.»

«Fàrisi u giummu comu li Turchi!»

«E farò come i Turchi, che le devo dire?»

Prese l'ascensore e premette il pulsante. Si stava preparando alla sfuriata di Raimondo Peres, il manager, quando arrivata al settimo piano capì subito che qualcosa non andava.

C'era troppo silenzio, per trovarsi in un call center.

La porta era socchiusa e la aprì con cautela, come se qualcuno avesse potuto sorprenderla con le mani nel sacco. Poi, dopo avere visto quello che probabilmente non avrebbe dimenticato per lungo tempo, la spalancò e venne travolta dal nulla.

Non c'era più niente. Le persone, le cose, tutto scomparso.

Tavoli, sedie, computer, prese elettriche.

D'istinto si voltò verso la porta, uscì di corsa e si precipitò giù per le scale.

«Signora Angela, signora Angela!» gridava mentre scendeva.

Come poteva essere successa una cosa del genere?

Insomma, sua madre era scomparsa nel nulla, ma da sola! Qui si trattava di un ufficio intero!

«Chi ti avìa rittu?»

Angela era sulle scale, con il fiatone.

«Dove sono finiti tutti?»

«E chi ni so?»

«Ma come che ne sa? Avrà pur visto qualcosa. Qualcuno!!!»

«Nenti vitti. Sunnu arrivata chista matina alle ottu. Purtai a pùosta. Haju suonato. Nenti...»

«Sì, vabbè. Io chiamo mio padre!»

«Vostru patri? E chi ci azzecca?»

«Ci azzecca, ci azzecca.»

Lui, come sempre, avrebbe avuto una risposta da darle e una soluzione immediata.

Nonostante vivesse a Ventotene da ormai cinque anni, da quando cioè aveva deciso di andare in pensione, non aveva mai smesso di essere il punto di riferimento di indagini di polizia e trasmissioni televisive che si occupavano di casi di cronaca nera.

Purtroppo, però, le aveva risposto Danko, l'ombra di suo padre, il Bertuccio di un conte di Montecristo dei giorni nostri: ex galeotto, ex contrabbandiere, ex truffatore, era diventato, non si sa come, l'unico proprietario di un noleggio barche per turisti a Ventotene. Che poi Danko non era il suo vero nome, sia chiaro. Nato Pinuzzo, aveva deciso di ribattezzarsi Danko, prendendo in prestito il nome dall'omonimo film con Schwarzenegger in cui l'attore interpreta un comandante della Militia sovietica. Peccato lui somigliasse di più a Jim Belushi, il partner di Danko.

Teresa lo salutò velocemente e gli disse che aveva urgente bisogno di parlare con il padre.

A malincuore, Pinuzzo detto Danko obbedì.

«Che significa, che non c'è più nessuno?» aveva gridato il padre. «Per l'amor del cielo, sono nel bel mezzo di una partita a poker e ho una mano vincente...»

«Quello che ho detto. Sono sola!»

«Come sei melodrammatica. Hai la tua amica Luigina...»

«Ma non sola in quel senso, papà. Sono tutti scomparsi, persone, cose...»

«Avrai sbagliato indirizzo. Ti sei infilata a casa di uno che sta facendo il trasloco.»

«Papà! Credi che sia completamente scema?»

Il silenzio fu più eloquente di mille parole.

«Non ci sono più neanche i mobili. E se invece fossero stati tutti rapiti? Ti avevo accennato alla mia teoria sulla prostituzione minorile, vero?»

Sentì suo padre fare un profondo respiro prima di esclamare: «Teresa!».

«Dimmi papà.»

«Davvero credi che qualcuno abbia rapito i tuoi colleghi e poi abbia portato via anche i mobili? E a che scopo? Per farli sentire a proprio agio nella loro nuova destinazione?»

«Allora cosa faccio? Chiamo la polizia?»

«Tornatene a casa e io intanto finisco la partita. Ti chiamo più tardi.»

Ma Teresa quella volta non gli aveva dato ascolto. Era scioccata, delusa, stanca, e per la prima volta in vita sua prese una decisione definitiva senza consultare suo padre.

2

Esiste un piccolo borgo dal nome bizzarro, situato alle pendici dei monti Ernici e nei pressi della valle del fiume Liri, dove il tempo sembra essersi fermato. Questo borgo si chiama Strangolagalli. Un nome che etimologicamente, però, nonostante risulti facile l'assonanza, non ha nulla a che vedere con i pennuti, ma sta a indicare la sua forma circolare. Anche se la leggenda, mai comprovata da fonti, racconta che intorno al 1100, anno in cui compare per la prima volta il nome di questa città, un assalto nemico venne sventato con l'astuzia dagli abitanti del borghetto, che uccisero tutti i galli del luogo dopo avere saputo che sarebbero stati attaccati al canto del gallo del giorno successivo. Astuzia di cui gli Strangolagallesi vanno tuttora fieri. Lo stemma della città, quasi a voler confermare l'aneddoto popolare, raffigura una volpe che afferra un gallo con le zampe anteriori e lo solleva tenendolo per il collo.

Insomma, Strangolagalli era un piccolo centro abitato da duemilaseicento anime e avvolto da un alone di leggenda: eppure tutto sembrava contraddirne le origini misteriose. La bibliotecaria, il medico di base, il farmacista, la parrucchiera, erano gli stessi di sempre. Erano lì da quando Teresa ne aveva memoria, e la vita di quella piccola comunità scorreva serenamente, senza che nulla potesse arrivare ad alterarne gli equilibri. Era un luogo dove tutti si conoscevano e si aiutavano, dove chiunque era invitato a partecipare alle riunioni nella sala consiliare del Comune per la programmazione e l'organizzazione della festa patronale, del carnevale, delle attività sportive, o per discutere le modifiche allo statuto del Centro sociale anziani. L'unica vicenda che aveva sconvolto gli abitanti di Strangolagalli era stata proprio la scomparsa della madre di Teresa. Poi tutto era tornato alla normalità e i litigi annuali nella sala consiliare sull'utilizzo o meno dei fuochi d'artificio durante la festa del patrono erano rimasti la sola eccezione alla calma di quel posto.

Teresa aveva bisogno di ritrovare un po' di pace ed era certa che lì, dove un tempo era stata felice, non sarebbe potuto accaderle niente di male. Per questo, chiusa la conversazione con suo padre, era rientrata a casa, aveva infilato i vestiti in valigia, aveva caricato la macchina con tutto quello che poteva contenere ed era partita alla volta della città natale. Senza mai voltarsi indietro, senza mai essere attraversata da un dubbio. E quando suo padre quella sera stessa l'aveva richiamata, lei stava già accendendo il camino nel salone principale di una casa che odorava di chiuso.

«Ma che cosa ti è saltato in mente?»

«Sono stanca, papà.»

«Stanca di cosa? Non fai niente dalla mattina alla sera.»

«Appunto. Ho studiato tanto, mi sono impegnata…»

«Tutta robaccia inutile. Io ti avevo detto subito di fare medicina, ma tu hai scelto la strada più facile. Psicologia, figuriamoci. Come scegliere Scienze politiche invece di Giurisprudenza, o Antropologia culturale invece di Lettere antiche. Antropologia culturale! Sai che si scrivono tesi sul significato sociale dell'utilizzo dei bonghi tra le popolazioni amazzoniche?»

«In Amazzonia suonano i bonghi?»

«E cosa diavolo ne so?»

«Papà, io ho preso la mia decisione. Resto qui e cerco di combinare qualcosa.»

«Ma cosa vuoi combinare a Strangolagalli?»
«Mi verrà in mente.»
«Domani mattina chiamo il sindaco e...»
«Non ci provare!»

Ovviamente la telefonata al sindaco, Ignazio Vecchietta, era arrivata la sera stessa, e l'indomani mattina Strangolagalli si era già mobilitata per l'accoglienza. Nel pomeriggio ci sarebbe stata una riunione nella sala consiliare per decidere in che modo dare il bentornato alla figlia del Professore. Si era mosso persino il parroco della chiesa di San Michele, don Guarino, che Teresa l'aveva battezzata, e che desiderava unirsi ai festeggiamenti. In realtà era preoccupato che l'arrivo della donna potesse alterare gli equilibri della comunità o, piuttosto, delle sue finanze, visto che non aveva mai pagato l'affitto al proprietario del terreno dove si ergeva la casa parrocchiale: vale a dire, a Giovan Battista Papavero.

Il dieci settembre, primo giorno della sua nuova vita a Strangolagalli, qualcuno aveva suonato alla porta di primo mattino, e quando era andata ad aprire si era trovata di fronte una signora Marisa perfettamente conservata nel tempo. Anche se più che di fronte, se l'era trovata in basso, quasi accartocciata sullo zerbino, dal momento che la sua testa non arrivava neanche a toccare l'ombelico di Teresa. Comunque sia, la vecchia governante si era messa a piangere, l'aveva abbracciata, circondandole la pancia, e le aveva rifilato subito un paio di centrini.

«Madonna mia, Teresina, quanto ti sei fatta bella! Tale e quale a tua madre.»

«Non me la ricordo.»

«Ti verrà fuori, porta pazienza. Sei venuta per restare?»

«Sì» aveva risposto decisa, colpita da quella domanda così profonda, quasi socratica.

«Allora ti metto nel carro della sfilata per la festa del santo patrono. Fai l'albero della vita, come quando eri piccolina. C'ho ancora il costume.»

«Ma avevo dodici anni...»

«E che problema c'è? S'allunga. Il ventinove settembre. Ora devo scappare, bella mia.»

Non aveva potuto replicare. E non avrebbe neanche voluto. Era tornata per questo. Non per salire sul carro, intendiamoci. Che cosa avrebbe fatto della sua vita ancora non lo sapeva, ma era certa che almeno avrebbe avuto un po' di pace. A questo pensava mentre percorreva le viuzze di quella strana cittadina dalla forma circolare, annusando l'aria familiare, gli odori, riempiendosi gli occhi di immagini a lungo dimenticate.

Non aveva idea di quanto si stesse sbagliando.

3

Il maresciallo Lamonica, che in principio era stato sopraffatto dall'idea che la donna cominciasse la sua storia un tantinello indietro nel tempo rispetto all'incidente di quella sera, si ritrovò suo malgrado così preso dal racconto da non accorgersi che Teresa aveva smesso di parlare.

La vicenda degli ex colleghi scomparsi, in particolare, gli aveva insinuato un tarlo nella testa. Che fosse accaduto già in precedenza a qualcun altro? Dove aveva già sentito quella storia?

«Ma certo!» gridò, battendosi la fronte con la mano. «Come ho fatto a non pensarci prima? *I tre giorni del Condor.*»

«Come?»

«Sydney Pollack, il grande regista. Robert Redford arriva in ritardo in ufficio e trova i suoi colleghi massacrati a colpi di fucile.»

«È vero!»

Lamonica si sistemò sulla sedia, fiero di avere trovato un collegamento tra le due vicende.

«Quindi è stata la scomparsa dei suoi colleghi a portarla qui da noi?»

«A *ri*portarmi. E ormai è quasi un anno che sono tornata.»

Solo in quel momento Teresa comprese che la sparizione di sua madre, della quale non era mai più stato pronunciato neanche il nome e la cui assenza aveva gravato come un macigno, nonostante lei e suo padre avessero finto di ignorarla, l'aveva fatta fuggire da Strangolagalli, mentre quella dei colleghi ce l'aveva riportata.

«Ha voglia di parlarmene meglio?» le chiese a bruciapelo il maresciallo.

«Di cosa?»

«Di sua madre.»

«In realtà c'è poco da dire.» Era la prima volta che cercava di rievocare quei ricordi. Aveva sempre avuto il sospetto che le fosse sfuggito qualcosa e da allora aveva giurato a se stessa che non sarebbe mai più successo. I dettagli erano diventati la sua ossessione. Perché, invece, quella giornata restava così fumosa? «Quando arrivai a casa, pensai subito che fossero entrati i ladri. Era tutto sottosopra, i cassetti, gli armadi, e lei era svanita nel nulla. Corsi dalla signora Marisa e da lì chiamammo mio padre che stava facendo lezione all'università, a Roma. Cominciarono subito le ricerche. Tutta Strangolagalli venne mobilitata. Arrivarono persino le televisioni. Mio padre era già parecchio famoso. Be', poi la verità venne a galla. Se ne era andata, così, molto semplicemente.»

«Sparita nel nulla?»

Teresa annuì. «Vede, maresciallo, temo di essere perseguitata dalle persone che scompaiono. Almeno Paolo mi ha fatto la cortesia di andarsene in un altro modo.» E di questo, paradossalmente, non poteva che essergli grata. Allo stesso tempo però, ora che l'adrenalina aveva smesso di sostenerla, non riusciva a togliersi dalla mente il fatto che un uomo avesse deciso di farla finita. Con lei chiusa in bagno, per giunta. Se c'era una cosa che aveva imparato da suo padre, era che nessuno compie atti così violenti senza una ragione. «Io credo ci si debba concentrare sul passato di Paolo» disse infatti Teresa, rivolgendosi al maresciallo. «Ci sono cose che non tornano. Se un uomo progetta il suicidio, lo fa organizzando tutto nei minimi dettagli, non crede? Non invita una donna a cena a casa sua per poi buttarsi dal balcone.»

«D'accordissimo.»

«Io sono brava a capire le persone. Mi basta poco per scoprire con chi ho a che fare. Poi però cerco di dimenticarmene, perché spesso saperlo non è un grande affare.»

«Ah, per me è lo stesso.»

«Lo avevo capito» mentì Teresa. «A che cosa serve sapere se chi hai di fronte è felice o triste? Se è buono o malvagio? Se è stato tradito o, al contrario, è lui il traditore? Meglio ignorare tutte queste informazioni. Ma che Paolo non avesse alcuna intenzione di suicidarsi, lo so con certezza. Come so, per esempio, che lei è sposato con una donna che ama e da cui non è riuscito ad avere figli. Semplicemente, non sono arrivati e la cosa vi ha procurato un grande dolore, ma vi ha uniti moltissimo.»

Lamonica la guardò stupito, e Teresa alzò le spalle come per fargli capire che la sua era più una condanna che un dono.

«Gliel'ho detto: la mia testa è piena di roba inutile. Noto ogni dettaglio di chi mi sta davanti, e ogni dettaglio racconta una storia. Lei per esempio non ha mai nominato suo figlio. Un genitore trova sempre il modo di citarlo casualmente. Be', tranne mio padre, sia chiaro. E ha guardato l'ora in continuazione, questo perché sua moglie l'aspetta per cena e lei è in fibrillazione già da un po'. Ha anche fatto una telefonata, prima. Di certo per avvisarla del ritardo. Che cosa ha cucinato di così particolare?»

«La zuppa di pesce» rispose il maresciallo, quasi in trance.

«Immaginavo. Polipetti? Scorfano?»

«Purtroppo niente scorfano» e lo disse con una tale gravità che se gli avessero annunciato la fine del mondo avrebbe di certo preso la notizia con maggiore stoicismo. L'assenza dello scorfano, invece...

«Peccato» disse la Papavero. «Comunque, ha capito di cosa sto parlando? Dettagli inutili. La mia testa è piena di questa roba, ma cosa me ne faccio?»

«Troveremo una collocazione. Ora, vogliamo andare avanti?»

«Certo, ha ragione. La zuppa…»

Il maresciallo annuì. «Ricapitolando, lei è arrivata a casa di Barbieri alle diciotto e trenta e…»

«Scusi se la interrompo, devo prima fare un passo indietro…»

«Per carità» esclamò il maresciallo.

«Di pochissimo, mi creda. Ma DEVO!»

«Allora…»

«Il fatto è che, come le ho già detto, io l'ho conosciuto su Tinder, ma non lo avevo mai visto in paese. Mai. Le sembra normale? Cioè, ora che ci penso, no, non lo è. Ci eravamo scritti molto. E telefonati. Ma lui sembrava restio a incontrarmi. Ho dovuto insistere parecchio, non so se mi spiego…»

«Perfettamente.»

«Allora mi domando: che cosa ci faceva tutto il giorno chiuso in casa? E perché? Ma soprattutto, come ci è arrivato?»

«In autobus!» rispose il maresciallo, tutto soddisfatto.

«Sì, certo, è un'ottima deduzione.»

«Appunto.»

«Io però mi riferivo all'appartamento di Roccasecca. Appartamento che Paolo ha affittato per le vacanze. Sue testuali parole. Che poi, lei ci verrebbe mai qui in vacanza?»

«Be', perché no? Magari lui ci si trovava bene.»

Teresa sgranò gli occhi e Lamonica, rendendosi conto di quello che aveva appena dichiarato, si affrettò a spiegarle in maniera ingarbugliata come Barbieri fosse arrivato a Roccasecca.

Paolo aveva affittato l'appartamento per due settimane, pagandolo in contanti a Floriano Barbarossa, il macellaio, che da anni, oltre a gestire la sua attività, aveva l'incarico di amministrare alcune delle proprietà del cavaliere Achille Roccasecca, figura misteriosa intorno alla quale circolavano parecchie voci. La più attendibile lo vedeva protagonista, in gioventù, di un rapimento le cui circostanze erano ancora tutte da chiarire. Nessuno aveva mai saputo, infatti, se Roccasecca fosse stato oggetto del rapimento stesso o se, al contrario, vi avesse partecipato attivamente. Fatto sta che, da allora, aveva vissuto chiuso nella sua villa di famiglia a trenta chilometri da lì. Floriano era l'unico a mantenere un qualche contatto con lui. Ma dal momento che a Strangolagalli non veniva praticamente nessuno, l'incarico di amministratore delle proprietà del cavaliere non era mai stato espletato in concreto. Con una sola eccezione: il giorno in cui, in macelleria, si era presentato Paolo Barbieri. Floriano gli aveva consegnato le chiavi, Paolo aveva pagato le due settimane in anticipo e lui non lo aveva più rivisto.

«Ma lei è sicuro che Floriano non sappia altro?» riprese Teresa.

«Certo. L'ho chiamato immediatamente dopo il fatto. Quindi neanche un'ora fa. Sono noto per la mia tempestività! Ma tornando a noi...» la esortò il maresciallo cercando di riportare l'attenzione della Papavero sulla questione.

«Ah, sì, mi scusi. Dove eravamo rimasti?»

«Lei è salita...»

«No! Ho citofonato e sono salita.»

Il maresciallo annuì con enfasi.

«Come le dicevo, in soggiorno c'era l'aria condizionata gelida sparata ed è stato un attimo, congestione fulminante! Avevo ancora sullo stomaco lo spuntino del pomeriggio, la torta della signora Marisa.»

«Quella alla carota?»

«Già. Una bomba, capisce? Ho cercato di fare la disinvolta, però, e sono uscita in terrazza per scaldarmi, ma credo di avere peggiorato la situazione. Lì ho notato le candele. Le sembra che uno che accende candele in terrazza per fare colpo su una donna un'ora dopo possa decidere di buttarsi di sotto? A meno che non trovasse detestabile l'idea di trascorrere la serata con me.»

«Suvvia, nessuno riuscirebbe a trovarla detestabile. Impegnativa, casomai.»

«La ringrazio, ma la cosa non mi consola.»

«E come stava Paolo prima della sua corsa in bagno?»

«Agitato.»

«Questa è una novità.»

«Ma no. Paolo era molto timido. Ho pensato fosse emozionato per la cena. Insomma, aveva pur sempre invitato a casa una donna molto più grande di lui!» Poi, vedendo l'espressione del maresciallo, Teresa si affrettò ad aggiungere: «Be', non così TANTO più grande, eh! In fondo, quanti anni avremo avuto di differenza, cinque? Sei?» domandò, tenendosi sul vago e sperando che Lamonica le credesse.

«Almeno una quindicina, se quello che dice il nostro medico corrisponde a verità.»

«Cazzo!» le sfuggì. Poi si guardò le dita delle mani e cominciò a contare.

«Non si sforzi. La aiuto io. Paolo Barbieri doveva avere intorno ai venticinque anni, anche se ancora non abbiamo trovato i documenti.»

La Papavero tirò un sospiro di sollievo. Almeno era maggiorenne.

«Peppino comunque ci dirà tutto. È stato costretto a chiedere aiuto al medico legale di Frosinone per cercare di accelerare le pratiche, e la cosa, come immaginerà, non lo ha reso felice.»

Peppino Tarantola era il dottore del paese. L'aveva fatta nascere lui. Ma se le circostanze lo imponevano poteva essere anche veterinario, psicologo, giardiniere, Geppetto nelle recite scolastiche o, come in questo caso, anatomopatologo. Conoscendone il carattere, era certa che Peppino non avesse gradito l'intromissione di estranei.

«Vi siete detti qualcosa? In terrazza, intendo?» le domandò il maresciallo.

«Ho cominciato a parlare io, per cercare di distrarmi. Gli ho raccontato del mio vecchio lavoro al sexy shop...»

Romoletto crollò sulla scrivania, ma riuscì a ricomporsi in poco tempo. Lamonica al contrario sembrò non farcela e faticò parecchio per non far volare nuovamente il toupet a terra.

«Un sexy shop?» domandò il maresciallo, sgomento.

Teresa si pentì subito di averlo detto. Rischiava di minare la sua credibilità ormai già parecchio compromessa.

«Ma non era proprio un sexy shop, intendiamoci» si affrettò a correggere. «Piuttosto uno di quei negozi dove puoi comprare una mutanda in pizzo al costo di un intero weekend a Parigi, insieme a un paio di manette e un frustino. Così, tanto per sentirsi un po' trasgressivi, ha presente?»

«Mica tanto...»

«Peccato. Vanno molto di moda nelle grandi città e la mia amica Solange, la proprietaria, è stata bravissima. Pensi che lo ha aperto e gestito tutto da sola. Be', finché non sono arrivata io a darle una mano. Avevamo una clientela difficile, sa? Per la maggior parte donne tra i quaranta e i cinquanta tradite dai mariti, annoiate dalla vita, in cerca della loro femminilità. E la femminilità passa sempre attraverso pizzi e frustini.»

Il toupet del maresciallo a quel punto era sceso all'altezza della fronte, quasi a coprire gli occhi, mentre la bocca semiaperta di Romoletto e lo sguardo acceso rivelavano tutto il suo interesse per l'argomento.

«Ma sto divagando, come al solito. Per farla breve» e qui Lamonica per poco non cominciò a dire il rosario «mentre io parlavo, lui mi serviva della birra fredda, e deve essere stata quella a darmi il colpo di grazia, perché dopo il primo sorso ho afferrato la borsa e mi sono precipitata dentro in cerca del bagno. Ecco tutto.»

«Finito?» esplose il maresciallo.

«Finito.»

«Che Dio sia lodato.»

«Io però mi porterò questo peso sulla coscienza per tutta la vita.» E mancò poco che ricominciasse a piangere.

«Ma no, lei non ha nessuna colpa» intervenne subito Lamonica, terrorizzato che la Papavero potesse avere un'altra ricaduta e riprendesse a raccontare di frustini e incontri clandestini. «Lei ora vada a casa e provi a non pensare più a questa brutta storia. Se ci saranno delle novità mi farò sentire io, va bene?»

«Me lo promette?» chiese la Papavero.

«Glielo prometto.»

Quando Teresa mise piede fuori dalla stazione dei carabinieri, l'aria si era rinfrescata. Cominciò a camminare lungo la strada principale che conduceva dalla stazione, appena fuori il centro storico, verso casa. Non c'era anima viva in giro a quell'ora. L'unico ristorante del paese aveva le saracinesche abbassate. Arrivata nella piazzetta con la chiesa di San Michele e il municipio prese a salire lungo la stradina di acciottolato che, partendo a sinistra dalla chiesa, segnava un cerchio e poi scendeva di nuovo, sbucando dall'altro lato della piazza. A metà di quel cerchio c'era casa sua, con una vista mozzafiato sull'intera vallata.

Prima di entrare, si guardò ancora intorno. Che cosa aveva portato Paolo a Strangolagalli? Forse, lo stesso motivo che lo aveva spinto a compiere un gesto tanto violento? «Il passato ha un ruolo decisivo sulle azioni che si commettono nel presente» le ripeteva sempre suo padre. Allora che tipo di passato aveva avuto Paolo?

«Bella mia» sentì gridare in quel preciso istante.

«Chi è?» gridò, facendo un salto all'indietro e guardandosi attorno.

«Sono io, Marisa. T'ho spaventata?»

«Ah, signora Marisa. Eh, un pochino, sì. Ma dov'è? Non la vedo...»

«Qui, bella mia. Come sempre. Che ci fai alzata a quest'ora? È tardi. C'hai da mangiare? Ti porto qualcosa?»

«Sì, sì. Cioè no, non ho bisogno di niente. Scusi, ma qui dove? Io proprio non la vedo...»

«Alla finestra.»

Teresa alzò lo sguardo in direzione del palazzo di fronte al suo e finalmente la vide. O meglio, ciò che vide fu solo una parte della signora Marisa, la fronte e gli occhi. Il resto del corpo era completamente coperto dalla ringhiera.

La salutò con la mano. «Sono andata a fare una passeggiata.»

«Hai fatto bene. Ti sei rinfrescata. Con questo caldo la gente ammattisce.»

«Già.»

«Buonanotte, bella mia» la salutò, e così dicendo scomparve completamente.

A quel punto Teresa entrò in casa. Il breve scambio di battute con la signora Marisa aveva dissipato l'inquietudine che si sentiva addosso. Eppure, mentre silenziosamente si preparava ad andare a dormire, non poté fare a meno di pensare ancora a Paolo e alla vita che avrebbe potuto avere, se non avesse deciso di togliersela. E questo la fece pensare alla sua, di vita: a sua madre che scomparendo se l'era portata via con sé. Teresa non si era buttata dal quarto piano, ma in un certo senso aveva comunque smesso di vivere.

4

Ogni temporale porta con sé la speranza che in qualche modo la mattina dopo tutto sarà cancellato, persino le macchie più resistenti. Perciò aspettiamo che il temporale passi, anche se sappiamo che alcune macchie sono così indelebili che niente potrà cancellarle.

Tra l'altro a Strangolagalli non pioveva da settimane, e per Teresa questo era un segno. Un segno che le macchie più resistenti sarebbero rimaste lì, a cuocere al sole e a ricordarle che chiunque, in qualsiasi momento, poteva decidere di tradirla, di scomparire o, peggio, di buttarsi dalla finestra.

Ecco a cosa stava pensando il giorno dopo mentre alle sette di sera, con la testa all'insù, fissava il terrazzo da cui si era buttato Paolo Barbieri. Aveva sempre creduto che gli avvenimenti non capitassero per caso, e quindi doveva esserci una ragione per tutto questo. Soprattutto perché per anni non le era accaduto mai niente e poi, all'improvviso, i colleghi erano scomparsi e un uomo si era presumibilmente tolto la vita mentre si trovava in sua compagnia. Anzi, mentre lei NON era in sua compagnia, bensì in bagno.

Se il bello della vita era ricominciare, sempre e in ogni momento, e di questo ne era convinta, Teresa aveva smesso di farlo da un bel pezzo. Anche quando si era licenziata dal sexy shop, credendo fosse l'inizio di qualcosa di diverso, si era ritrovata a lavorare in un call center. Sarebbe stato meglio continuare a vendere sex toys e costosa lingerie francese a signore di mezza età, ma questo non lo avrebbe mai ammesso. Il Marchese De Sade, così si chiamava il negozio. Per anni era stata a fianco della proprietaria, Solange, una transessuale senegalese bellissima con la quale, nel tempo, aveva instaurato un profondo legame. Solange era stata l'unica, dopo Luigina, a intaccare la corazza di Teresa. Per questo quando si era licenziata lo aveva fatto a malincuore.

«Non posso vendere vibratori per tutta la vita» aveva detto a Solange. E all'epoca lo pensava veramente.

«*Pourquoi? Tu es si bonne!* Tu capisci i desideri di tutti i clienti. Grazie a te, *nous avons vendu* il doppio. Tu sei capace di cavare sangue da una rapa, Teresa.»

«Ti ringrazio, mi lusinga che tu me lo dica» ed era vero. «Ma sento che è arrivato il momento di voltare pagina. Mio padre si vergogna di me, capisci?»

«Ma *chérie*! Ho venduto un paio di manette anche a lui.»

«Non lo voglio sapere!» aveva gridato, tappandosi le orecchie.

«Puoi tornare quando *tu veux*. Mi mancherai, *mon amour*.»

«Lo so. Anche tu.»

Se non le era andata bene allora, doveva andare bene almeno adesso.

Cominciò a passeggiare lungo la strada. Nonostante fosse quella principale, che dal centro storico portava in mezzo alla campagna passando per una specie di periferia, era abbastanza distante dalla chiesa e dal municipio, e quindi buia e poco trafficata. Lì erano concentrati gli edifici di recente costruzione, come la scuola materna e la biblioteca, e c'era un solo bar, il Jolly, chiuso dalla morte dell'unico proprietario, avvenuta l'anno precedente. Più volte gli abitanti di Strangolagalli avevano protestato: per il prestigio del paese l'attività andava assolutamente rimessa in piedi, e il bar riaperto! Eppure, nonostante le ripetute riunioni, non erano ancora riusciti a individuare chi avrebbe potuto assumersi (e permettersi) un incarico così importante.

Teresa si fermò di nuovo sotto il terrazzo di Paolo, dall'altra parte della strada.

Tornare in quel luogo le aveva messo addosso uno strano senso di inquietudine. Non voleva farsi suggestionare, non credeva a oscure presenze né a maledizioni, però non poteva ignorare il fatto di sentirsi osservata. Da quando era arrivata, aveva la netta sensazione che due occhi la stessero fissando. Per questo, d'istinto, alzò lo sguardo.

E il cuore smise di battere.

Una sagoma scura aveva attraversato velocemente il suo campo visivo. Così velocemente che per un attimo sperò di essersela solo immaginata.

Forse, dopotutto, si era fatta suggestionare davvero.

Con la gola secca cercò di allungarsi il più possibile, mettendosi in punta di piedi.

Eccola di nuovo! Non si era sbagliata. C'era qualcuno in casa di Paolo!

Ma chi poteva essere, e perché si trovava lì?

Era spaventata e allo stesso tempo euforica.

Cominciò a passeggiare nervosamente avanti e indietro, sperando, sì, sperando, che quell'ombra riapparisse. Più niente.

Che cosa doveva fare?

L'ultima volta che aveva provato una sensazione simile era stata al luna park con sua madre, ben più di trent'anni prima. Come mai quel ricordo le raffiorava proprio ora?

«Dobbiamo festeggiare il tuo compleanno» le aveva detto la madre appena lei era rientrata da scuola.

«Ma mamma, il mio compleanno è tra due giorni!»

«Non importa» le aveva risposto, trascinandola fuori di casa.

«È la vita che va festeggiata. Ti porto a Roma, in un posto magico. Vedrai, ti piacerà tantissimo.»

Ricordava perfettamente il viaggio in macchina, l'attesa di arrivare in quel luogo misterioso.

Era stato un pomeriggio indimenticabile. Per la prima e ultima volta aveva provato emozioni che non conosceva e che non avrebbe mai più voluto vivere: agitazione, gioia, paura. Quando era entrata nella capsula gravitazionale le si era persino appallottolato lo stomaco. La stessa identica sensazione che stava vivendo in quel preciso momento.

Un paio di giorni dopo, sua madre era scomparsa. Che l'avesse portata lì con il preciso scopo di dirle addio? Non lo avrebbe mai saputo con certezza.

Le girava la testa e sudava, stordita da tutti quei ricordi che improvvisamente le tornavano alla memoria sotto forma di immagini.

Si tastò il polso: aveva i battiti accelerati. Ma che diamine le stava accadendo? Doveva calmarsi e concentrarsi su altro.

Chiamò la stazione dei carabinieri.

Le rispose Romoletto. Il maresciallo era a casa, ma l'appuntato le disse di restare in attesa, e che avrebbe trasferito la chiamata.

Lamonica si era appena seduto a tavola di fronte alla zuppa di pesce fumante, quella che non era riuscito a mangiare la sera precedente, e si stava legando il tovagliolo intorno al collo quando arrivò la telefonata.

«Le dico che c'è qualcuno, perché non mi crede?»

Perché voleva mangiare la zuppa, ma questo non poteva certo dirglielo.

«Andrò a controllare più tardi.»

«E se poi quello scappa?»

«Quello chi?»

«Il tizio che è in casa!»

«Sono certo che se è lì non avrà tutta questa premura» rispose Lamonica, e si aggiustò il tovagliolo che lo stava quasi strangolando. «Lei torni a casa» proseguì dopo avere tossito. «Mi farò vivo io.»

A casa? Non ci pensava proprio. Non poteva. Le immagini di sua madre e del luna park con tutte quelle luci erano ancora lì nella sua testa, e lei sapeva di doverle affrontare.

Attraversò di corsa la strada e si piazzò davanti al portone.

Fece un patto con se stessa. Se l'avesse trovato aperto, sarebbe entrata. In caso contrario, avrebbe fatto marcia indietro.

Prese un profondo respiro, appoggiò le mani e spinse.

Aperto.

Non era il suo giorno fortunato.

Avanzò nell'androne buio. Si sarebbe fatta bastare il chiarore della sera per farsi strada all'interno e salire. Non poteva di certo prendere l'ascensore. Chiunque si fosse trovato nell'appartamento di Paolo l'avrebbe sentita arrivare.

Si fermò al primo piano e si mise in ascolto. Lo stesso fece al secondo, poi al terzo. Incoraggiata dalla totale assenza di rumori, prese quasi la rincorsa per affrontare l'ultima rampa, arrivando al quarto senza più fiato in corpo. Si appoggiò alla ringhiera e cercò di riprendere un respiro regolare. Quando alzò gli occhi da terra, quel poco di ossigeno che le era rimasto volò via per sempre.

In piedi davanti alla porta di Paolo c'era un uomo. Anche belloccio, ma questo era irrilevante.

Il dato fondamentale invece era che la stava fissando.

Teresa non ebbe modo di stabilire se quello sguardo fosse di disappunto o di minaccia, perché cadde a terra stecchita.

O almeno così le parve, un attimo prima di toccare il pavimento.

5

Il luna park era affollato, e le girava la testa. No, non era la sua testa a girare, era lei. Si trovava sulla ruota panoramica e sentiva le braccia di sua madre che la cingevano. Che cosa le stava sussurrando all'orecchio? Non riusciva a sentire. «Mamma, non sento!» gridava mentre sorrideva al cielo, alle nuvole, ai tetti delle case, così piccoli visti da lassù. Perché continuava a parlarle? Le sembrava che non avesse fatto altro da quando erano salite. Si sforzava di capire cosa le stesse dicendo, ma erano suoni indistinti, come un mormorio di sottofondo, costante, monocorde.

«Mamma, basta, stai zitta!»

Si era voltata verso di lei per guardarla. Ma non la vedeva. Solo un volto sfocato che però continuava a parlare, parlare…

«Basta!» gridò alla fine, e quando spalancò gli occhi la faccia che si trovò davanti, a pochi centimetri dalla sua, non era quella di sua madre. Ne era certa, perché i due fari che la stavano fissando, neri, profondi, enormi, erano ben piazzati in mezzo a una faccia. Quella di un uomo, però.

«Sono morta?» chiese. «Tu sei il Diavolo?»

«Pensavo lo fossi tu, visto che hai cercato di prendermi a schiaffi» rispose la faccia.

Che cosa era successo? Dove si trovava? E soprattutto, perché quel tizio era sopra di lei?

«Abbiamo fatto sesso?» domandò preoccupata.

«Che io sappia, no.»

Cercò di sollevarsi per mettere a fuoco quello che le stava intorno, ma ricadde all'indietro. Era ancora stordita dal sogno e le faceva male la testa. Toccò con la mano il punto indolenzito.

«Ahi, ma ho un bernoccolo gigante! Mi hai picchiata?»

«Non posso prendermi questo merito. Sei crollata a terra come un sacco di patate appena mi hai visto e hai dato una craniata al suolo. Ho provato a fermare la caduta, ma eri troppo pesante.»

Fu allora che le tornò in mente tutto e, insieme ai ricordi, la paura.

«Tu eri... tu sei quello che era a casa di Paolo! Sei l'ombra! Stai lontano da me. Aiutooooo!»

Teresa cominciò a divincolarsi e a sventolare le braccia per cercare di colpirlo, ma l'unica cosa che riuscì a fendere fu l'aria. «Chi sei? Cosa vuoi da me?»

«Non credo tu abbia una commozione cerebrale, stai benissimo» e così dicendo l'uomo si allontanò, tirò fuori dalla tasca dei pantaloni il portafogli e le schiaffò davanti agli occhi un distintivo: «Polizia».

«Polizia?»

«È quello che ho detto. Ora, dopo averti soccorsa, medicata e accudita, merito di sapere come mai sei venuta in questo appartamento.»

«Medicata? Perché, sono ferita?» e cominciò a palpeggiarsi in cerca di contusioni, sangue, o qualcosa di peggio.

«Hai bisogno di una mano?»

Teresa si fermò, guardandolo con disprezzo: «Un momento. Ma quale accudimento? Non credere che non ti abbia sentito. Mi hai praticamente dato della cicciona!».

«Leggermente sovrappeso. Sì, debbo convenire.»

«Che gentiluomo.»

«Mai detto di esserlo.»

Dio, quanto era antipatico. Su Tinder uno così avrebbe messo come foto del profilo l'istantanea dell'ultima surfata della stagione. Solo che, anziché cavalcare le onde su una tavola, lui lo avrebbe fatto sul dorso di uno squalo.

Quell'immagine le diede molta soddisfazione e sorrise senza neanche accorgersene.

«Stai ridendo da sola?» le chiese il poliziotto, avvicinandosi di nuovo e scrutandola attentamente. «Forse ho sottovalutato il problema. Una commozione ce l'hai. Vedo anche delle macchioline di sangue negli occhi.»

«Sì, vabbè, emorragie petecchiali. Sono caduta, non mi hanno mica strangolata.»

Lui la guardò stupito. Che cosa ne sapeva una donnetta di paese di emorragie petecchiali e strangolamenti?

Teresa approfittò di quell'attimo di distrazione per spingerlo via e mettersi seduta. Aveva capito subito di essere nell'appartamento di Paolo, ma non voleva farsi scoprire dal poliziotto. Già si era accorta di avere pronunciato il suo nome, a indicare una certa intimità, e se adesso le fosse sfuggito qualcos'altro, lui avrebbe scoperto che era già stata lì.

«Ma dove siamo?» chiese quindi, cercando di essere convincente e simulando stupore. Forse troppo stupore, a dire la verità.

«Non lo sai?»

«No. Perché, dovrei?»

Lo stava prendendo per il culo? Cosa era quella pantomima?

«In verità» proseguì la Papavero, certa di averla fatta franca, «se proprio vuoi saperlo, stavo tornando dalla biblioteca. Ero in ritardo sulla consegna di un libro, *La cucina ciociara nella tradizione*, una roba forte.» Pensasse pure che era una zitella scema. Glielo leggeva negli occhi, che ne era convinto. Aveva il classico atteggiamento arrogante di chi ha capito tutto, e tipi come lui si potevano battere con un niente. «Quando ho sollevato gli occhi per guardare il terrazzo da cui si è buttato quel poveretto... quel Paolo Barbetta, o qualcosa del genere...»

«Barbieri.»

«Ecco, lui. Ho visto qualcuno affacciarsi dal balcone e mi sono preoccupata. Tutto qui.»

«E hai pensato di salire a controllare di persona.»

«Esatto.»

«Lo fai spesso?»

«Cosa?»

«Intrufolarti nelle case degli altri.»

«Non mi sono intrufolata. Se avessi saputo che c'era la polizia, me ne sarei andata dritta a casa. E poi sei stato TU, a trascinarmi qui dentro. Se non fossi apparso come un fantasma non sarei svenuta e adesso sarei seduta davanti al camino a preparare la torta di mele fatta con la ricetta trovata nella *Cucina ciociara nella tradizione*! All'intruso ci avrebbe pensato il maresciallo Lamonica, che preventivamente, infatti, avevo chiamato prima di entrare nel palazzo.»

Brava, era stata molto credibile. La storia della biblioteca, poi, un colpo da maestro.

Il poliziotto era affascinato. Affascinato dalla valanga di bugie che uscivano da quella bocca.

Zitella, pazza e pure impicciona.

In che razza di paese era finito? E ci sarebbe dovuto anche restare, perché la perquisizione non aveva dato buoni frutti. In quella casa non c'era niente, niente che potesse aiutarlo nelle sue ricerche. Come diavolo ci era finito Barbieri, in quel posto dimenticato da Dio?

«Dobbiamo andare» disse alla fine.

«Io resto, grazie. Aspetto Lamacina» e incrociò le braccia, tanto per rendere ancora più evidente la decisione.

«Non si chiamava Lamonica?»

«Uh, ma è una fissazione, la vostra!»

"Che strazio, questa!" pensò il poliziotto. Probabilmente non era il caso di lasciarla da sola, ma che altro poteva fare? Se avesse insistito l'impicciona si sarebbe messa in allarme.

«Non credo sia opportuno» provò a dire.

«E perché?»

Come volevasi dimostrare.

«Fai come vuoi» concluse.

Che si arrangiasse. In fondo, non era affar suo. Sarebbe rimasto nei paraggi per controllare che non le succedesse niente.

Arrivato davanti alla porta si voltò di scatto. «Conoscevi bene Barbieri?»

"Accidenti" pensò Teresa. «Per niente» si affrettò a rispondere. «Solo di vista.»

Al poliziotto sfuggì un sorriso: «Come immaginavo».

Non ci era cascato, glielo si leggeva in faccia.

«Metti del ghiaccio sul bernoccolo» aggiunse, chiudendosi la porta alle spalle.

Che uomo insopportabile.

Una volta sola, Teresa tirò un sospiro di sollievo e appoggiò la schiena al divano. Che sogno incredibile aveva fatto! E come mai era svenuta? Non le era mai accaduto, prima d'allora. Cercò di scrollarsi di dosso il senso di disagio che la pervadeva. E sì, anche l'odore del poliziotto che, le seccava doverlo ammettere, sapeva maledettamente di maschio. Si annusò la camicia per cercare la conferma. Quello non era il suo profumo. Che l'avesse presa in braccio? Figuriamoci. L'aveva trascinata per i capelli, come Fred Flintstone, quello degli *Antenati*!

Comunque, una cosa l'aveva ottenuta: era di nuovo dentro l'appartamento di Paolo. Si alzò in piedi ed ebbe ancora un piccolo capogiro, da cui per fortuna si riprese subito.

Cercò di mettere a fuoco gli ultimi minuti, ma era davvero difficile riuscirci, con il ricordo del sogno appena fatto che riaffiorava insistentemente nella sua testa. Che senso poteva avere? Perché non riusciva a ricostruire le parole di sua madre? E se quel giorno, al luna park, lei avesse provato a dirle qualcosa di importante? Forse era questo il significato del sogno. La mente allontana alcuni ricordi che però restano in sospeso finché qualcosa, o qualcuno, non li riporta a galla. Nelle vittime di violenza poteva essere usata l'ipnosi regressiva, per portare il paziente a rivivere l'episodio e individuare il colpevole, spesso rimosso.

Il maresciallo Lamonica, con la pancia piena di polipetti, arrivò nel momento esatto in cui Teresa, scartata l'idea dell'ipnosi, si era messa a caccia di indizi.

«Meno male che è qui» lo accolse trionfante.

«Come ha fatto a entrare?»

«Lasci stare. Sono stata AGGREDITA e trascinata qui dentro da un uomo orribile che sosteneva di essere un poliziotto!»

«L'ho visto.»

«Ah, sì?»

«Sì. È di sotto che piantona l'ingresso! Come se ce ne fosse bisogno. Perbacco, ci sono già io a Strangolagalli! Occorreva mandare un poliziotto di città? E per cosa poi? Un suicidio?»

«Infatti. Bravo maresciallo! Non ci pensi più e mettiamoci al lavoro.»

«Cioè?»

«Mi è venuta un'idea, però bisogna essere in due. Ecco, si metta in terrazza e cominci a parlare.»

«E cosa devo dire?»

«Quello che vuole: reciti una poesia, o l'alfabeto, l'importante è che non resti in silenzio. Io vado di là. Ah, dimenticavo. Dobbiamo mettere un po' di musica.»

Il maresciallo non ebbe la forza di replicare e restò imbambolato in balcone.

Teresa intanto si era chiusa in bagno, aveva aperto i rubinetti e si era messa in ascolto.

Non sentendo nulla, si era anche accomodata sul gabinetto.

Sarebbe rimasta lì per ore se non fosse sopraggiunto Lamonica: «Senta, non so più cosa inventarmi. Ho ripetuto ad alta voce il Padre nostro, ho contato fino a cento, ho persino chiamato mia moglie!».

«Mi sembra più che sufficiente. E io non ho sentito nulla! Vuole provare anche lei?»

«No, no. Mi fido.»

«Questa è la conferma di quello che cercavo di dirle ieri sera. Qualcuno è entrato in questa casa e ha ucciso Paolo Barbieri. Ha notato segni di colluttazione?»

«Nessuno.»

«Avranno ripulito la scena del delitto. Dovremmo chiamare la Scientifica.»

«Siamo a Strangolagalli, non a Los Angeles» ribatté Lamonica, con una punta di rammarico in gola.

«Maresciallo Lamacina. Siamo noi la Scientifica!»

6

«Pap, ma che fine avevi fatto? Ero preoccupata.»

Appena rientrata a casa, Luigia le venne incontro.

«Lascia perdere, mi è successo di tutto. Sono anche svenuta» rispose, buttandosi sul divano.

«Tu? Svenuta? Perché? Ora stai bene?»

«Sì, sì, benissimo, poi ti racconto.»

«È tutta colpa mia. Se non ti avessi convinta a iscriverti a Tinder non avresti vissuto questa terribile esperienza.»

«Ma no, Gigia…»

«Non era mai successa una roba del genere a Strangolagalli. Sono tutti in subbuglio. Il sindaco ha indetto un lutto di due ore per domani mattina, il medico si è dovuto ritirare dal torneo di scopone al Centro anziani, la qual cosa ha reso euforico mio padre, sia chiaro, e si parla addirittura di rimandare la fiera estiva. Floriano è fuori di sé. Ha minacciato di chiudere la macelleria, se succede.»

«Quel tirchio. Figuriamoci se lo fa. Qui tutto bene?»

«Il delirio. Siamo pieni!»

«Davvero? Ma se non c'era nessuno!»

«Sono tutti arrivati non appena sei uscita. C'è stato anche un last minute, poi ti dirò.»

Quello che erano riuscite a fare insieme aveva dell'incredibile.

La prima settimana a Strangolagalli, Gigia le aveva chiesto la cortesia di ospitare degli amici dalla Germania, in cammino lungo la via Francigena. In poco tempo, le due avevano trasformato la casa paterna in un efficientissimo Bed&Breakfast. Le stanze erano ben quattro e tutte doppie, con annessi servizi. Nel salone, molto grande, avevano servito la colazione e, spesso, anche la cena. Una volta sole, dopo tre giorni molto intensi, si erano buttate sul divano, stremate.

«Dovremmo farlo più spesso» aveva detto Teresa. «È stato divertente.»

«Sei matta? Io sono distrutta.»

«Ma se riuscissimo a farci pagare? Voglio dire, tu fai un lavoro di merda, ma parli un sacco di lingue e sei sprecata a fare quello che fai. Che poi, cosa fai di preciso? Non l'ho mai capito.»

«Traduttrice di manuali self-help, prevalentemente dal francese. Ma anche con lo spagnolo non me la cavo male. *Come realizzare un orto sul terrazzo*, *Mille utili consigli per trovare l'anima gemella*, *Il vero cupcake sei tu: trova la dolcezza che hai perso* e…»

«Basta, basta. Quello che dicevo: un lavoro di merda. Io invece sono disoccupata e questa casa è enorme. Siamo state brave. Potrebbe diventare un business!»

«Non saprei da che parte cominciare, Pap.»

«Ah, neanche io! E neanche mio padre, se è per questo…» A quel punto Teresa era scattata in piedi con gli occhi sgranati.

«Madonna santa, che è? Un ictus?» aveva esclamato Gigia.

«Ascoltami. Vado a parlare con don Guarino. Quello non paga l'affitto da anni e ogni volta che mi incrocia in paese mi guarda terrorizzato. Posso ricattarlo!»

«L'idea comincia a piacermi. Continua…»

«Gli chiedo di far inserire il nostro B&B nei punti di ristoro della via Francigena, pena il pagamento dell'affitto, così tutti i pellegrini di passaggio a Strangolagalli verranno qui da noi. Poi chiedo a

Solange di farci un sito, lei è bravissima in queste cose, devi vedere come ha messo su quello del negozio...»

«Basta che le dici di non inserire immagini di fruste e manette...»

«Don Guarino apprezzerebbe.»

«Ci puoi giurare. Manca solo il nome, a questo punto.»

«Allora ti va?»

«Come hai appena detto: ho un lavoro di merda, e se devo restare qui per via della malattia di mia madre, allora che B&B sia!»

«E io il nome ce l'ho! *Papaveri e Capperi*!»

Gigia scoppiò a ridere.

«Tesoro, non è colpa nostra se ci ritroviamo questi cognomi» disse Teresa.

Così era nato il B&B Papaveri e Capperi. Avevano sistemato la piccola scrivania settecentesca di suo padre in fondo al salotto e la utilizzavano come bancone per accogliere gli ospiti. Quello che invece una volta era il sottotetto, era stato trasformato nella camera da letto di Teresa. Una sistemazione provvisoria, fintanto che il B&B non avesse cominciato a funzionare bene. Poi avrebbero deciso cosa fare. Le torte della colazione venivano preparate dalla signora Marisa; da Floriano Barbarossa, il macellaio del paese nonché famigerato *tombeur de femmes*, o almeno così amava definirsi lui nonostante i suoi sessant'anni, provenivano formaggi e salumi, e da don Guarino, terrorizzato all'idea di cominciare a pagare un affitto, arrivavano i pellegrini. Persino il sindaco, Ignazio Vecchietta, inorgoglito all'idea che la sua cittadina potesse finalmente vantare un B&B dove i turisti di passaggio potevano fermarsi a dormire, aveva fatto fare dei cartelloni pubblicitari da attaccare appena fuori Strangolagalli. Anche Solange era stata di parola e, fatta eccezione per l'uso indiscriminato del rosa shocking scontornato di pizzo nero, le immagini che aveva utilizzato per il sito erano bellissime. E la chiesa di San Michele, con quello sfondo fucsia, aveva acquistato fascino, assumendo l'aspetto di una villa settecentesca da festini orgiastici, più che di un semplice luogo di culto.

Il B&B venne inaugurato a Natale, quando Teresa era tornata in paese da nemmeno quattro mesi. E da gennaio a giugno le due amiche non si erano risparmiate, tanto che gli abitanti avevano dovuto convenire che l'arrivo della figlia del Professore, a cui erano indubbiamente affezionati, ma che non avevano mai considerato niente di più che la figlia, scema, del Professore, non era stato poi così terribile come si erano immaginati. Anche se, questo andava detto, per gli abitanti di Strangolagalli, che da sempre avevano subito il fascino e l'influenza di Giovan Battista Papavero, Teresa restava pur sempre scema.

«È arrivata una coppia insopportabile. Si sono lamentati di tutto» stava continuando Gigia, e Teresa si rese conto di avere perso gran parte della conversazione. «E anche una signora dall'aria triste, ma così triste che l'avrei abbracciata.»

«Sei troppo sensibile. Da quando ti sei fidanzata, poi, sei pure peggiorata.»

«E tu sei troppo cinica.»

«Realista, diciamo. Tempo pochi mesi e tu ed Eugenio diventerete come quei due della scorsa settimana, te li ricordi?»

«Per l'amor del cielo!»

«Lei odiava il marito, era evidente. Magari all'inizio pensava di poterlo cambiare, invece si è ritrovata sul groppone uno che negli anni è rimasto sempre identico a se stesso. Anzi, è pure peggiorato!»

«Sei un mostro.»

«Oh, andiamo, Gigia, non guardarmi così. Le uniche coppie felici che conosco sono quelle che stanno in piedi sopra uno strato di glassa.»

«Tu non ne conosci proprio, di coppie.»

«Appunto.»

«E poi, scusa, chi può vivere così? In piedi poi...»

«Stavo parlando delle statuine che si mettono sopra le torte, hai presente?»

«Ah, non avevo capito. Comunque, la signora triste è a un passo dal suicidio, te lo dico io.» Poi, rendendosi conto di avere fatto una gaffe terribile, si affrettò ad aggiungere: «Oddio, Pap. Non come Paolo, intendiamoci. Cioè, Paolo si è suicidato proprio, lei ci sta pensando, forse, ma poi magari mica lo fa davvero. Lo pensa, ma non lo fa!». E si azzittì soddisfatta, convinta di avere rimediato.

Teresa scoppiò a ridere e avrebbe volentieri detto la sua sull'argomento se l'amica non l'avesse anticipata. «Attenta, sta scendendo.»

«Chi?»

«Il tizio di cui ti dovevo parlare, quello che è arrivato poco fa. Il last minute!»

«E dove lo hai messo? Non abbiamo più stanze.»

«Non potevo mica lasciarlo dormire in strada. È così cariii-nooo.»

«Gigia, ma che...»

«Zitta, zitta» e l'amica le piantò un gomito nello sterno prima di alzarsi in piedi come un soldato in adunata, coprendo completamente la visuale a Teresa.

«Scusa» sentì dire da una voce maschile «in questo posto si mangia o praticate il digiuno?»

«Certo che si mangia» rispose Gigia. Che però non aggiunse altro.

«Quindi?»

«Ah, intendeva dire adesso? Non in generale?»

Teresa alzò gli occhi al cielo ed emerse da dietro l'amica. Quando se lo ritrovò davanti per poco non svenne di nuovo: questa volta non per la paura, però.

«E tu che ci fai qui?» gli domandò, quasi aggredendolo.

Luigia, al contrario, sembrava fosse stata colpita da un fulmine mentre stava ridendo.

«Ci dormo, se quella dove mi avete messo può essere definita una stanza. Ho trovato anche della biancheria stesa in bagno. Mutande, per l'esattezza. Di pizzo rosso e nero. È per caso un bordello, questo?»

«Gli hai dato la mia stanza?» chiese Teresa rivolgendosi a Luigia, sempre impietrita.

Il poliziotto invece era piacevolmente colpito. Non avrebbe mai sospettato che una zitella di paese potesse indossare roba del genere. O forse sì. In fondo, erano sempre le acque chete a trasformarsi in tigri del ribaltabile. Dovette fare un grande sforzo per scacciare dalla testa l'immagine della Papavero in lingerie di pizzo rossa che saltava sul letto ruggendo come una leonessa. Per fortuna ci pensò Teresa stessa ad aiutarlo.

«Gigia!» gridò, rivolta all'amica che aveva ancora lo stesso sorriso ebete stampato in faccia.

«Sì, scusa.»

«Ripeto: gli hai dato la mia stanza?»

«Certo. Il signore qui...»

«Serra, Leonardo Serra» disse l'uomo, riuscendo a trattenere una risata.

«Ecco, sì. Leonardo Serra è un poliziotto» riprese Luigia, sottolineando l'ultima parola come se quel fatto, il suo essere un poliziotto, fosse sufficiente a garantire la pace nel mondo o il riassorbimento del buco dell'ozono.

«Ho capito, è un poliziotto. Ma io dove dormo?»

«Ah, non da me, sia chiaro» si affrettò a dire Serra. «Ti concedo il pavimento, se è proprio necessario» e qui non riuscì a trattenersi, immaginandola spalmata al suolo con un baby-doll rosa.

«Vieni a stare da me, Pap. Mamma ne sarà felice.»

«Non prima di avermi sfamato, sia chiaro.»

A quel punto Teresa, senza aggiungere altro, si diresse in cucina, afferrò tutto quello che c'era in frigo e lo piazzò sul tavolo. Poi tornò in salone.

«Trovi tutto di là. Ora, se non ti dispiace, dovrei salire in camera a prendere un paio di vestiti.»

«E le mutande! Non scordare le mutande.»

La Papavero non gli rispose, e si diresse verso le scale.

La casa di famiglia era molto antica, con il soffitto a cassettoni e le travi in legno.

Suo padre, da sempre un uomo con manie di grandezza, era riuscito a comprare gli altri due appartamenti del piccolo palazzo settecentesco e li aveva uniti, creando un collegamento con le scale. Una coppia di camere da letto principali, con i bagni, si trovava al piano terra, vicino al salone e alla cucina, e altre due, più piccoline, al piano superiore, divise da quello che un tempo era stato lo studio del padre. La grande libreria e un paio di poltrone avevano fatto sì che la stanza potesse essere trasformata in una sala lettura, dove gli ospiti di solito si intrattenevano piacevolmente. Da lì, una piccola scala a chiocciola conduceva al terzo appartamento, il più piccolo di tutti, solo due camerette e il bagno, ma comunque molto grazioso. L'unico con un terrazzo che si affacciava sulla vallata. Suo padre aveva ritenuto che non fosse importante renderlo abitabile e l'aveva utilizzato per archiviare vecchie ricerche, libri, tesi di laurea dei suoi studenti o, cosa ben più inquietante, per nascondere materiale sui casi per cui spesso veniva interpellato. Teresa se ne era accorta solo quando con Gigia avevano cominciato a sgomberare l'appartamento, accatastando in una stanza tutto il materiale del padre e trasformando l'altra nella sua camera da letto. Quella con i documenti era così diventata la sua stanza di elezione, dove si rifugiava quando aveva un po' di tempo libero, immergendosi nelle letture e rinverdendo gli antichi fasti di aspirante profiler.

Stava in piedi, con le spalle alla porta, e cercava di riempire una sacca con le sue cose quando avvertì una presenza alle sue spalle.

«Hai preso tutto?» le chiese Serra.

«Tu vuoi uccidermi. Ti muovi come un Navy Seal.»

«È il mio mestiere.»

Dio, parlava come Bruce Willis. A Strangolagalli, però.

«Non credevo fossimo sotto attacco terroristico» disse Teresa, afferrando al volo la biancheria appesa allo stendino e ficcandola tutta dentro la borsa. Non sopportava quel tipo, ma non era carino lasciare le sue cose lì. Era comunque un ospite pagante.

«Peccato, non mi dispiaceva averlo sotto mano, il tuo baby-doll.»

«Quante notti ti fermerai?» chiese, ignorando il suo commento.

«Non lo so ancora. Dipende.»

«Da cosa?»

«Da quanto mi piacerà stare qui» rispose, e si sporse verso di lei, bloccando con un braccio l'uscita.

Gesù, che voleva fare? Baciarla?

Con un'abile mossa, Teresa riuscì a passargli sotto e se la svignò.

I tipi come quello le ricordavano suo padre.

7

Così, Teresa era finita a dormire da Gigia, come ai vecchi tempi quando, da bambine, aspettavano che arrivasse il venerdì, giorno in cui finalmente avrebbero organizzato, come ogni settimana, il pigiama party. L'ultimo di quei venerdì era stato quello che aveva preceduto la scomparsa della mamma di Teresa, e lei lo aveva trascorso proprio da Gigia.

Il passato tornava ad affacciarsi e non c'era più modo di fermarlo.

Durante quelle serate avevano condiviso speranze, sogni, si erano confidate segreti e si erano giurate amore eterno. E avrebbero anche suggellato le loro promesse con il sangue se non fosse successo l'irreparabile: non appena Teresa aveva inciso il palmo della mano di Gigia con un coltellaccio da cucina, l'amica era svenuta e lei era stata costretta a chiamare il padre. Giovan Battista Papavero era arrivato in loro soccorso, salvando Gigia da una morte certa – questo almeno aveva creduto Teresa vedendo tutto quel sangue – e ammonendo la figlia. «Sai chi era Ted Bundy?»

«No, papà.»

«Un famosissimo serial killer americano. Intelligentissimo, camaleontico anche se repubblicano, purtroppo.»

«Ed è una cosa brutta essere repubblicani?»

«Bruttissima.»

«Peggiore che essere serial killer?»

Giovan Battista Papavero aveva chiuso gli occhi, ma non aveva negato. «Comunque, sai perché ha cominciato a uccidere? Perché ha avuto un'infanzia difficile.»

Teresa era rimasta in silenzio. Non riusciva a comprendere il nesso tra Ted Bundy e il patto di eterna lealtà che avrebbe dovuto stringere con Gigia.

«Questo significa» aveva continuato il padre «che devi sempre essere gentile con le persone più deboli. I traumi subiti in età scolare e prescolare hanno terribili conseguenze in età adulta. Mi hai capito bene?»

«Sì, papà. Siccome ho tagliato la mano a Gigia, lei da grande potrebbe diventare un serial killer.»

Come era accaduto a Giancarlo Giudice, il "mostro di Torino", ma Teresa avrebbe appreso solo più avanti che uccideva prostitute brutte e grasse perché gli ricordavano la matrigna cattiva che lo aveva vessato durante tutta la sua infanzia. O a Cenerentola, alla quale però era andata meglio perché aveva sposato il principe.

L'argomento sembrava chiarito e Giovan Battista Papavero soddisfatto del risultato. Teresa, al contrario, non era riuscita a chiudere occhio. Aveva riflettuto a lungo sulla questione e aveva stabilito una cosa: se la sua più cara amica un giorno fosse diventata un serial killer per causa sua, lei si sarebbe fatta carico di tutto.

Non l'avrebbe mai abbandonata.

Ora, rivedere lì la sua adorata Ted Bundy, in pigiama e nella stessa cameretta di quando era piccola, anche se riadattata alle nuove esigenze di donna adulta, le faceva un certo effetto. Nessuna delle due aveva realizzato i propri sogni. Luigia aveva vinto una borsa di studio alla Sorbona. Voleva diventare un'interprete e ce l'avrebbe fatta, di questo Teresa era certa, se la malattia della madre non le avesse impedito di partire.

Almeno, non era diventata una serial killer. Non se lo sarebbe mai perdonato.

Quanto era bella Luigia, così dolce, sensibile. Chissà che vita avrebbe potuto avere se fosse riuscita ad allontanarsi da Strangolagalli! Lei sì, di sicuro sarebbe diventata qualcuno.

«Sta iniziando, sbrigati» gridò Gigia, riportandola al presente.

«Arrivo» rispose Teresa, sedendosi accanto a lei sul letto. «Porto i beni di prima necessità: pizza e birra.»

«Grazie. Non vedo l'ora di sapere tutti i dettagli.»

«Te li ho già raccontati io.»

«Ma magari ti sei sbagliata. Non puoi avere sempre ragione.»

Quella sera andava in onda il loro programma preferito: *Dove sei?* Una trasmissione televisiva settimanale che aveva incantato un po' tutta Strangolagalli e che raccoglieva denunce e testimonianze a proposito di persone scomparse. Teresa ne era morbosamente attratta, con sommo disappunto del padre, che lo riteneva un programma per casalinghe disperate. Lei, comunque, lo seguiva da sempre. Come se si aspettasse di vedere comparire sua madre, o qualcuno che l'aveva avvistata, magari in un'altra città. Si rendeva conto dell'assurdità della cosa: né lei né suo padre erano mai stati ospiti del programma, non erano mai andati lì a mostrare una sua foto, quindi nessuno avrebbe potuto telefonare e dichiarare di averla vista. Eppure Teresa non smetteva di guardare quella trasmissione, immaginandosi di volta in volta scenari differenti. E poi c'era Corrado Zanni, inviato di punta del programma e l'ennesimo elemento del suo passato che non voleva rievocare, ma dal quale non riusciva a staccarsi del tutto.

Cominciarono a mangiare, in religioso silenzio. La mamma di Gigia era già a letto e il padre era al Centro sociale anziani impegnato in una partita a scopone.

Quella puntata era cruciale. Tutta Strangolagalli la stava aspettando: Virginia, donna di trentacinque anni, madre di due figli e moglie del devoto, almeno all'apparenza, Gian Gabriele, era sparita un paio di mesi prima mentre faceva jogging all'interno del suo lussoso comprensorio romano. Ebbene, Virginia era finalmente stata ritrovata, ovviamente morta, proprio da Corrado Zanni, il quale aveva speso tutte le sue energie e risorse nella caccia. I media lo avevano soprannominato il Mastino della televisione, perché non si fermava di fronte a niente, come in quel caso, del resto. Aveva interrogato parenti, amici, carabinieri coinvolti nelle ricerche, aveva nascosto microfoni, spiato conversazioni e alla fine era riuscito lì dove altri, poliziotti compresi, avevano fallito. Era sempre stato così, ostinato e caparbio. Alla fine il devoto, almeno all'apparenza, Gian Gabriele si era rivelato tutto fuorché devoto. Aveva perso molti soldi con prostitute e gioco d'azzardo e necessitava del capitale della ricca Virginia. Insomma, grande successo per la trasmissione e per il bel Corrado.

«Che ti avevo detto?» Teresa era molto soddisfatta del ritrovamento e della ricostruzione delle indagini, delle prove raccolte e di come Zanni fosse giunto alle stesse conclusioni a cui lei era arrivata fin da subito, senza però tutto quel dispiegamento di forze ed energie. Non aveva mai avuto dubbi sul fatto che Virginia fosse morta e che a ucciderla fosse stato il marito.

«Sei noiosa. Ecco perché non trovi un uomo. Chi mai vorrebbe confrontarsi con te?»

«Ma Gigia, era ovvio che fosse stato Gian Gabriele. Con un nome così... E poi, sai bene che io non sono alla ricerca di un uomo: non mi interessa quella roba lì. Ti fa perdere il contatto con la realtà.»

«Sciocchezze.»

«Per non parlare del fatto che noi donne abbiamo la spiacevole tendenza a scegliere come compagni di vita uomini che ci ricordano nostro padre. Vuoi per caso vedermi accanto a un altro Giovan Battista Papavero?»

«Oddio, Pap! No, per carità. Ma quindi mi stai dicendo che Eugenio assomiglia a mio padre?»

«Identico. Appiccicoso, insicuro e bisognoso di attenzioni.»

Gigia deglutì. «Forse lo lascio.»

«Ma mi ci sono affezionata...»

«Eccolo!» la interruppe l'amica. «È arrivato Zanni. Mamma mia, Pap, ha un fascino...»

«Sì, ce l'ha.»

«Da quando c'è lui la trasmissione ha avuto un'impennata di ascolti. Anche se devo dire che è sempre stata molto seguita. Siamo tutti morbosi, e i casi di scomparsa ci appassionano.» Si rese subito conto di avere fatto un'altra gaffe. Perché non contava fino a dieci, prima di parlare? «Oddio, scusami Pap. Non so davvero...»

«Ma no, non ti preoccupare. Ormai sono passati così tanti anni... e poi è vero, hai ragione. Come nel caso di un incidente stradale. Si crea l'ingorgo perché la gente deve fermarsi a vedere il morto. E se non c'è, ci rimane pure male.»

«Siamo dei mostri» disse Gigia, riferendosi più a se stessa che agli altri. Insomma, come le era saltato in mente di alludere alla scomparsa della madre di Teresa? Un evento assurdo, tra l'altro. Lei se lo ricordava bene, ma non ne aveva mai fatto cenno all'amica, per non turbarla. E lentamente la scomparsa di quella donna era scivolata nell'oblio. E dire che sembrava una persona così a modo, così posata... Luisa Tatti, coniugata Papavero. Teresa era identica a lei, identica. Possibile che la sua amica si fosse dimenticata tutto? Ricordava sempre ogni cosa, eppure di quel giorno non le era rimasta memoria di niente.

«Un po' sì, in effetti» le rispose Teresa, strizzandole l'occhio e riportandola sul pianeta Terra.

La trasmissione andava avanti, ma Teresa non riusciva a seguirla. Non faceva altro che ripercorrere, fotogramma per fotogramma, il poco tempo trascorso con Paolo.

«Va bene, ho capito» disse a un tratto Gigia, spegnendo la TV. «Avanti, parla. Che ti passa per la testa? Sento gli ingranaggi del tuo cervello che si muovono e fanno un rumore assordante.»

«Esagerata! Niente, sto pensando a Paolo. Cioè, non a lui in particolare: alla situazione, al contesto, ecco. Metto a fuoco i dettagli...»

«Ah, perché, non te li ricordi? Sarebbe una novità.»

«Certo che me li ricordo. Sono tutti qui dentro, nella mia testa, devo solo tirarli fuori» rispose, battendosi la fronte con la mano.

«E allora lasciali lì, a riposo...»

«Non scherziamo, Gigia.»

«Io invece vorrei che per una volta tu dimenticassi qualcosa. Insomma, dev'essere stato scioccante per te trovarti lì mentre... mentre...»

«Sì, terribile. Ma l'ho superato.»

«Hai un'incredibile capacità di recupero, non c'è che dire.»

«Il fatto è che ora devo concentrarmi su altro. Allora: Paolo non aveva foto sul profilo Tinder e non voleva incontrarmi.»

«Stronzo.»

«Anche io l'ho pensato, all'inizio. Ma bisogna sgombrare il campo, non lasciare spazio all'emotività o alle questioni personali. Vista da fuori, la sua ritrosia assume un altro significato. Era dettata dalla paura. Paura di esporsi.»

«Stai andando alla grande.»

«Altro punto, collegato al precedente: se ne stava rintanato in casa, a dimostrazione del fatto che non voleva farsi notare da nessuno. E poi c'è la questione del lavoro. Quando gli ho chiesto che cosa facesse nella vita è stato evasivo.»

«Vabbè, magari era disoccupato. Sai meglio di me come ci si sente.»

«Appunto! Essere disoccupati a venticinque anni non è un dramma. Hai ancora la speranza che qualcosa possa accadere. Andiamo, Gigia, a quell'età hai il mondo davanti, o almeno ti illudi di averlo. Non vedi l'ora di cominciare a lavorare, sei elettrizzato all'idea di fare qualcosa di nuovo, di costruirti un futuro…»

«Io non me li ricordo così, i miei venticinque anni.»

«Ah, neanche io. Ma diciamo che normalmente è così.»

«E poi c'è la questione di Serra.»

«Quanto è bello!»

«E che c'entra? La questione è un'altra. Che ci fa qui un poliziotto?»

«Okay, ammettiamo che tu abbia ragione. Ammettiamo che avesse paura, che stesse scappando da qualcosa, o da qualcuno. Ma adesso, che cosa te ne fai di queste informazioni?»

«Niente.»

«Appunto. Niente. Quindi pensa di meno: ti aiuterebbe a vivere meglio. Dio, che stanchezza, il mio cervello non è abituato a lavorare così tanto. Cambiamo argomento, ti prego.»

«Non so come abbia fatto mio padre a pensare che tu potessi diventare una serial killer.»

«Io? Una serial cosa?»

«Quando ti ho tagliato il palmo della mano. Me ne sono ricordata poco fa. Credeva lo avessi fatto per cattiveria, che fosse un atto di bullismo. Lui ha una specie di fissazione per l'infanzia dei serial killer. È convinto che lì si pianti il seme della violenza, che durante quel periodo ci sia un momento di svolta che porta il bambino a diventare un adulto malvagio. E l'atto di tagliarti la mano, se reiterato nel tempo, avrebbe potuto trasformarti in serial killer.»

«L'ho scampata bella, allora!»

«Ah, sì. Eri a tanto così dal diventare Ted Bundy.»

Scoppiarono a ridere.

«Domani voglio fare un salto nell'appartamento in alto. Papà ha conservato lì tutte le sue ricerche.»

«Pensavo che avessi anche tu la stessa abitudine: fare ricerche, catalogare gli indizi, roba del genere...»

«Certo! Conosco a memoria i nomi dei principali serial killer e i loro *modus operandi*: Theodore Kaczynski, bombarolo; Richard Ramirez, The Night Stalker, aggrediva di notte le coppie accanendosi sulle donne e mutilandole *post mortem*; Dennis Rader, uccideva tramite soffocamento e tortura; Gary Ridgway invece...»

«Basta, basta. Ti preferisco quando usi la tua inquietante memoria fotografica. Vediamo, come era vestito il poliziotto?»

«Facilissimo: anfibi, jeans, maglietta blu con una piccola scritta gialla sul lato destro della manica, CK, Calvin Klein; calzettoni a righe gialle e blu. Mastica in continuazione gomme e liquirizie, chiaro sintomo di uno che sta cercando di smettere di fumare, ma non ci riesce. Ah, infila sempre le mani nella tasca dei pantaloni, come se volesse prendere qualcosa che però non trova: il pacchetto di sigarette. Sono sicura che lo tiene nascosto da qualche parte. E solleva un sopracciglio quando qualcosa non lo convince.»

«Tu non sei normale. Hai mai pensato di essere affetta da qualche malattia genetica rara? Di quelle che si vedono in televisione? Magari potrebbero fare degli esperimenti su di te. Diventeresti famosa!»

«Dormi, Gigia.»

«Pensaci» rispose l'amica, e si distese, spegnendo l'abat-jour. «E pensa un po' anche al poliziotto. A lui come uomo, intendo. Non sono brava come te a capire le persone, ma tra voi c'è qualcosa.»

«Sì, l'aria.»

E mentre l'amica scivolava nel sonno, Teresa rimase a riflettere per un po'. Luigia non aveva tutti i torti. Non sulla vicenda del poliziotto, ovviamente, ma sulla questione della malattia rara. Lei stessa aveva condotto delle ricerche sulla sua strana capacità mnemonica e si era imbattuta nell'ipertimesia, l'attitudine a ricordare dettagliatamente ogni giorno della propria vita. Ricordava anche il momento esatto in cui aveva svolto quelle ricerche, spinta dalle continue insistenze di una persona. Corrado Zanni, appunto. Ma era venuto fuori che esistevano ventuno casi documentati in tutto il mondo. Troppo pochi perché lei potesse rientrare nel novero. Certo, se fosse stata la ventiduesima questo le avrebbe dato una certa popolarità...

Il solo pensiero la fece addormentare soddisfatta.

8

Strangolagalli era davvero in subbuglio e, mentre Teresa serviva la colazione e salutava gli ultimi ospiti rimasti, il sindaco si era affacciato già un paio di volte facendole cenno che aveva urgenza di parlarle.

Per fortuna, il poliziotto non si era ancora visto.

Quando Ignazio Vecchietta tornò, Teresa decise di assecondarlo e lo fece sedere in cucina.

«Che cosa succede?» chiese a bruciapelo.

«Ecco, Teresa, non so bene da che parte cominciare, ma ci sono delle voci... sì, insomma, qualcuno sostiene che lei si trovasse a casa del ragazzo mentre... be', mentre questo si buttava dal balcone.»

«Non diciamo sciocchezze.»

«È quello che ho detto anche io! Testuali parole: non diciamo sciocchezze. Che poi, cosa ci sarebbe andata a fare, a casa di questo Barbieri? La figlia del Professore, a casa di uno sconosciuto!»

«Infatti.»

«Bene. Sono felice che ci siamo chiariti. Cos'è questa?» domandò, indicando una teglia coperta da uno strofinaccio e poggiata sul tavolo.

«La stesa di Marisa.»

«Posso?»

«Certo. Aspetti che gliene taglio un pezzettino. Anzi, due, così la porta anche a sua moglie.»

«Ma no, grazie, non vorrei...»

«Insisto.»

«In tal caso...» e il sindaco alzò le mani in segno di resa.

La stesa era la pizza tipica di Strangolagalli, fatta con un impasto di sola acqua e farina, senza lievito, fritta e poi farcita di verdure, formaggi o salumi. Avevano anche la festa della stesa, il secondo sabato di ottobre. Ma quella della signora Marisa non aveva rivali. C'era stato anche chi aveva cercato di sfidarla, generando una certa tensione in paese, ma il giudizio di tutti era stato unanime.

«In conclusione» disse Vecchietta, agguantando con avidità il sacchetto che gli porgeva Teresa, «la pregherei di non alimentare queste chiacchiere.»

«Ci mancherebbe. Sarò muta come un pesce. Piuttosto, ci sono novità?»

«Nessuna, fermo restando che non sarebbero tenuti a riferirle a me. Comunque, Peppino ha lavorato tutta la notte sul corpo di quel povero ragazzo.»

«Perfettamente.»

«E il maresciallo Lamonica è molto competente. So che sta cercando di rintracciare i genitori» e scosse la testa desolato. «Se dovesse capitare alla mia bambina...»

La sua "bambina" aveva l'età di Teresa e non l'avrebbe abbattuta neanche un camion lanciato a tutta velocità, tanto era grassa. Si chiamava Irma ed era stata in classe con lei e Gigia. Si dava tante di quelle arie che non la sopportava nessuno. Questo perché Ignazio Vecchietta già allora si impegnava moltissimo per cercare di entrare in politica e si vociferava che presto sarebbe diventato sindaco. E Irma si sentiva intoccabile.

«Non ci pensi, sindaco» lo consolò Teresa. «Ormai è capitato a me. Irma qui è al sicuro. Lo siamo tutti. E le dirò un'altra cosa...»

Vecchietta si sporse in avanti, in atteggiamento di paziente e vigile attesa.

«... ieri sera è arrivato anche un poliziotto. Credo dal Nord.»

«Un poliziotto? Qui, a Strangolagalli?»

Teresa annuì con fare grave. «Alloggia da noi. Leonardo Serra. Un uomo insopportabile, se posso dire la mia, e con uno sguardo sinistro.»

«Ed è in salone?»

«No, questa mattina non l'ho ancora visto.»

«Ha fatto benissimo ad avvisarmi. Se lo dovesse incrociare, gli dica di venire subito da me. Sarò tutto il giorno in municipio. C'è da risolvere il problema della fiera estiva. Ora vado, e mi saluti tanto il Professore.»

«Non mancherò.»

Teresa concludeva sempre così le sue conversazioni, ma non aveva mai mantenuto la parola: anche perché Giovan Battista Papavero si rifiutava di avere a che fare con lei da quando gli aveva manifestato l'idea di mettere su un B&B nella casa di famiglia.

«Chi vuoi che venga a Strangolagalli?» le aveva risposto quel giorno.

«Invece credo che ci verrà un sacco di gente.»

«Io lo so perché fai così. La tua paura del fallimento ti spinge a imbarcarti in imprese che falliscono, per dimostrare a te stessa che avevi ragione.»

«Non ho capito niente.»

«Ovvio, ti sei laureata in psicologia!»

«Ma non potrei semplicemente desiderare di riuscire in qualcosa?»

«Non diciamo sciocchezze. Avrei sbagliato diagnosi. Dovevi continuare a vendere vibratori. Almeno, era un lavoro socialmente utile.»

Quando tornò in soggiorno, la bella Monica Tonelli, l'ospite che Gigia credeva fosse sull'orlo del suicidio, si affrettò a chiudere una telefonata e cercò in tutti i modi di nascondere le lacrime.

«Non volevo disturbarla» si scusò Teresa.

«No, no. Nessun disturbo. Era... era una mia cara amica. Ha un sacco di problemi con il marito.»

«Capisco» rispose Teresa.

Ma la Tonelli continuava a fissare il cellulare, come se stesse aspettando da un momento all'altro la telefonata che avrebbe risollevato le sorti dell'umanità.

«Gli uomini sono una maledizione» buttò lì Teresa, avvicinandosi e facendo finta di sparecchiare.

Quella donna le aveva mentito. Aveva avuto troppa fretta nel giustificarsi, nel darle una spiegazione plausibile quanto non richiesta. Indubbiamente era una donna strana, ma non era la tristezza ciò che colpiva a prima vista, bensì un senso di smarrimento che si manifestava nello sguardo e negli atteggiamenti. Come fosse stata catapultata a Strangolagalli per ragioni che esulavano dalla sua volontà.

«Come?» domandò la Tonelli, rivolgendole uno sguardo stupito.

«Dicevo che gli uomini sono una maledizione. Mi riferivo ai problemi coniugali della sua amica. A meno che non sia sposata con una donna, eh! In questo caso...»

«Certo, sì. Gli uomini... non saprei, può darsi.»

«Le porto un altro caffè?»

«Molto gentile, sì, grazie. Le volevo chiedere una cosa» aggiunse. Ancora quell'esitazione nella voce e negli occhi.

«Mi dica pure.»

«Le sembrerà una domanda strana, ma... esiste per caso un elenco delle nascite? Intendo dire, un elenco di tutti quelli che sono nati qui in un determinato periodo? Sarei interessata in particolar modo alla fine degli anni Ottanta.»

«In effetti è una domanda strana. Non saprei. Posso chiedere al sindaco, però.»

«No, no. Non è necessario scomodarlo, grazie.»

«Credo che per lui sarebbe un piacere.»

«Preferirei di no» disse la donna, alzandosi in piedi di scatto e facendo cadere la tazzina. «Mio Dio, scusi, guardi che disastro che ho combinato! Io davvero non so come...»

«Non è niente. Aspetti che l'aiuto a pulirsi.»

«No, non serve. Faccio da sola.»

«Ma non è un problema...»

«La prego, preferisco fare da sola.»

«Come vuole.» Se Teresa avesse ancora insistito, quella donna si sarebbe messa a piangere. Decise di cambiare approccio. «Potrebbe chiedere ad Antonia, la bibliotecaria.»

«Non capisco.»

«Per la sua ricerca. È una persona discreta e un asso con il computer e le ricerche on-line! Anche se, a guardarla, non si direbbe. Ma non si faccia ingannare dall'aspetto.»

Minuta, sempre curata e di età indefinita, Antonia poteva avere cinquant'anni come settanta, anche perché nessuno aveva mai avuto il coraggio di interrogarla in proposito, e possedeva quell'allegria e quella spensieratezza che di solito sono inusuali nelle persone nel suo stato.

Era una zitella. Forse, l'amore incondizionato e mai corrisposto che nutriva nei confronti del macellaio Floriano Barbarossa, noto invece per le sue ripetute scappatelle, produceva in lei quell'effetto paradossale: invece di inasprirla, l'addolciva.

«Davvero?» La Tonelli aveva cambiato espressione. Sembrava molto più sollevata, ora. «Sarebbe fantastico. E dove posso trovare questa Antonia?»

Teresa le diede le indicazioni richieste e prese la piccola valigia che la Tonelli sarebbe passata a riprendere più tardi. Poi si preparò alla partenza.

Il B&B non stava ingranando. O meglio, le persone arrivavano ma a ondate, e questo non era sufficiente. Si sentiva responsabile, e delusa. Si era trasferita a Strangolagalli in cerca di stabilità, ma forse, se ne rendeva conto solo ora, la sua era stata una fuga. Ancora una volta aveva avuto ragione suo padre. Che cosa pensava di ottenere andando a rifugiarsi lì? La cosa più onesta da fare sarebbe stata ammettere l'ennesimo fallimento. Ci avrebbe riflettuto nei giorni successivi. Non era previsto più nessun arrivo, e sarebbe rimasta da sola. Poi le venne in mente Leonardo Serra il quale, come fosse stato evocato da una seduta spiritica, apparve in soggiorno. Non aveva un'aria gioviale.

9

«Dobbiamo parlare, io e te» disse Serra non appena la vide.

«Sono indaffaratissima, mi dispiace» ribatté Teresa, e fece finta di riordinare dei fogli con tale esibita solennità che il lancio di un missile sarebbe risultato una sciocchezza al confronto.

Il poliziotto si guardò intorno. «Vedo, vedo. Dici che rimarrà un posto per me, questa notte? C'è un tale affollamento...»

«Ah, perché, tu resti?»

Il poliziotto annuì. «Ne farei a meno se potessi, credimi. In due ore che sono stato fuori ho fatto almeno quattro colazioni, offerte da non ricordo chi e impossibili da rifiutare, ho cercato ripetutamente di nascondermi dal sindaco, senza riuscirci, e sono stato molestato sessualmente da un armadio di almeno cento chili che camminava in equilibrio precario su due coccodrilli. Quindi, converrai con me che sarebbe meraviglioso potersene andare.»

Di fronte all'immagine di Irma che provava a sedurre un poliziotto in bilico sulle sue zeppe di pitone, Teresa scoppiò in una fragorosa risata.

«Ridi, ridi. Qui la cosa è seria.»

«Oh, ma andiamo. Un maschio alfa come te che non riesce a tenere a bada una povera fanciulla indifesa?»

«Indifesa quella? Ho conosciuto sicari più innocui di lei. Ora però, se non vuoi essere arrestata, cosa che a parer mio ti gioverebbe, gradirei sapere perché diavolo mi hai mentito!»

Si era avvicinato al bancone e lo stava anche circumnavigando per cercare di raggiungerla. Teresa avrebbe voluto indietreggiare, ma dove?

«Mentito, io?»

«Vuoi che ti elenchi i reati che hai commesso?» Ormai era a un passo. «Intralcio alla giustizia…» e così dicendo, aveva appoggiato un braccio sul bancone e l'altro sulla parete accanto a lei, impedendole qualsiasi movimento.

Teresa a quel punto tentò la mossa della sera precedente e si abbassò. Ma venne immediatamente intercettata da Serra, che la bloccò afferrandola alla vita.

«Dove credi di andare?» le sussurrò all'orecchio.

Un secondo dopo, Fred Flintstone la sollevò da terra e la trascinò dall'altra parte del tavolo.

«Sei pazzo?» gridò Teresa.

Ma prima di fare qualsiasi altra cosa, si ritrovò di nuovo stabile sui suoi piedi.

«Ti ho già detto che pesi tantissimo?»

«Questo è abuso di potere!»

«Denunciami.»

«Lo farò.»

«E già che ci sei, aggiungi che ti trovavi in casa di Paolo Barbieri mentre lui si buttava dal balcone, ma che non hai ritenuto necessario menzionare questo fatto parlando con me. Che cosa credevi? Che non sarebbe venuto fuori? Che il tuo paparino sarebbe venuto a salvarti ancora una volta?»

«Che ne sai tu di mio padre? Che ne sai di me?»

«So tutto quello che c'è da sapere. E adesso parla.»

«Uffa! Non so niente, lo volete capire? L'ho detto anche a Lamacina.»

«Lamonica. Vuoi farmi davvero credere che sei stata in bagno per un'ora? Io non me la bevo.»

«E non bertela, cosa vuoi che ti dica? Non hai mai avuto una congestione, tu? Sta diventando un affare di Stato, una questione di sicurezza nazionale! Ho cacato per un'ora, va bene?»

Serra sgranò gli occhi.

«E non ho visto né sentito niente» proseguì Teresa. «Ero in bagno, e quando sono uscita quello si era buttato. Soddisfatto, ora?»

«Non del tutto. Come mai eri lì?»

«Mi appello al quinto emendamento.»

«Non esiste il quinto emendamento, in Italia.»

«Lo so, ma esiste la privacy. Quindi, a meno che non mi accusi di avere commesso un qualche reato, ho il diritto di non parlare, o di chiamare un avvocato e decidere insieme a lui cosa sia opportuno dirti.»

Non gli avrebbe rivelato la verità neanche morta. Se Serra avesse saputo di Tinder, era certa che ne avrebbe approfittato per torturarla.

«Sono solo preoccupato per te.»

Serra aveva improvvisamente cambiato tono di voce. Sembrava davvero preoccupato, ma non c'era da fidarsi. Poteva essere una strategia.

«E perché mai? Paolo si è suicidato, giusto?»

«Sì.»

«E allora mi sono semplicemente trovata nel posto sbagliato al momento sbagliato.»

Il poliziotto pensò che mai parole erano state più vere.

Teresa, invece, in quel preciso istante, ebbe la certezza che Paolo fosse stato ucciso. Ma come?

Fu attraversata da un brivido che non sfuggì a Serra.

«Che c'è?» chiese infatti.

«Niente.»

«Perché sei così testarda?»

«E tu perché sei così arrogante?»

«Di solito piace.»

«Che banalità.»

Si guardarono per qualche secondo, poi Teresa aggiunse: «Se proprio sei costretto a restare per indagare su un SUICIDIO» e sottolineò l'ultima parola appositamente «gradirei riavere la mia stanza. Puoi trasferirti in quella che preferisci. Come mi hai signorilmente fatto notare, il B&B è vuoto».

«Ma io mi ero affezionato alla tua biancheria...»

«Ah, sei un feticista? Conosco il tipo, ci ho avuto a che fare per anni, con gente come te. Se vuoi ti lascio un paio di mutande.»

E prima che Serra potesse aggiungere una parola gli diede le spalle, lasciandolo lì a riflettere su quella strana donna, che all'apparenza sembrava fatta in un modo e che invece, lentamente, si stava rivelando di tutt'altra natura.

10

«Per cortesia, silenzio, silenzio!»

Vecchietta, dal piccolo pulpito della sala consiliare, cercava di riportare il dibattito sul tema all'ordine del giorno. «Capisco l'importanza del torneo di scopone per Peppino, o quella dei fuochi d'artificio durante la festa del patrono. Per non parlare dell'acquisto di un nuovo macchinario per l'epilazione definitiva...» Un brusio d'approvazione si sollevò dalla platea e Chantal scattò in piedi come se fosse stata chiamata direttamente in causa, ma bastò un gesto del sindaco perché si rimettesse a sedere.

«Però noi ci troviamo qui» continuò «per una faccenda più delicata: se dopo quanto accaduto sia o meno il caso di rimandare la nostra solita fiera estiva. Irma, bambina mia, se vuoi raggiungermi...»

Teresa, dal fondo, vide alzarsi tutta la prima fila per consentire alla donna di passare.

Poi i due coccodrilli salirono a raggiungere il padre.

«Grazie, papino. Prima di tutto volevo dire che questa sera avrò l'onore di ospitare a cena Leonardo Serra. Mi sembrava importante dargli il benvenuto e dimostrargli la nostra solidarietà.»

«La stronza» bisbigliò Gigia. «Tutte a lei, le fortune.»

«Io pagherei oro per assistere.»

«Quel gran tocco di...»

«Non è poi così bello!»

«Se lo dici tu.»

«Non si sarà un po' innamorato della mia bambina?» stava intanto dicendo Vecchietta, cercando di fare lo spiritoso.

«Può darsi, papà. Ma non gli renderò la vita facile. Comunque sia, adesso distribuirò dei fogli e ognuno di voi ci scriverà sopra "favorevole" o "contrario". Poi procederemo allo spoglio. Vi raccomando di aggiungere le vostre motivazioni. Sono importanti per la discussione finale, in caso di parità.»

Teresa allungò il collo per cercare di prendere la parola. «Scusa, Irma, ma non faremmo prima a procedere per alzata di mano?»

«Io dico solo che la fiera si deve fa' e basta.» Floriano si era alzato in piedi, incombendo su tutti con la sua stazza, e la sua pancia.

«Lascia perdere, Pap.»

«È come se fossi trasparente. Incredibile.»

«Cioè» proseguì il macellaio «va bene, il ragazzetto s'è buttato, ma che, l'abbiamo spinto noi?»

Un no corale si sollevò in sala.

«Bravi. È stata una sua decisione. Questo è un paese libero.»

«Ma sta' zitto» intervenne Ascanio, il gioielliere, da sempre acerrimo nemico di Floriano per un contenzioso di donne risalente a un'epoca storica imprecisata. «Devi solo ringraziare che non passavi là sotto. Con quella panza che ti ritrovi, se ti pigliava, sai che botta!»

«Mbe'? Se mi pigliava moriva lui, mica io.»

«E infatti è morto.»

«Ma non m'ha preso, però!»

«Scusate» Irma stava per mettersi a piangere. «Devo distribuire i fogli.»

«Io dico, non ti potevi buttare te?» Floriano era partito per la tangente. «Sei brutto, non scopi e sei pure una pippa a carte...»

«Ah, questo è vero» intervenne Peppino, lieto di poter dire la sua. «Mi riferivo alle carte, s'intende. Sul resto...» e alzò le mani, come a dire che non poteva avere un'opinione in merito.

«Ha parlato Amedeo Nazzari.»

«Ringrazia Dio che c'hai i soldi, se no chi ti si prendeva?»

«Parla pe' te, che una tua sarciccia costa quanto un anello di brillanti.»

«I fogli!» Irma ormai aveva le lacrime agli occhi.

La discussione sarebbe durata tutto il pomeriggio se la signora Marisa, nella sua infinita saggezza, non si fosse alzata in piedi e non avesse preso la parola. Anche se dovette faticare parecchio per farsi notare, perché in principio non la vide nessuno. Solo quando si spostò lateralmente, facendo alzare tutti quelli della fila, riuscì finalmente a prendere la parola. «La fiera si farà come ogni anno e parte del ricavato lo daremo in beneficenza ai genitori del ragazzo. Perché possa avere una degna sepoltura.»

«Ottima idea» disse qualcuno.

«Ma certo» rispose un altro.

«Se siamo tutti d'accordo» si affrettò a intervenire il sindaco «l'assemblea è sciolta.»

«Ma papino...»

«Zitta, bambina mia. I tuoi fogli li useremo alla prossima riunione.»

Irma lo guardò glaciale.

«Avrai più tempo per organizzare la cena di questa sera. Non vorrai mica affamare il nostro commissario?»

«Servizi speciali!»

«Come?»

«Fa parte dei Servizi speciali della polizia. Mooolto più importante di un commissario, papà.»

«A maggior ragione, corri a casa.»

Irma eseguì. Anche se la sua non poteva essere definita proprio una corsa.

11

Alle nove di sera Leonardo Serra bussò alla porta di Irma. Chantal, che aveva appena finito il turno e si trovava a passare da quelle parti, avrebbe raccontato il giorno dopo, al salone di bellezza, di avere visto una zebra gigante afferrare il poliziotto per un braccio e trascinarlo all'interno della casa, dove si intravedevano una serie di candele, o lumini. Chantal era stata costretta ad affrettare il passo, temendo che Irma avesse predisposto una seduta spiritica con sacrificio di animali. E tutti sapevano che lei era terrorizzata dalle sedute spiritiche da quando, a sedici anni, dopo averne organizzata una a casa di sua cugina, la poveretta, anche lei sedicenne, era rimasta incinta dello spirito che avevano evocato. A Chantal era rimasto il dubbio che in verità il colpevole fosse Giorgetto, il figlio del lattaio, ma non aveva aperto bocca e aveva deciso che non avrebbe più avuto a che fare con certe cose. Cioè con le sedute spiritiche, sia chiaro.

Alla stessa ora, Teresa si arrampicò su per le scale e si chiuse nella sua camera da letto, portando con sé due scatole da scarpe piene zeppe di fogli. Era una parte dell'archivio di suo padre. Ne aprì una e rovesciò il contenuto sul tavolo: fotografie, registrazioni degli interrogatori e delle sedute con i pazienti, numerate ed etichettate in base al giorno e all'ora a cui risalivano. Ci sarebbe voluta una vita intera ad ascoltarle tutte e avrebbe comunque dovuto prima procurarsi un vecchio registratore. Si concentrò allora sulle pagine di appunti. Nella prima, al centro, cerchiata, campeggiava la parola serial killer, dalla quale partivano frecce con altre parole che rimandavano ad altre frecce: vittimologia, *modus operandi*, rituale (il comportamento riflette la personalità). In un altro foglio il padre aveva scritto: dove, che cosa, chi, quando, come e perché. Lei sapeva bene che quelle erano le sei domande fondamentali a cui bisognava rispondere se si voleva delineare il profilo di un criminale. Lo sapeva perché glielo aveva insegnato proprio suo padre. Ricordava perfettamente quel giorno. Si trovavano a Roma già da un paio di anni e lui era appena rientrato da uno dei corsi che teneva all'università.

«Papà» gli aveva detto andandogli incontro «hai arrestato qualcuno?»

«No, tesoro mio. Io non arresto nessuno. Io disegno profili.»

«Anche io voglio disegnare profili. Come si fa?»

Allora il padre aveva preso una lavagnetta e aveva cominciato a scrivere i sei punti. «Rispondi a queste domande e avrai il tuo criminale. E ricorda: parti sempre dal suo passato. È fondamentale ricostruire l'infanzia di una persona, conoscere il contesto in cui è cresciuta per comprendere a fondo com'era prima che cominciasse a commettere i reati.»

«Io non ho più fatto niente a Gigia!»

Giovan Battista Papavero l'aveva guardata sgomento e aveva scosso la testa. Teresa invece aveva iniziato a ricostruire il passato di tutti. Compreso quello dei suoi insegnanti.

Una mattina, la professoressa di latino si era presentata in classe con lo stesso vestito del giorno precedente. Non era mai accaduto prima di allora. La professoressa Caramelli era famosa per il suo rigore e la sua severità in fatto di abbigliamento. In più, si era dimenticata di infilare la camicia nei pantaloni. Possibile che nessuno dei suoi compagni di classe avesse notato un simile cambiamento?

Nelle settimane successive la situazione era andata peggiorando: le sue lezioni erano diventate sciatte, i suoi abiti anche. Il più delle volte arrivava in ritardo e con gli occhi arrossati dal pianto. Un giorno, la campanella era suonata prima del tempo ed era entrato il bidello, un mastino tracagnotto tutto tatuato che si diceva fosse stato un fiancheggiatore delle Brigate Rosse. A Teresa questo non interessava, tanto più che non sapeva neanche cosa fossero. Le importava di più, invece, il fatto che il bidello non fosse una bella persona. Con quei suoi occhi piccoli e sfuggenti e la fronte gigante era riuscito a diventare, nessuno sapeva come, il responsabile della vendita delle pizzette durante l'intervallo. Pizzette che a sentir lui aumentavano di prezzo quasi ogni settimana, a prescindere dal peso e dalle dimensioni. E quando Teresa gli aveva fatto notare la cosa, lui l'aveva guardata con quei suoi occhietti incassati e le aveva risposto: «C'hai 'na bella casa, goditela, no? A vorte uno nun ce penza alle fortune che c'ha… e poi quelle all'improvviso se ne vanno».

Non era più tornata sull'argomento.

La Caramelli, al contrario, era una donna triste e sola che mascherava un grande bisogno di affetto.

Comunque, il bidello era entrato e aveva fatto cenno ai ragazzi di uscire perché qualcuno aveva piazzato una bomba nell'edificio, che, quindi, andava evacuato. C'era stato un fuggi fuggi generale che aveva coinvolto tutti tranne la Caramelli. Sembrava quasi che volesse restarsene in aula. Teresa aveva cercato in tutti i modi di trascinarla lontano da lì, ma invano. Allora aveva cambiato strategia. Le aveva detto, senza giri di parole, che morire per un uomo non valeva mai la pena. Per uno come quello, poi, ancor meno!

«Ma come quello chi?» le aveva chiesto sgomenta.

«Come il bidello!»

Salvare la vita alla Caramelli le era costato due giorni di sospensione da scuola e una settimana di punizione: «Tu sostituisci la fantasia alla realtà, che evidentemente non ti soddisfa» l'aveva rimproverata Giovan Battista Papavero.

«No, papà. La realtà non è bellissima, è vero, ma non la cambierei con niente. Io cercavo solo di aiutare la professoressa. Insomma, voleva farsi esplodere per amore!»

«Vedi cosa fai? Cerchi di evadere, di fuggire per non affrontare la verità. Ma non potrai scappare per sempre.»

Un mese dopo, la Caramelli era stata ricoverata in una clinica e non era più tornata.

Teresa guardò l'ora: le undici. Sistemò il materiale del padre nelle scatole, si infilò a letto e ripensò alla Tonelli. Era rientrata al B&B ancora più sconvolta di quando era uscita. Nonostante avesse i capelli perfetti e una messa in piega fresca di parrucchiere, sembrava invecchiata di dieci anni rispetto alla mattina, come se avesse addosso un fardello troppo pesante per una persona sola. Conosceva bene quella sensazione, perché aveva trascorso gran parte della vita a cercare di scrollarsela di dosso. E lei ne aveva ben due, di fardelli: la scomparsa di sua madre e l'ingombrante presenza di suo padre e delle sue opinioni, che l'avevano condizionata in tutto. Ma per quanto potesse essere importante l'opinione di un genitore o di un amico, non era paragonabile a quella che una persona poteva avere di se stessa.

E la sua non era granché.

Si addormentò subito, nonostante i pensieri negativi.

Una cosa non si poteva proprio dire di Teresa: che perdesse il sonno se qualcosa le provocava angoscia.

E avrebbe dormito come un sasso fino al mattino, se un rumore proveniente dal piano di sotto non l'avesse svegliata di soprassalto: in casa era entrato qualcuno.

12

Per prima cosa, guardò l'ora sul display del cellulare: mezzanotte e quaranta.

Forse a causare quel rumore era stato Serra che rientrava dalla cena.

Una punta di gelosia le attraversò la mente, ma venne immediatamente soffocata.

Chiuse gli occhi e provò a riaddormentarsi.

Poi, lo sentì di nuovo. Uno scricchiolio, tipico di chi sta camminando su travi di legno.

Eh, no, c'era davvero qualcuno.

Si mise seduta sul letto, con le orecchie tese, in ascolto.

Ora non si sentiva più niente.

Stava diventando paranoica. In fondo, chi mai avrebbe potuto introdursi in casa sua? Un ladro? E per rubare cosa, i centrini della signora Marisa?

Sbuffò e decise che l'unico modo per tranquillizzarsi era controllare di persona. Ormai non si sarebbe più riaddormentata, tanto valeva andare in cucina e spiluccare qualcosa dalla dispensa.

Scese dal letto e infilò i piedi nelle pantofole che le aveva regalato Solange. Erano un paio di elegantissime scarpine in raso nero, con il tacco alto e piume di struzzo sul davanti. Un pensiero dell'amica il giorno in cui aveva deciso di andarsene, accompagnato da un vibratore blu elettrico con il telecomando a distanza, ancora incellofanato, e da un paio di manette foderate con lo stesso materiale delle ciabatte. Manette in piume di struzzo rosa, quindi, che, contrariamente al vibratore, portava sempre con sé. Non si poteva mai sapere.

Aprì la porta e avanzò fino alle scale.

Quando si affacciò, vide qualcosa che le fece gelare il sangue. Che roba era? Un mostro, un gigante, una montagna che doveva essersi staccata dalla terra a causa della deriva dei continenti aveva attraversato il suo campo visivo per un attimo, sufficiente però a spaventarla a morte. Erano stati attaccati dagli alieni, non c'era altra spiegazione, perché l'ombra che aveva visto non aveva nulla di umano.

Con il cuore in gola fece dietrofront, si infilò in camera e si richiuse la porta alle spalle.

Non c'erano chiavi, inutile cercarle. Era spacciata. Se quella cosa l'avesse raggiunta, l'avrebbe uccisa anche solo con lo sguardo. Anzi, si sarebbe buttata lei a terra uccidendosi da sola, così, tanto per non darle soddisfazione.

Si sfilò una pantofola, la strinse in una mano e si appiattì il più possibile contro il muro. Era pronta ad affrontare il mostro, usando il tacco come arma letale. Poi guardò la pantofola, pensò all'alieno e se la rimise al piede. Quello il tacco l'avrebbe usato come filo interdentale. Doveva trovare un altro escamotage.

Le mancava il respiro e aveva la gola secca. Si guardò intorno in cerca di vie di fuga e gli occhi le caddero sulla finestra. Poteva calarsi dal tetto, ma scartò subito l'ipotesi. Non aveva forza sufficiente nelle braccia per tenersi aggrappata alla ringhiera durante la discesa, e sarebbe precipitata giù, di schiena, sbattendo la testa, come era successo al povero Paolo.

Un momento: Paolo non si era aggrappato alla ringhiera, però. Non avrebbe avuto senso. Allora perché quando si era affacciata dal balcone lo aveva visto supino e con la faccia rivolta alle stelle, anziché a pancia sotto?

Uno che si butta lo fa in avanti, non all'indietro.

Un tonfo sordo la fece sussultare. La montagna doveva essersi scontrata con il manichino dorato in biblioteca, ai piedi delle scale. Un altro regalo di Solange a cui Teresa non era mai riuscita a trovare una collocazione. Questo però stava a significare che il tizio aveva finito di frugare nel salottino e si preparava a salire da lei. Presto l'avrebbe raggiunta.

Doveva prendere una decisione, e subito.

Si avvicinò all'armadio, aprì le ante e cominciò a rovesciare tutto il contenuto. Non le importava di fare rumore. Che capisse pure che lei era sveglia, pronta a difendersi. Frugò alla rinfusa tra le cose che aveva sparpagliato a terra, ma non saltava fuori niente di utilizzabile a scopo di difesa. Vestiti, biancheria intima, cappelli e un vibratore nero che nulla aveva a che fare, per dimensioni, con quello blu elettrico ancora incellofanato. Quell'aggeggio suscitava un certo rispetto, e pensò che forse... poi scartò l'idea e continuò a cercare.

Avvertì di nuovo uno scricchiolio. Gesù, era sulle scale. Doveva assolutamente chiudere la porta in qualche modo. Guardò l'armadio e le venne un'idea.

Si posizionò al lato del mobile e cominciò a spingerlo verso l'entrata per bloccare l'ingresso. Ma l'armadio non si muoveva.

Finì di svuotarlo e riprese a spingere.

Niente.

Il tempo stringeva.

Si voltò, appoggiò la schiena e il sedere sul lato del mobile dove prima aveva le mani, e facendo leva sulle gambe spinse con tutta la forza che aveva. E nel medesimo istante in cui Leonardo Serra sventava l'ultimo attacco di Irma, che per l'occasione aveva indossato una tunica zebrata trasparente, e riusciva finalmente a imboccare la via di fuga, Teresa sentì un vuoto dietro di sé e cadde a terra. Ce l'aveva fatta: l'armadio era ben piantato davanti alla porta. Aveva guadagnato tempo, ma non era certo salva. Il mostro alieno con un paio di spallate ben assestate l'avrebbe buttato giù senza problemi. Si rialzò, frugò nella borsa, prese il cellulare e compose il numero del maresciallo Lamonica. Che diavolo stava combinando Serra? Perché non era ancora rientrato? Che uomo inutile.

«Pronto?» Lamonica era assonnato.

«Maresciallo, sono io» bisbigliò.

«Non sento niente. Cosa è, uno scherzo? Andatevene a dormire, ragazzini» e riattaccò.

Teresa compose di nuovo il numero: «Maresciallo, sono Teresa! Mi sente?».

«La volete smettere di chiamare a quest'ora? Mia moglie sta dormendo e...»

«Aiuto! C'è qualcuno in casa.»

Niente. Il maresciallo le aveva riattaccato il telefono in faccia. Di nuovo.

Sentì dei rumori dietro la porta, nonostante l'armadio, e pensò che fosse giunta la sua ora.

Poi il telefono squillò, nel silenzio della notte, facendola sussultare.

«Mi sono accorto solo dopo che il numero era il suo. Tutto bene?»

«No, maresciallo, corra qui, corraaaaa!!!» Stava gridando, ma d'altronde che differenza poteva fare?

«Perbacco, che succede?»

«Un mostro è entrato in casa mia! Un alieno! Una montagna. Venga, presto.»

A quel punto il maresciallo, che si era quasi convinto della salute mentale della Papavero, venne attraversato da un ragionevole dubbio. Ma non ebbe il tempo di valutare la questione perché Agnese, sua moglie, lo stava già spingendo fuori di casa.

E corse, il povero maresciallo, in pantofole anche lui, e con la pistola nella fondina.

Incrociò Floriano che usciva dall'appartamento di Jolanda, la proprietaria del bar ristorante *Il caminetto di Strangolagalli*. Si scambiarono un'occhiata veloce ma significativa: il maresciallo non aveva visto Floriano e Floriano non aveva visto il maresciallo.

Lamonica proseguì la corsa e quando arrivò sotto casa della Papavero per poco non si scontrò con il poliziotto, che stava rientrando.

«Che succede?» chiese Serra, vedendo il maresciallo in quello stato.

«Non lo so...» Lamonica aveva il fiatone. L'ultima volta che aveva corso in quel modo non era certo stato durante un inseguimento, ma per prendere il 17 a Napoli. L'autobus che lo portava da casa alla caserma. «Teresa mi ha chiamato... dice che c'è un alieno...»

«Un alieno?» Serra, costernato, infilò le chiavi nella toppa, aprì la porta e impugnò la pistola. «La serratura non è stata forzata. Deve essere entrato da una delle finestre. Cosa le ha detto di preciso? Se lo ricorda?»

«"Un mostro è entrato in casa mia! Un alieno! Una montagna. Venga, presto"» riferì Lamonica soddisfatto.

«Stia con me e non faccia rumore.»

«So come comportarmi, cosa crede?»

Il poliziotto guardò le sue pantofole: «Se lo dice lei».

«Andavo di fretta.»

Entrarono nella casa buia e silenziosa: Serra davanti e Lamonica dietro. Se davvero c'era qualcuno, che lo trovasse prima lui, visto che faceva tanto il gradasso.

Perlustrarono il piano di sotto. Non c'era nessuno e sembrava che nulla fosse stato toccato.

Salirono piano le scale e controllarono anche le stanze di sopra. Quando giunsero nella biblioteca si guardarono. «Ci siamo» disse Serra. «Non resta che la sua stanza.»

«Ma se... insomma, non può essere lì dentro con lei. Sarebbe...»

«Credo che chiunque fosse, a questo punto se la sia svignata.»

«Quindi?»

«Ne so quanto lei.»

Cominciarono a salire, entrambi con il timore che a Teresa fosse successo il peggio.

Lamonica non se lo sarebbe mai perdonato. Si era affezionato a quella ragazza, sana o pazza che fosse.

Serra, dal canto suo, incolpava Irma e la cena infernale a cui era stato sottoposto.

A un certo punto la donna l'aveva anche scaraventato sul divano. In principio aveva creduto che volesse ammazzarlo; poi, quando si era ritrovato la zebra sopra di lui che cercava di baciarlo al grido di: «La prego, non faccia così, sono una ragazza rispettabile», aveva promesso a se stesso che non l'avrebbe mai raccontato a nessuno. Non l'aveva neanche vista arrivare. Si era ritrovato lungo disteso, quasi immobilizzato.

Ormai erano arrivati davanti alla porta della stanza. Con difficoltà perché la casa era immersa nel buio. Non avevano volutamente acceso le luci per non destare sospetti ed era stata un'impresa raggiungere il piano. Si scambiarono una rapida occhiata, o almeno ci provarono dal momento che riuscivano a mala pena a distinguere i contorni l'uno dell'altro. Poi Serra prese la decisione in un attimo. Spalancò la porta e fece irruzione. Quello che non aveva previsto, era l'armadio. Ben piazzato lì davanti a ostruire il passaggio. Non lo vide e ci andò a sbattere contro, rimbalzando all'indietro e travolgendo il povero maresciallo.

«Vai via!» si sentì gridare dall'interno. «Stanno arrivando i carabinieri. E sono armata!»

Alla fine Teresa aveva optato per il vibratore nero, che teneva stretto nella mano.

Era comunque meglio di niente, e al buio poteva essere scambiato per una pistola.

«Teresa, stai bene?»

Oddio, il maresciallo! Era salva!

«Lamacina?»

«Lamonica, ma va bene lo stesso.»

«Grazie al cielo è arrivato! Stia attento, c'è un mostro là fuori.»

«Papavero, sposta questo armadio ed esci, per Dio!»

Serra si era rialzato in piedi e si stava toccando la fronte nel punto dove aveva sbattuto.

«Chi è? Non fare del male al maresciallo!»

«È il poliziotto, Teresa. E non sta un granché bene.»

Che cosa era successo? Era stato aggredito nel tentativo di salvarla?

Si posizionò al lato dell'armadio e cominciò a spingere. Questa volta l'operazione risultò più semplice del previsto perché poteva puntellare le gambe contro il muro e metterci maggiore forza.

L'armadio si spostò in un batter d'occhio, e i due entrarono nella stanza.

Teresa corse ad abbracciare il maresciallo, tenendo ancora stretto nella mano il vibratore.

Quando alzò gli occhi, vide da sopra le spalle di Lamonica un Leonardo Serra visibilmente scosso, che la squadrava dalla testa ai piedi, ma soffermandosi soprattutto sui piedi, infilati nelle pantofoline con il tacco e le piume di struzzo.

«Grazie, grazie, maresciallo» disse, ignorando quegli sguardi.

«Ho bisogno di un po' di ghiaccio» intervenne Serra, massaggiandosi la fronte.

«Sei stato aggredito?» chiese Teresa preoccupata.

«Sì» rispose Lamonica, che non voleva perdere l'occasione per prendersi una rivincita. «Ma non da un alieno. Serra è stato malmenato dal suo armadio.»

«Si può sapere che cosa è successo? E cosa hai in mano?» domandò il poliziotto, ignorando il commento sarcastico.

«Ah, questo, dici? Niente… un frullatore.»

«A me non sembra un frullatore.»

«E che ne sai? Ne hai mai visto uno?»

«In effetti no.»

«Appunto.»

«Ma di vibratori sì, però.»

«Su, su, basta. Perché non ti siedi sul letto e ci racconti che cosa è successo?» Lamonica aveva preso in mano la situazione ed era anche passato a darle del tu. Segno che si stava davvero affezionando a quella donna che in fondo poteva essere sua figlia.

«Mi sono svegliata di soprassalto perché ho sentito dei rumori. All'inizio pensavo fosse Serra che rientrava dalla sua cena romantica. A proposito, tutto bene? Hai fatto tardi!»

«Sei gelosa?»

«Ma figuriamoci.»

«Comunque la cena è stata ottima, e la padrona di casa squisita» mentì.

«Davvero?» domandò Teresa, non riuscendo a nascondere un certo stupore. «Be', comunque la cosa non mi interessa. Tanto più che mentre tu eri a cena, e a quanto pare ti stavi divertendo un mondo, qualcuno è entrato in casa mia per aggredirmi!»

«Io non credo.»

«Che cosa? Che volesse aggredirmi?»

«No. Che sia entrato qualcuno. Te lo sei immaginato, anzi, hai sperato che io fossi rientrato e ti sei suggestionata. Nessuna effrazione, niente è stato spostato o messo sottosopra. Da dove sarebbe entrato questo ipotetico intruso? Dal camino? E per rubare cosa? Le tue ciabatte?»

«Lei mi crede, maresciallo?» chiese la Papavero, ignorando Serra. «Le giuro che io so quello che ho visto. Un gigante è entrato in questa casa, ha frugato nei cassetti, tra gli scaffali. Lo sentivo. Cercava qualcosa!»

«Forse il tuo arsenale» disse il poliziotto, con lo sguardo puntato sul pavimento dove giacevano inerti gli abiti della Papavero e il secondo vibratore, quello più piccolo, con telecomando di dotazione.

«Non sono miei, nessuno dei due.»

«Ah, no? Ancora più interessante...»

«Voglio dire che li ho presi al negozio dove lavoravo. Cioè, mi sono stati regalati, ecco.»

«Perché? Dove lavoravi?»

«In un sexy shop» risposero Teresa e Lamonica in coro. Lamonica accompagnò la frase con un'alzata di spalle. Un gesto che voleva trasmettere la sua totale rassegnazione di fronte a una faccenda assodata e sulla quale non c'era molto da aggiungere.

Ma Serra aveva altro per la testa: «Questo ha anche il telecomando!» esclamò, scartando l'involucro e cominciando a leggere le istruzioni. Neanche avesse dovuto montare un mobile Ikea.

«La vuoi smettere?» gridò Teresa, strappandogli il telecomando dalle mani. «Te lo presto, se ti piace tanto.»

«Be', grazie.»

«Non mi stai prendendo sul serio. Nessuno di voi lo sta facendo. Io mi sono spaventata a morte!»

«Teresa ha ragione» intervenne il maresciallo, scambiandosi

un'occhiata d'intesa col poliziotto. «Indubbiamente qui è successo qualcosa e dobbiamo venirne a capo.» Forse lo stava dicendo con troppa enfasi, e abbassò il tono. «Scendiamo di sotto e beviamo qualcosa: ci aiuterà a calmarci e tu avrai modo di raccontarci per filo e per segno quello che è successo.» Poi, vedendo l'espressione entusiasta della Papavero, si affrettò ad aggiungere: «Cominciando da stasera, però, non da quando hai emesso il primo vagito».

«Certo!»

«Eh, mica tanto certo... Lei, Serra, resta qui questa notte, giusto?»

«Se non ha altri impegni...» intervenne Teresa.

«Sono tutto tuo.»

«Per carità, a me sarebbe bastato che rientrassi a un orario decente!»

«E chi sei, mia madre?»

«Cafone!» sbraitò Teresa, e uscì dalla stanza a passo di carica.

«Che ho detto?» domandò costernato Serra al maresciallo.

«Lasci perdere. Chi le capisce le donne? Meno male che ho incontrato Agnese...» e raggiunse Teresa sulle scale, lasciando il poliziotto a riflettere sulla questione.

Parte seconda

13

Un uomo grande e grosso parcheggiò la sua auto, un SUV nero, davanti all'ingresso dell'albergo e si incamminò verso l'entrata, lasciandosi alle spalle la superstrada e un cartello con l'indicazione per Strangolagalli.

Era buio, ormai, ma lui era capace di muoversi come un gatto.

Ragione per cui i suoi clienti lo pagavano bene.

Questa volta, però, qualcosa era andato storto.

Doveva essere un lavoro facile, pulito: rintracciare il ragazzo, ucciderlo e farlo sembrare un incidente.

La sua specialità.

Lui era un uomo senza passato, senza nome, senza volto. Nessuno sarebbe mai stato in grado di identificarlo. Una telefonata da un numero sicuro, una sola, con i dettagli della missione, e il pagamento anticipato su un conto in Svizzera. Non aveva mai commesso uno sbaglio, mai. Fino a quel momento.

Ci aveva messo due settimane a rintracciare il ragazzo. Barbieri era stato bravo a far perdere ogni traccia. Aveva disattivato il cellulare, la carta di credito, l'account, e usato esclusivamente contanti per gli spostamenti.

Ma lui sapeva che era solo questione di tempo. Bastava avere pazienza e presto il ragazzo sarebbe uscito allo scoperto. Lo facevano tutti, prima o poi.

Quando una persona è in fuga, trascorre i primi giorni nascosto. Non mangia, non dorme, non parla con nessuno. Poi, lentamente, comincia a sentirsi al sicuro, crede di averla scampata, di non poter più essere rintracciato, ed è allora che il fuggitivo diventa vulnerabile, commette i primi errori, insomma, finisce per esporsi. Due settimane dopo, infatti, il localizzatore che aveva piazzato nel telefono del ragazzo, si era riattivato e lui aveva sentito il familiare suono del dispositivo satellitare attivarsi nel suo. Entrare negli spogliatoi della palestra era stato un gioco da ragazzi e così anche forzare il suo armadietto. Il cellulare era lì, nella tasca dei pantaloni.

«*Hi, Sir*» lo salutò il portiere di notte. «*Your room number?*»

«*Twenty-one.*»

Salì in camera e si chiuse dentro.

Introdursi nell'appartamento di Barbieri era stato più complicato, ma nulla che non avesse già fatto almeno un centinaio di volte. Gli ordini ricevuti erano semplici: capire se nella fuga avesse sottratto materiale scottante e in caso affermativo recuperarlo, poi ucciderlo, facendolo sembrare un incidente. Come aveva fatto con gli altri due. Ma il ragazzo, dopo neanche mezz'ora che era con lui, si era buttato quasi spontaneamente, ancor prima di rivelare se fosse in possesso o meno di prove. A quel punto era stato costretto a improvvisare.

La mattina successiva, mentre preparava la valigia pronto ad allontanarsi da quel paese e a cambiare di nuovo identità, aveva ricevuto una telefonata.

«Come ha fatto a non accorgersi che in casa c'era un'altra persona?»

Il suo cliente era impaurito. Tutti uguali. Prima facevano i duri, poi si cacavano sotto al primo intoppo.

«Non usi questo tono con me. Ha le prove di quello che dice?»

«C'è un rapporto dei carabinieri. È scritto nero su bianco!»

«Impossibile. Sono rimasto in quella casa per quasi un'ora. E non ho visto nessuno!»

«Be', io l'ho pagata profumatamente proprio perché non succedessero intoppi come questo, per avere un lavoro pulito...»

«Mi sta forse minacciando?»

«No...»

«Bene, perché sono allergico alle minacce. Allora, di chi si tratta? Chi sarebbe questa persona?»

«Teresa Papavero.»

«Eh?»

«Cosa vuole che le dica? Si chiama così.»

«E dov'era?»

«In bagno.»

«In bagno? Per un'ora?»

«Che ne so? Si sarà fatta una doccia, avrà avuto un attacco di diarrea o magari è rimasta nascosta a origliare tutto quello che stava succedendo.»

L'uomo aveva avuto un sussulto. Il problema era serio, in effetti.

«E se Barbieri ha parlato con questa Papavero? Se le ha rivelato qualcosa?»

«Ci penso io.»

«Ma se la polizia trova un altro cadavere...»

«So quello che devo fare.»

Ed era vero.

Sapeva bene che non poteva esserci un altro cadavere, a meno che non fosse stato strettamente necessario. L'eccessivo spargimento di sangue non era mai un bene. Era solo un modo per attirare ulteriormente l'attenzione, e pertanto andava evitato. Doveva prima capire che cosa sapesse quella Papavero e poi avrebbe deciso di conseguenza. Per questo si era introdotto in casa sua e aveva piazzato un microfono. Se avesse avuto anche il minimo sospetto, non gli sarebbe rimasto altro da fare che entrare in azione per la seconda volta.

Accese l'apparecchiatura elettronica e si infilò sotto la doccia.

14

«Quindi ho affrettato il passo.» Chantal, seduta di fronte a Teresa, era impegnata nella manicure. Questo però non la distraeva certo dal compito principale, e cioè raccontare alla Papavero, nel dettaglio, quello che aveva visto passando davanti casa di Irma, la sera in cui il poliziotto era stato invitato a cena da lei.

«Ah, io avrei fatto lo stesso, se avessi visto tutte quelle candele» la assecondò Teresa.

«Mi tengo lontana da certe cose. Che colore ti ci metto? Il solito rosa?»

«Ma… forse cambierei. Un corallo?»

«Brava, ottima scelta. Comunque, se posso dire la mia…» e si guardò intorno per assicurarsi che nessuno la stesse ascoltando. «Irma era vestita come una di quelle…»

«Hai capito! E fa tanto la santarellina.»

«Sono le peggiori. Aveva una tunica completamente trasparente, non so se rendo l'idea.»

«Perfettamente.»

«Sembrava una zebra incinta.»

«Pazzesco.»

«Mi ha detto Antonia, che lo ha saputo da Jolanda, che a sua volta ha origliato una conversazione tra Irma e suo padre, che il poliziotto ha provato a sedurla e lei si è negata. Tu ci credi?»

«No.»

«Appunto. Quella dovrebbe baciare per terra, se uno come Serra ci provasse con lei.»

«Che avete tutte quante?»

«Ammazza, se lo è! Certo, mai quanto Corrado Zanni. Per lui ho un'autentica passione. Lo hai visto in televisione l'altra sera?»

«Sì, ero da Gigia. Ieri invece sono tornata a casa, e poi...»

«Ah già... ti è entrato uno in casa! Madonna, che paura. Però, guarda il lato positivo: sei stata salvata dal poliziotto. Come nei film...»

«Serra? Macché, figuriamoci. È stato il maresciallo.»

«Davvero? Be', lui mi ha raccontato un'altra cosa. Mi ha detto, testuali parole, che si è precipitato in casa mentre tu gridavi e ha sfondato la porta della camera con un calcio. Molto maschio, se posso dire la mia.»

«Raccontato? Perché, è stato qui?» All'improvviso, nella testa di Teresa aveva preso forma un'immagine agghiacciante: Serra e Chantal avvinghiati l'uno all'altra sul lettino dove lei di solito si faceva fare la ceretta. Immagine che la fece trasalire. Così, il pennello dello smalto che Chantal brandiva con mano ferma e coraggiosa come Giovanna d'Arco la sua spada durante l'assedio d'Orléans, era scivolato, andando a impiastrare il dito di Teresa.

«Attenta!»

«Scusa. Hai ragione. È che sono ancora sconvolta dall'altra notte, capisci?» mentì Teresa.

«Certo, porella» disse Chantal, e tornò a concentrarsi sul dito sbavato.

«Comunque, non ha *sfondato* la porta, sia chiaro. Ci è andato a sbattere contro!»

Chantal si limitò ad annuire, ma per Teresa non era sufficiente: «E io non stavo gridando».

«Vabbè, com'è che si dice? Ambasciator...» e con questo Chantal considerò liquidata la faccenda.

Non lo era, invece, per la Papavero, che a quel punto voleva conoscere tutta la storia.

«Ti ho interrotto. Mi stavi dicendo di quando hai incrociato Serra...»

«Be', non direi di averlo incrociato *casualmente*, non so se mi spiego.»

«No, non credo...»

«In realtà» e così dicendo si guardò nuovamente intorno prima di proseguire «penso proprio che stesse venendo da me.»

«Ah, sì? E come lo hai capito?»

«Intuizione, fiuto, chiamalo come ti pare, ma io queste cose le capisco al volo.»

Teresa deglutì, cercando di distogliere l'attenzione dal lettino. Non si sarebbe più fatta la ceretta in quel posto. Mai più.

«Vedi,» proseguì Chantal «stava camminando nella mia direzione, verso il negozio. Così, quando l'ho incrociato, gli ho chiesto subito se voleva un caffè, una cosa da bere. Lui all'inizio ha rifiutato. "Certo!" ho pensato. "L'ho preso alla sprovvista." Allora ho insistito, e...» per un attimo sembrò perdere il filo del discorso.

«E... cosa?»

«No, mi stavo domandando di che segno poteva essere uno così.»

«Che c'entra, adesso?»

«Teresa! I segni zodiacali sono importanti. Dicono un sacco delle persone. Comunque, alla fine l'ho convinto. Siamo entrati e lui ha cominciato a raccontarmi di come ti aveva salvato la vita» e questo lo dichiarò con sguardo sognante. «Purtroppo, però, subito dopo è dovuto scappare.»

Teresa tirò un sospiro di sollievo. Forse, dopotutto, la ceretta avrebbe potuto continuare a farla lì.

«A proposito» disse ancora Chantal «lo sai che oggi vengono i genitori di quello che è morto?»

«Sì, me lo ha detto Peppino, che ha ultimato l'autopsia. Ha confermato che si è trattato di suicidio.»

«Porello. Che poi gira voce che ci fosse una tipa a casa sua. Conosciuta on-line. La stessa sera, ti rendi conto?»

«Sei sicura?» Teresa deglutì.

«Sì, sì. E doveva pure avere qualcosa che non andava, per spingerlo a buttarsi di sotto.»

«Io non credo che le due cose siano collegate» disse Teresa tutta impettita.

Chantal liquidò la cosa con un'alzata di spalle e tornò a concentrarsi sulle mani.

Erano trascorsi quattro giorni dall'intrusione nel B&B e sei dalla morte di Paolo.

In casa non c'erano segni di effrazione né di perquisizione, aveva dovuto ammetterlo lei stessa con Serra e con Lamonica, eppure Teresa era ancora certa che fosse entrato qualcuno. Spostamenti impercettibili di alcuni oggetti, cassetti che lei era sicura di avere chiuso bene e che invece aveva trovato leggermente scostati non le lasciavano dubbi in merito. E poi, si sentiva osservata. Una sensazione orribile.

Nel pomeriggio avrebbe trovato il modo di parlare con i genitori del ragazzo e forse si sarebbe messa l'anima in pace. O forse no.

La sera stessa dell'intrusione aveva discusso animatamente con Serra, e la mattina successiva lui aveva levato le tende.

Il maresciallo, poveretto, dopo avere dato l'ultimo sorso alla tisana finocchio e zenzero, era crollato sul divano, privo di sensi, come un orso che in piena caccia si abbatte improvvisamente al suolo colpito da una freccia imbevuta nel sonnifero. Per Lamonica, il finocchio, o lo zenzero, avevano ottenuto lo stesso risultato. Un letargo di soli dieci minuti, sufficienti però perché il poliziotto riuscisse a molestarla.

Verbalmente, sia chiaro.

«Che ne facciamo di lui?» aveva chiesto la Papavero indicando il maresciallo.

«Lo ammazziamo. Ci pensi tu o ci penso io?»

Teresa aveva alzato gli occhi al cielo. «Io vorrei tanto sapere perché sei qui a Strangolagalli.»

«Ma per proteggerti, ovviamente.»

«E lo fai in modo magnifico, non c'è che dire. Se rientrare all'una di notte ti sembra un buon modo di proteggermi…»

«Io credo che tu muoia dalla voglia di conoscere i dettagli più sordidi della mia cena. Ma siccome sono un sadico, ti lascerò macerare nell'incertezza.»

«Ah, perché? Ci sono dettagli sordidi da raccontare?»

«Ci sono sempre. Ognuno di noi nasconde un lato oscuro» aveva detto Serra, allungandosi verso Teresa.

Per fortuna c'era il tavolo della cucina a dividerli, ma lei comunque si era ritratta il più possibile.

«E con questa frase a chi ti riferisci in particolare, a te o a Irma?»

«A Teresa Papavero che va a dormire indossando una camicia da notte con gli orsacchiotti ma ha le pantofole, e gli strumenti, di una ballerina di locali a luci rosse.»

«Ti ho già spiegato che…»

«Sì, sì. Ma non è quello. Tu sei un enigma, Teresa Papavero.»

Se fosse indietreggiata ancora, sarebbe caduta.

«A me sembra piuttosto che TU stia facendo di tutto per non rispondermi. A ogni mia domanda, tu ribatti con un'altra domanda che non ha nulla a che spartire con la mia. Mossa tipica di chi ha qualcosa da nascondere. Tu sei qui per indagare sul presunto suicidio di Paolo Barbieri. Probabilmente lo stavi seguendo già da un po', ma poi, per ragioni a me ignote, ne hai perso le tracce e lo hai ritrovato qui. Morto. E come unica testimone: me. Sei in una brutta situazione, Serra. Perché non hai niente in mano. Come sto andando?»

Leonardo era tornato a sedersi, aveva incrociato le braccia al petto e la guardava con finta ammirazione.

«Vedi? Stavo parlando proprio di questo. Sei un enigma.»

Aveva cercato di non mostrare alcuna emozione mentre Teresa parlava, anche se doveva ammettere di essere colpito. «Ma scendiamo nei dettagli» aveva proseguito. «Ti vesti con abiti rosa svolazzanti, pigiami improbabili, cerchietti e collanine di dubbio gusto. Per non parlare del tuo lato sadomaso, che però, se posso dire la mia, è quello più intrigante. Poi, quando cominci a parlare, le acque si confondono e chi ti ascolta pensa: allora non è proprio scema.»

Teresa si era alzata in piedi, furente. «Ma come…»

«Ssst, fammi finire. Stavo proprio per dire che quando parli uno è attraversato da un ragionevole dubbio. Da cui l'enigma. Usi una terminologia da profiler e sembri uscita dall'Unità di analisi comportamentale per i crimini violenti, cosa alquanto improbabile. Allora ecco la mia controdomanda: chi è Teresa Papavero?»

«Tu cosa credi?»

A una domanda rispondere sempre con un'altra domanda, per guadagnare tempo.

«Io propendo per la prima ipotesi» aveva concluso Serra, strizzandole l'occhio.

Teresa ci aveva messo un po' a riordinare le idee e a capire che la prima ipotesi da lui formulata era che fosse scema, ma quando aveva unito i puntini sotto gli occhi divertiti del poliziotto era esplosa, cadendo così nella sua trappola: il depistaggio. A questo però era arrivata solo dopo. In quel momento, invece, le era montata una rabbia pazzesca, e in fondo sproporzionata rispetto all'argomento in questione, cioè il suo essere considerata una scema. Doveva esserci abituata, in fondo.

«Ah, quindi per te io sarei una scema?» aveva gridato. «Allora sappi che: primo, le mie *collanine* sono tutte bellissime e di grande classe. Secondo, per tua informazione, ho un master in Psicologia applicata all'analisi criminale, e solo per errore sono finita a lavorare in un sexy shop. Terzo: tu sei un cliché ambulante, Serra, uno che nasconde le proprie debolezze dietro un distintivo, che fa il duro per tenere lontane le persone. Il classico uomo che dice a una donna "Non ti innamorare di me" dopo essersela portata a letto...»

«Devo ricordarmi di non usare questa frase con te...»

Con lei? Cioè?

Stava ancora cercando di venire a capo di questa sua ultima uscita quando il maresciallo si era svegliato, lasciando entrambi con quella sensazione di non detto sulla quale Teresa si era arrovellata tutta la sera, e continuava a darle di che tormentarsi anche adesso, mentre Chantal completava la sua opera. «Ti ci metto due brillantini?» chiese infatti. «Vanno molto di moda.»

«Grazie, sì. Anche più di due, va'.»

15

Incontrare in commissariato i genitori di Paolo era stato più difficile del previsto.

Due persone, distrutte dalla morte del loro unico figlio.

Erano arrivati dalla Sicilia in treno, viaggiando per una notte e un giorno senza mai fermarsi. Due semplici operai, che avevano riversato tutti i loro sogni e le loro aspettative su quell'unico figlio nato quando ormai avevano perso ogni speranza. Gli studi universitari a Milano, poi l'impiego inaspettato in un'azienda farmaceutica, la Farmavid.

E qui Teresa si era un pochino distratta. Paolo lavorava? Quindi non era disoccupato come le aveva fatto credere! Perché non gliene aveva parlato?

I genitori intanto stavano continuando a raccontare. Non sapevano nulla e non si capacitavano di come potesse essere finito in quel paesino, o del perché.

Paolo li aveva chiamati un paio di settimane prima per avvisarli che sarebbe partito per una vacanza all'estero, una specie di viaggio premio, e che avrebbe tenuto il cellulare staccato.

Di solito, non lasciava passare un giorno senza farsi vivo con loro, ma negli ultimi anni aveva lavorato sodo e non si era mai potuto concedere una vacanza. Neanche dopo la maturità, come invece avevano fatto i suoi amici. Grazie a una borsa di studio, e senza mai chiedere denaro, era riuscito a laurearsi in Chimica. Poi, quel lavoro alla Farmavid. Ci si era buttato anima e corpo, avevano dichiarato. Era un bravo ragazzo, il loro Paolo, e proprio non si capacitavano di quel gesto.

Proprio come non se ne capacitava Teresa.

«Posso chiedervi una cosa?»

Sapeva di avere promesso al maresciallo di non intervenire, ma era stato più forte di lei. Insomma, qualcuno doveva pur fare le domande giuste.

La madre di Paolo annuì, anche se, a dire la verità, non aveva proprio capito chi fosse quella donna. Non aveva capito niente.

«Paolo vi aveva mai parlato del tipo di lavoro che svolgeva alla Farmavid?»

«No» rispose il padre. «Siamo gente semplice, noi. E nostro figlio lo sapeva.»

«Però era tanto soddisfatto» intervenne la mamma, orgogliosa. «Mi aveva detto che lo avevano messo in un… in un…»

«Ufficio?» chiese Lamonica.

«Tram!» rispose la donna.

«Tram?» si guardarono tutti, sgomenti.

«Forse intendeva dire un team?» domandò Teresa.

«Sì, esatto. Un team, ecco. Io non sapevo cosa fosse, ma se lo rendeva così felice, allora dovevo esserlo anche io. E non ho chiesto altro.»

Scoppiò di nuovo in lacrime, e il maresciallo non poté fare altro che scusarsi e affrettare le procedure, non prima di aver detto loro come Paolo avesse affittato l'appartamento dal cavaliere Roccasecca.

I genitori del ragazzo apprendevano tutte queste informazioni con lo sgomento di chi, accesa la TV, scopre dal notiziario che la Terra è stata attaccata dagli alieni. Per questo il maresciallo li congedò velocemente e li fece accompagnare da Romoletto presso uno degli appartamenti di Roccasecca, che mai, fino a quel momento, avevano visto così tanti inquilini.

Anche il medico non vedeva l'ora di lasciarsi alle spalle quella brutta faccenda. Solo Teresa sembrava non volersi arrendere all'evidenza. O almeno, a quella che tutti ritenevano tale, tranne lei. Chiese perciò a Peppino informazioni sull'esame tossicologico, su eventuali segni *ante mortem* sul corpo, su probabili fratture o lesioni. «E non ha notato» disse infine «che il corpo era disteso a faccia insù? Come se lo spiega questo?»

«Si sarà girato mentre cadeva.»

«Ma non c'era abbastanza spazio! Voglio dire, il palazzo di Roccasecca è piuttosto bassino e...»

«Teresa cara, vuoi un consiglio?» la interruppe il medico, con il tono pacato e paterno di chi sa di trovarsi di fronte a un'anziana con l'Alzheimer. «Lascia fare a noi esperti. Non ti intromettere in faccende più grandi di te e trovati un bravo ragazzo. O almeno uno che abbia tutte le intenzioni di restare vivo!»

Teresa si voltò verso il maresciallo e quello prontamente alzò le mani, come a sottolineare la sua totale innocenza al riguardo. Non era certo colpa sua se in paese le chiacchiere erano circolate.

«Non ti preoccupare» continuò Peppino, strizzando anche un occhio. «Non lo dirò a nessuno. Cioè, non lo dirò a quelli che ancora non lo sanno, ecco.»

Il maresciallo annuì, compiaciuto.

«Anche se credo siano rimasti in pochi» concluse il medico, soddisfatto.

Teresa raddrizzò la schiena e assunse la postura di chi accusa il colpo ma non si arrende.

Cominciò anche ad allisciare con le mani la gonna rosa a pois oro scintillanti sulla quale tutti avevano appuntato lo sguardo non appena aveva fatto il suo ingresso in commissariato. Tutti, compresi i genitori del povero Paolo. La madre aveva addirittura stretto al seno la sua borsetta come se si fosse trovata nel bel mezzo di una rapina in banca.

«Non so di cosa stia parlando» disse alla fine Teresa. «Io volevo solo dare il mio contributo, ecco.»

«E lo hai dato, eccome!»

A Lamonica scappò una risata.

«Ora, se non vi dispiace» proseguì Peppino dirigendosi verso l'uscita «vado a riposare. Il sindaco per stasera ci ha promesso un bel televisore quarantadue pollici al Centro sociale. Floriano si incazza se non riesce a vedere *Dove sei?* Facciamo la strada insieme?»

La Papavero lo seguì a malincuore.

Camminavano lungo la via principale, fermandosi di continuo. Chantal si era precipitata fuori dal negozio per avere i dettagli dell'incontro, e per controllare le unghie di Teresa. Non le interessava tanto come fosse morto Paolo: ci teneva assai di più a sapere se i suoi genitori avessero pianto, e in che modo.

Quando Teresa le disse che avevano "singhiozzato", si ritenne soddisfatta e tornò al lavoro.

Poi fu la volta di Floriano, che non mancò di rendere omaggio alla disponibilità di Achille Roccasecca, anche se non si era ben capito cosa avesse fatto per meritare tutti quegli elogi. A quel punto uscì Ascanio, il gioielliere, che giustamente fece notare come il suddetto Roccasecca non avesse fatto un bel niente.

«Ma perché te non ti fai un bel chilo di cazzi tuoi?» gli rispose Floriano. «Stai sempre a dire cose di cui non sai niente, ma de che te 'mpicci!»

«Sta' zitto, tu. Io lo so quello che stai facendo con Jolanda. E non mi piace!»

«Ah, be', allora... se non piace ad Ascanio...» e Floriano scoppiò a ridere mentre rientrava.

Teresa si sentiva confusa.

«Jolanda e Floriano...?» domandò a Peppino con un filo di voce.

«Già. Una tragedia.»

«Povera Antonia.»

«Oddio, secondo me è più una tragedia per quel cornuto del marito di Jolanda. Ma sono punti di vista.»

Ritenendo conclusa la faccenda, per il resto del tragitto il medico non smise un attimo di pontificare sulla sua incredibile abilità nell'esecuzione dell'esame autoptico finché, per fortuna, non venne interrotto dalla signora Marisa, che usciva dal municipio. Volle raccontare tutto anche a lei e ricominciò da capo.

Teresa ne approfittò per salutare e sgusciare via.

Rientrare in una casa vuota la mise di fronte al suo fallimento.

Doveva dare un senso a quella giornata, e alla sua vita. E, dal momento che il secondo obiettivo sarebbe stato un tantino più difficile da raggiungere, decise di partire dal primo: dare un senso a quella giornata, andando a Roma.

Aveva una gran voglia di riabbracciare Solange e di raccontarle tutto quello che le stava succedendo. L'amica aveva sempre avuto su di lei un potere calmante, e le era mancata tantissimo.

«Solange» le disse al telefono. «È successo un gran casino...»

«Tuo papà?»

«No. Per una volta lui non c'entra. Molto peggio. Non so come dirtelo.»

«*Qu'est-ce qui c'est passé?*»

«Ho assistito a un omicidio!»

«*Mon Dieu!*»

«Qui non mi crede nessuno, ma...»

«Vieni, *je t'attends.*»

16

Roma la accolse con un cielo terso e una brezza piacevolissima.

Le era mancata quella città strana, tanto bella quanto respingente.

Parcheggiò la sua Panda vicino alla stazione Tiburtina e si diresse a piedi verso Il Marchese De Sade, che si trovava in una piccola e graziosa via dietro piazza Bologna.

Passò davanti a una serie di pullman fermi in attesa di partire per le loro varie destinazioni e per un attimo le balenò un lampo, un'idea. Che però venne subito ricacciata indietro.

Era andata a Roma per uno scopo ben preciso e a quello si doveva attenere.

Dopo venti minuti si ritrovò davanti alle vetrine del negozio. Come al solito, Solange le aveva allestite con una fantasia che aveva dell'incredibile. I manichini indossavano maschere, vestiti e lingerie anni Cinquanta ed erano in posa, come se stessero recitando in una pièce teatrale. Chiunque fosse passato lì davanti non avrebbe potuto resistere al richiamo e sarebbe entrato, anche solo per curiosità. E così avveniva, infatti. Signore che si affacciavano timidamente e che poi, una volta entrate, restavano almeno due ore. E uscivano da lì donne! C'era un'atmosfera magica, quasi irreale. Le persone percepivano da subito che in quel posto nessuno le avrebbe giudicate.

«*Chérie*» gridò Solange non appena la vide entrare. «Sei arrivata al *bon moment*. Guarda chi c'è!»

Claudia, una splendida donna di cinquant'anni, cliente abituale del Marchese, si era affacciata in quel momento dal camerino e si stava sbracciando: «Oddio, Teresa! Che bello vederti! Devo raccontarti un sacco di cose!».

«Anche io a voi...»

«Aspetta che mi cambio ed esco. Non cominciare senza di me.»

E così si erano fatte portare una buona bottiglia dal ragazzo della vineria accanto, innamoratissimo di Solange ma confuso circa la sua identità sessuale, avevano chiuso il negozio e si erano raccontate tutto.

Claudia stava vivendo una nuova giovinezza. Quando l'avevano conosciuta aveva appena scoperto che il marito la tradiva con una studentessa universitaria. Era una donna a pezzi, si sentiva finita, vecchia, indesiderata. Non poteva competere con una ragazza che aveva venticinque anni meno di lei.

Solange le aveva fatto capire che doveva ribaltare il punto di vista. Era la ragazzina a non poter competere con lei. E proprio perché era di venticinque anni più giovane. Così, Claudia si era trasformata. La sua femminilità era esplosa e ora che il marito si era sposato con la studentessa, ormai non più studentessa, lei se lo era ripreso, ma come amante.

«Non ci posso credere» Teresa era sconcertata.

«Poverino, mi fa una pena. Lei è vegana e lo obbliga a un regime alimentare che neanche la Gestapo. Poi ha cominciato a lamentarsi di tutto, e a volere dei figli. E quindi lo tiene a regime anche lì... con ritmi regolari da ovulazione sì ovulazione no...»

Scoppiarono a ridere tutte e tre.

«E io lo consolo.»

«Incredibile. Ma scusa, allora tornate insieme.»

«Sei pazza? Che se lo tenga lei, invece! Ora mi godo solo la parte bella, e lascio volentieri alla sposina il compito di sopportarlo e accudirlo. Io ho già dato.»

Subito dopo toccò a Teresa raccontare la sua storia e, come aveva immaginato, Solange non dubitò neanche per un secondo della sua autenticità.

«*Chérie*, devi andare fino in fondo, tu sai *ce que je veux dire.*»

«Sì, lo so cosa intendi. Che devo seguire il mio istinto.»

«*Exactement*. Cerchiamo in rete questa Farmavid.»

Un quarto d'ora dopo, sapevano tutto dell'azienda farmaceutica.

Romana, fondata nel 1919 e di proprietà della famiglia Antonelli, era stata venduta sul finire degli anni Ottanta a un gruppo più grande, che però aveva lasciato la gestione nelle mani dei fondatori.

«Leggi qui» si era intromessa Claudia. «Farmacovigilanza: comprende un insieme di attività finalizzate a valutare tutte le informazioni relative alla sicurezza dei farmaci e ad assicurare, per tutti i medicinali autorizzati all'immissione in commercio, un rapporto beneficio/rischio favorevole per la popolazione.»

«Per noi mortali?»

«Non c'è bisogno di essere avvocati per capire cosa significa: vuol dire che la Farmavid, tra le varie attività, deve vigilare sui nuovi farmaci messi in commercio.»

«E questo dove ci porta?»

«Ah, non lo so. Mi ci è solo caduto l'occhio. Non credo siano molte le aziende in possesso della certificazione per poterlo fare.»

«*Je connais* un Antonellì.»

«Davvero?»

«*Oui*. Ma *je ne sais pas* se è la *même personne.*»

«Puoi scoprirlo però, vero? Cioè, se l'Antonelli che conosci è quello della Farmavid?»

«*Certainement, mon amour*. Un gioco da ragazzi.»

Quando Teresa si incamminò di nuovo verso la macchina, sentiva che parlare con Solange le aveva fatto bene, e che la fiducia dimostrata dall'amica le aveva fatto tornare la voglia di conoscere la verità su Paolo e sulla sua morte.

Per questo, passando di nuovo davanti ai pullman, non ricacciò indietro l'intuizione che aveva avuto solo un paio di ore prima, e si diresse a passo di carica verso la stazione.

Aveva riflettuto a lungo su come e perché Paolo fosse finito a Strangolagalli.

Se vieni da una famiglia povera, hai due genitori che si sono sacrificati per farti studiare e sei appena entrato "in un team", non mandi tutto all'aria per una sciocchezza qualsiasi.

Qualcosa di terribile doveva aver indotto Paolo a scappare dalla Farmavid. E quando sei spaventato cerchi di sparire il più velocemente possibile, senza pensare a una meta precisa.

Frugò nella borsa. Erano usciti parecchi articoli sui giornali locali, e in un pezzo fra tanti era stata aggiunta una foto di Paolo.

La trovò e strappò tutto il resto. Le occorreva una storia credibile da raccontare, e non voleva che qualcuno potesse leggere l'articolo e scoprire che cercava informazioni su un morto.

Entrò prima alla stazione ferroviaria, per non lasciare nulla di intentato. Chiese un po' in giro, mostrando la foto di Paolo al personale della biglietteria. Ma non ebbe molta fortuna e dopo una ventina di minuti uscì e si mescolò alla folla in attesa tra i pullman.

«Avete visto per caso questo ragazzo?» chiese a un gruppo di conducenti, mostrando la foto.

«No, nun me pare. Perché?» domandò uno.

«È scomparso.»

«Davvero? Vai a quella trasmissione, allora... com'è che se chiama? *'Ndo stai?* Qualcosa del genere.»

«*Dove sei?*»

«Brava! Quella. Ma da dove è scomparso?»

«Da Strangolagalli.»

«Da che?»

«STRANGOLAGALLI. È un paese.»

«Ammazza. E che paese è? Dove strozzano i galli?» e l'uomo scoppiò a ridere.

«Ma sta' zitto, nun vedi che la signora qui c'ha bisogno de 'na mano?» intervenne un altro. «Famme vede' sta foto. Mmm. No, manco io l'ho visto. Ma quando dovrebbe esse' passato?»

«Due settimane fa, più o meno. Ed era diretto a... a... in realtà non lo so di preciso, dove potesse essere diretto.»

«Chiedi a Mario, laggiù. Quello sa sempre tutto, nun c'ha un cazzo da fare. MARIOOOOOO. Ahò, MARIOOOOOOO!»

«Oh, e nun urla' ccosì... Che vòi?» chiese Mario, avvicinandosi.

«Senti un po' 'sta signora! È de' Strangolapolli...»

«Galli.»

«Eh?»

«No, dicevo che sono di Strangolagalli.»

«Vabbè, è uguale. Insomma, dice che a 'sta Strangolapolli è sparito un ragazzo. Questo qui...»

Intanto si era formato un capannello di persone incuriosite.

«E perché sarebbe sparito?» chiese una signora che si era aggrappata al braccio del marito come se quello potesse scappare da un momento all'altro.

«Eh, mi ha lasciata dopo... dopo...» accennò Teresa, fingendosi imbarazzata.

«Non devi aggiungere altro, guarda. Tutti uguali, gli uomini!»

«Be', mica tutti. Io so' 'no zuccherino, per esempio» si intromise Mario.

«Sì, un babbà.»

«Ce poi crede'. Comunque sì, me sa che l'ho visto.»

Teresa si sentì mancare il respiro.

«Davvero?» domandò, con voce tremante. Ma stavolta non fingeva.

«Nun ce giurerei, eh! Nun vorrei darti false speranze, però...»

«Però?»

«C'aveva er pepe ar culo. Per questo me lo ricordo. Mi è venuto addosso e pe' poco nun m'ammazzava.»

«Ma se a te nun t'abbatterrebbe manco un tir!»

«E invece quello m'ha abbattuto. Nun te ricordi che so' caduto a faccia avanti? C'ho ancora er ficozzo.»

«C'hai ragione. Me lo ricordo. Le risate che se semo fatti.»

«Ma... ma ha detto qualcosa?» proseguì Teresa. Non voleva che si distraessero con la storia del ficozzo.

«Hanno tutti prescia, 'sti ragazzi» bisbigliò il marito della donna. «E stanno sempre lì a smanettare con i cellulari. Guarda dove vai, no? Poi dicono che fanno gli incidenti...»

«Siamo diventati un popolo di minchioni» disse un altro per dargli man forte. «E la sinistra che fa?»

«Perché? Esiste ancora la sinistra?»

«Pure tu c'hai ragione...»

Teresa stava perdendo la pazienza: «Scusi se insisto, Mario, ma...».

«Sì, sì. È che quando sento parla' de' la sinistra me parte l'embolo. Veramente il ragazzetto è stato gentile, m'ha pure aiutato a rialzarmi. Secondo me stava andando a prende' un treno, ma poi quando m'ha steso deve ave' cambiato idea perché m'ha chiesto se c'era qualche pullman che partiva subito. Io gli ho chiesto, ma pe' anna' dove? E quello ha fatto spallucce. Ho capito che se ne voleva solo anna'.»

«Non hanno più manco uno scopo, una direzione, 'sti ragazzi.» Oddio, ancora il marito della signora!

«Secondo me» si intromise la donna, che ne aveva abbastanza anche lei del marito, «ne aveva combinata una e se la stava dando a gambe. Mi permetto di parlarti così perché potresti essere mia figlia. Ma gli uomini non cambiano mai, purtroppo.»

«Guarda, pure le mogli...» rispose il marito, lapidario.

«Lei ha ragione, sa? Questa è anche la mia teoria.» E Teresa avrebbe continuato volentieri quella conversazione se le circostanze non le avessero imposto di tornare sull'argomento principale. «Alla fine, su quale pullman è salito?»

«Sul mio» rispose Mario. «Pe' Frosinone. Ero il primo a partire.»

Non poteva credere alle sue orecchie! Quindi, la decisione di Paolo era stata del tutto casuale. Esattamente come lei aveva immaginato.

«Assurdo» proseguì Mario «perché ce poteva anna' 'n treno, o scegliere n'artro posto. Secondo me, nun aveva manco capito 'ndo stava Frosinone... Me pareva un ber po' confuso.»

«E che ha fatto durante il viaggio?»

«Me sa tanto che ha dormito tutto il tempo, perché quanno semo arivati l'ho dovuto sveglia'. E quello m'ha pure chiesto dove eravamo. "A Frosinone!" gli ho risposto. Nun ce stava molto con la testa, se proprio devo di' la mia. Gli ho suggerito di scendere e di prendersi un paio de caffè.»

«E posso chiederle dove si ferma il pullman? Cioè, dov'è la fermata di Frosinone?»

Ricevuta da Mario l'informazione di cui aveva bisogno, Teresa ringraziò tutti calorosamente e cercò di congedarsi. Non vedeva l'ora di tornare alla macchina.

La signora le bisbigliò qualcosa a proposito dei ragazzi che non si prendono le loro responsabilità e di lei che doveva voltare pagina, rifarsi una vita.

Annuì con enfasi e si allontanò di corsa verso la sua auto.

Fece in tempo a sentire la donna che diceva: «Non si riprenderà mai. Si vede che è distrutta. Hai visto poi com'era vestita?».

Ma Teresa aveva altro per la testa che occuparsi della sua gonna. Di cui, peraltro, andava molto fiera.

17

Arrivò a Frosinone che era quasi ora di cena e si mosse esattamente come aveva fatto a Roma.

Parcheggiò la macchina nei pressi della fermata del pullman e cominciò a girovagare nei dintorni.

Se Paolo era stanco e senza una meta precisa, di certo doveva essersi rifugiato in un bar o in un qualunque locale pubblico. Erano da escludere gli alberghi, perché avrebbe dovuto lasciare un documento alla reception. Paolo, invece, aveva bisogno di tempo e di tranquillità per decidere cosa fare. Nella sua testa, Frosinone era ancora troppo vicina a Roma, ma era stato il desiderio di allontanarsi velocemente a spingerlo in quella direzione. Doveva nascondersi, e per farlo sarebbe stato sufficiente individuare un luogo difficile da trovare, e non scontato.

Teresa stava camminando già da un po' lungo la strada, eppure non era ancora riuscita a trovare niente. Ed era quasi buio.

Stava per arrendersi e tornare verso la macchina, quando in lontananza vide l'insegna di un bar.

Affrettò il passo, anche perché aveva la sgradevole sensazione di essere seguita.

Una volta arrivata, con uno strano malessere alla bocca dello stomaco, si accorse subito di che tipo di bar si trattasse. Era il classico posto sulla statale per camionisti e viaggiatori di passaggio.

Paolo era passato da lì, ne era certa.

Spinse la porta a vetri ed entrò.

Immediatamente, lo sguardo dei pochi avventori si appuntò su di lei. E non era uno sguardo particolarmente ospitale. Se avesse cominciato a fare domande, si sarebbero chiusi a riccio.

Tra le prime cose che le avevano insegnato all'Unità di analisi comportamentale c'erano la mimetizzazione e la pazienza. Se volevi ricavare delle informazioni in un ambiente come quello dovevi sederti a un tavolo nascosto, ordinare subito qualcosa di forte e aspettare. Le persone tendono ad aprirsi quando entrano in sintonia con te, quando vedono che non sei poi così diversa da loro.

E così fece.

Ordinò un vodka tonic, cosa che le fece guadagnare un brusio di approvazione, e scelse il tavolo più lontano, con l'atteggiamento e l'espressione di chi non ha voglia di essere disturbato.

Dopo un po' ne ordinò un altro, e un altro ancora.

Quando la cameriera arrivò con la terza vodka, Teresa capì subito che stava per capitolare.

«Tutto okay?» le chiese infatti.

«Così e così.»

«L'avevo capito subito. Ho detto a Terenzio: quella ha qualcosa che le brucia dentro.» E si percosse il petto per dare maggiore enfasi alle sue parole.

«Sei brava a capire le persone.»

L'adulazione era importante.

«Ci mancherebbe che non lo fossi, con il lavoro che faccio!»

«Giusto.» E a quel punto, Teresa abbassò lo sguardo. Non doveva esagerare.

Intanto, tra il secondo e il terzo vodka tonic, aveva preso il ritaglio di giornale con la foto di Paolo e se lo rigirava tra le mani.

«Chi è?» le chiese la cameriera. «Il tuo ragazzo?»

«Una specie. È morto.»

«Oh, Madonna santa! Mi dispiace.»

«Non ti preoccupare.»

«Hai voglia di parlarne?»

«Non so...»

Ma in realtà Teresa non aspettava altro. E anche la barista, che infatti si accomodò di fronte a lei, in attesa.

Così la Papavero cominciò a raccontare la sua storia, in una versione che aveva un po' colorito.

Ma appena appena, sia chiaro.

«Che vita di merda» disse la barista alla fine. «Il quarto giro te lo offro io. Ne hai proprio bisogno.»

«Non sai quanto.»

«E lo credo bene! Orfana, prostituta... E un cliente che ti si ammazza pure sotto il naso. Al posto tuo mi sarei suicidata io, guarda.»

Forse, aveva un po' esagerato con le tinte fosche.

«Senti» le sussurrò la ragazza. E Teresa si sporse per ascoltare meglio. «Non so se ti può consolare, ma secondo me non stava messo bene.»

«Perché? Lo hai visto? Cioè, sei sicura che fosse proprio lui?» E le schiaffò la foto ancor più sotto il naso.

«Altroché. E ho pure pensato: questo s'ammazza!»

«Appunto.»

«Oddio, scusa. Madonna, che insensibile che sono...»

«No, davvero. Sto bene.»

«Giusy!» gridò a un certo punto dal bancone quello che doveva essere Terenzio. «E che stiamo, a un tè con le amiche? Andiamo!»

«E non scocciare, Tere'. Non c'è più nessuno. Poi non vedi che sto servendo una cliente?»

«Si, vabbè» rispose Terenzio, ma non aggiunse altro.

«Sei forte, tu. Si vede» proseguì la barista, rivolgendosi nuovamente a Teresa. «Con la vita che c'hai avuto... comunque, ti giuro che è stato qui per tutto il pomeriggio. Me lo ricordo come se fosse ieri. Stava seduto laggiù, tirava fuori il cellulare, lo guardava fisso e poi lo rimetteva a posto. Ho pensato: "Starà aspettando una telefonata". E invece no, perché dopo un po' ho visto che era spento. Ti sembra normale?»

«No.»

«Infatti. E sono certa che non dormiva da giorni, perché non si reggeva in piedi. Avrà ordinato almeno... almeno quattro o cinque caffè, come se volesse restare sveglio. Ho pure pensato: "Mo' gli viene un infarto qui e mi tocca chiamare l'ambulanza". Che a me mica me li pagano gli straordinari, eh.»

Teresa annuì con comprensione.

«Guarda, te lo può dire pure Terenzio. TERENZIO!!! Che te lo ricordi quel ragazzo che non se ne andava mai? M'hai pure detto che dovevi portarlo via a spalle.»

«Boh» rispose quello.

«E ti pareva... tutti uguali, voi maschi.»

«Non fa niente. Ti credo. Ma quanto è rimasto?»

«Fino alla chiusura. Cioè, fino alle dieci, più o meno. Se n'è andato subito dopo le due stronze.»

«Le cosa?»

Teresa sapeva che anche i dettagli più insignificanti potevano nascondere informazioni utili.

«Due tipe che erano sedute proprio al tavolo vicino al suo. Mi hanno tirata scema per un'ora. E il cappuccino era troppo freddo, la spremuta troppo calda, l'acqua sgasata... Madonna, le avrei prese a calci.»

«Che stronze.»

«Infatti. E mi guardavano in un modo... manco fossi stata 'na mignotta!» Poi, come se avesse avuto un ictus, si portò le mani alla bocca: «Oddio, scuuusa!!!».

«Perché? Ah, certo. Nooo, ma io non mi offendo mica.»

«Grazie. Comunque… due acide! Erano andate a Strangolagalli a trovare non so chi: comunque una persona con cui ce l'avevano a morte. Se la sono presa pure con quel cazzo di paesino che vabbè, non sarà Los Angeles, però manco un posto dimenticato da Dio come dicevano loro!»

Ecco il tassello che mancava.

Una conversazione ascoltata casualmente in un bar mentre cercava di decidere dove scappare aveva cambiato le sorti di Paolo. Un posto dimenticato da Dio era esattamente quello che lui stava cercando. Teresa guardò l'ora: quasi le dieci di sera. Aveva fatto tardissimo.

«Scusa, ora devo proprio andare» e lo disse a malincuore, perché sarebbe rimasta a conversare ancora per un bel pezzo.

Teresa si alzò, e barcollando si diresse verso l'uscita.

Quattro vodka tonic erano troppi anche per una tosta come lei, e sentiva il cervello annebbiato.

«Oh, mi raccomando, però» le gridò la ragazza mentre Teresa era già davanti alla porta. «Cerca di uscirne…»

«Certo!» le rispose con entusiasmo. «Da cosa?»

«Be', ma… dal giro, no?»

«Ah, sì, ovvio! Dal giro. Che cretina. È che lo faccio da così tanto tempo che neanche ci penso più.»

«Io so che ce la puoi fare. Sei più forte di loro!» La ragazza in realtà non sapeva bene chi fossero, questi "loro", ma doveva aver pensato che fosse la frase giusta da dire.

Teresa le sorrise e uscì dal bar zigzagando. Doveva raggiungere la macchina il più in fretta possibile, per scrollarsi di dosso la terribile sensazione di essere seguita.

Oltre, ovviamente, al suo passato da prostituta.

18

Qualcuno era dietro di lei.

Per questo accelerò il passo, voltandosi ripetutamente. Eppure non riusciva a vedere nessuno.

Allora perché si sentiva osservata da quando era arrivata a Frosinone? Anzi, forse anche da prima. E persino adesso che stava camminando verso la sua auto percepiva due occhi che le perforavano la schiena.

Non si ricordava di avere percorso così tanta strada per arrivare al bar. Forse era il buio che la circondava a renderla sospettosa. O l'alcol che aveva in circolo.

Fatto sta che arrivò alla macchina con la bocca impastata, i brividi e un bruttissimo presentimento.

Tanto che la aprì in gran fretta e ci si chiuse dentro.

Fece un profondo respiro e girò la chiave dell'accensione.

In quel preciso momento, qualcuno bussò al finestrino, facendola saltare dal sedile.

Istintivamente, e senza voltarsi, schiacciò il pedale dell'acceleratore e partì come un razzo.

Imboccò la statale a tutta velocità con il cuore che le martellava nel petto, e solo quando ritenne di essere al sicuro trovò il coraggio di guardare lo specchietto retrovisore.

Una sagoma scura era in piedi in fondo alla strada e muoveva le braccia forsennatamente.

Teresa sudava freddo, sentiva le gambe molli e le vene che pulsavano. Man mano che la strada procedeva, l'ombra divenne sempre più piccola, fino a scomparire completamente alla vista dopo la prima curva.

Abbassò il finestrino per prendere una boccata d'aria e per cercare di tranquillizzarsi.

Il respiro tornò regolare, il battito cardiaco anche.

Che paura terribile. Avrebbe dovuto chiamare Lamonica? Figuriamoci. E per dirgli cosa?

Ormai, chiunque avesse avuto alle calcagna, l'aveva seminato. E poi, c'era davvero qualcuno che la pedinava? Adesso che aveva riacquistato lucidità le veniva da ridere. Forse il tizio che aveva bussato al finestrino voleva semplicemente chiederle delle indicazioni. Forse si era fatta suggestionare dalle sue stesse indagini. Chissà quel poveretto che cosa aveva pensato di lei, vedendola scappare via in quel modo.

Se non altro quella piccola disavventura, nel giro di pochi minuti, le aveva bruciato tutto l'alcol che aveva in corpo. Meglio di un bagno turco!

Si sistemò sul sedile e respirò a pieni polmoni l'aria che entrava dal finestrino.

Cercò di riordinare le idee. La ragazza del bar le aveva raccontato che Paolo teneva il cellulare spento, e la stessa identica cosa l'aveva saputa dai genitori. Era ovvio che non volesse essere rintracciato. Lei però lo aveva conosciuto su Tinder, e questo voleva dire che a un certo punto doveva essersi sentito al sicuro e aveva deciso di riattivarlo. Una mossa che gli era stata fatale.

Che cosa le aveva detto Mario, il conducente del pullman? Che Paolo lo aveva travolto. Forse erano giorni che non dormiva, e aveva perso lucidità. Sapeva solo di doversi allontanare da Roma e dalla Farmavid, così aveva pensato di prendere un treno per una qualsiasi destinazione. Poi però era "inciampato" in Mario e aveva velocemente cambiato idea.

La Farmavid: era lì che bisognava indagare, ne era convinta. Magari prestando attenzione soprattutto alla farmacovigilanza. E si ritrovò a sperare che Solange trovasse presto Antonelli, e scoprisse se era lui il titolare della ditta, o almeno un parente.

Mentre rifletteva su tutte queste cose, il cellulare che teneva nella borsa cominciò a suonare, facendola trasalire. Doveva assolutamente darsi una calmata.

Con la mano libera, e senza staccare gli occhi dalla strada, prese il telefono e rispose.

«Teresa!» gridò Gigia. «È successa... INCREDIBILE! Ho acceso la... marito...»

«Pronto?»

«È quella... lì... capisci?»

«No, Gigia, non sento niente.»

«Insomma» proseguì l'altra imperterrita. «Stavo... *Dove sei?* e... poi...»

«NON TI SENTO!»

«Be', ma spostati, allora! Io ti sento benissimo. La tizia... da noi... assurdo...»

«Che tizia? Gigia, è inutile che gridi, non c'è campo.» E così dicendo Teresa mise la freccia e cominciò a rallentare. «Ti richiamo io, capito? Aspetta che accosto e ti RICHIAMO!»

«Ah! Mi hai sfondato un timpano!» sentì, prima di riattaccare.

Finalmente, sulla destra scorse uno slargo. Una specie di belvedere con tanto di panchine e vista sulla vallata. Parcheggiò la macchina proprio sulla punta e spense il motore. Guardò il display: campo pieno!

Compose il numero dell'amica: «Ecco, Gigia, ora va meglio. Che dicevi?».

«Ma non hai sentito niente?»

«No.»

«Uffa. È successa una cosa pazzesca, non puoi capire. La signora che è stata da noi, quella sull'orlo del suicidio. Te la ricordi?»

«Certo. Ma non era sull'orlo del suicidio.»

«Va bene, come ti pare, chissenefrega!»

«Gigia!»

«Volevo dire che non è questa la cosa importante. La cosa importante è che ora è lì!»

«Lì dove?»

«A *Dove sei*?! Cioè, non proprio lei, suo marito! Teresa, sei seduta? Perché la notizia è SCONVOLGENTE!»

«Sì, sì. Sono in macchina.»

«In macchina? E perché? Non mi avevi detto nulla e...»

«Gigia! Qual è la notizia sconvolgente?»

«Ah, certo, scusa. Be', sei pronta? La signora Tonelli è scomparsa!»

«Come sarebbe, scomparsa?»

«Nel senso letterale del termine. E in questo preciso istante sai che cosa sto guardando? Il marito seduto in trasmissione!»

«Non ci posso credere...»

«E invece devi crederci! Pare che una settimana fa la Tonelli sia uscita di casa dicendo al marito che sarebbe andata a trovare un'amica a Capri. E non è più tornata! Una settimana fa, capisci? Questo vuol dire che...»

«Vuol dire che era diretta a Strangolagalli, e che le ultime persone ad averla vista siamo state noi» concluse Teresa.

"E Antonia la bibliotecaria" pensò subito dopo.

«Te l'ho mai detto che sei NOIOSA? Comunque sì, è proprio così. Oddio, Pap. Che dobbiamo fare?»

«Una storia incredibile. Aspetta, devo pensarci un momento...»

Cosa diavolo stava succedendo a Strangolagalli?

«Allora? Teresa!»

«Ascoltami: chiama subito la redazione.»

«Io? Sei matta? E che cosa dico?»

«La verità. Che è stata da noi una notte e...»

«Non è meglio se ti aspetto?»

«No, Luigia. Avvisali subito, così hanno il tempo di organizzarsi. Io sto arrivando.»

«Va bene. Dio, che emozione!» e Gigia riattaccò mentre ancora stava parlando.

Teresa, invece, fu attraversata da un brivido, ma sapeva bene che il freddo non c'entrava, anche perché quella sera c'erano trentotto gradi. A scuoterla era il pensiero di Corrado Zanni.

Forse, dopotutto, era un bene che fosse l'amica a fare quella telefonata.

Accese il motore e si voltò per fare retromarcia.

Riprese la strada principale con mille pensieri che le frullavano in testa. Per questo non si accorse subito del SUV che la seguiva a pochissima distanza. Solo quando fu abbagliata dai fari, guardò nello specchietto retrovisore.

«E questo? Da dove è sbucato?» pensò ad alta voce. «Non mi stare così appiccicato!» gridò, facendogli anche dei gestacci.

Chiunque fosse al volante di quell'auto, rallentò riposizionandosi alla giusta distanza, e Teresa tirò un sospiro di sollievo.

Ma durò pochissimo.

Il SUV prese la rincorsa e la tamponò con violenza facendola sbandare. Per fortuna riuscì a mantenere il controllo della Panda.

«Ma sei matto?» urlò con il cuore in gola.

Istintivamente si aggrappò al volante come se questo potesse impedirle di finire fuori strada. E in effetti quando arrivò il secondo urto, ancora più aggressivo del primo, non la colse impreparata.

Che cosa stava succedendo?

«Vuoi ammazzarmi?»

E nel momento esatto in cui lo disse, capì che era così. Il tizio dietro di lei la stava volutamente speronando e aveva una macchina molto più grande della sua. Non ci sarebbe voluto molto perché raggiungesse il suo scopo: mandarla fuori strada e finirla!

Cominciò a sudare freddo. Doveva decidere cosa fare e in fretta. Si posizionò meglio sul sedile, controllò che la cintura fosse ben allacciata e con la coda dell'occhio guardò fuori dal finestrino in cerca di un posto dove fermarsi, dove accostare per mettersi in salvo.

Il suo tempo però era scaduto. Se ne rese conto nel momento esatto in cui dallo specchietto vide la macchina che riguadagnava terreno. Per quanto lei schiacciasse il pedale dell'acceleratore, il SUV l'avrebbe raggiunta.

All'ennesima curva, non ci fu neanche bisogno del colpo perché l'auto di Teresa sbandò da sola, senza bisogno di aiuto. Il volante sembrava vivere di vita propria per quanto lei cercasse di governarlo. L'auto si stava dirigendo verso un dirupo lanciata a tutta velocità.

Le ruote sgommarono sul terreno facendo rumore e sollevando un tremendo polverone.

Polverone che lei però non poteva vedere perché aveva deciso che se doveva morire, era meglio farlo a occhi chiusi. Sperava solo che accadesse nel modo meno doloroso possibile.

Schiacciò con violenza il pedale del freno e aspettò la fine.

«Ogni giorno siamo costrette a prendere delle decisioni, a volte dolorose. Ma c'è sempre un motivo. Ricordatelo, tesoro mio, quando non ci sarò più.»

Era la voce di sua madre, sulla ruota panoramica.

«Come? Mamma?»

Si era schiantata, ne era certa. Per fortuna, non aveva sentito nulla.

"Io lo so che mi verrai a cercare. Guarda. Memorizzalo e trovami."

«Cos'è? Mamma, mamma!»

Qualcuno stava bussando al vetro della macchina.

Erano arrivati i soccorsi?

«Papavero, che diavolo stai combinando? Non fare l'isterica e apri questa maledetta portiera.»

Quella voce...

«Oppure fai retromarcia, porca miseria. Non vedi che caschi di sotto, altrimenti?»

Spalancò gli occhi e la prima cosa che fece, dopo essersi resa conto che era ancora viva, fu voltarsi a controllare l'altra macchina. Il SUV era sparito.

«Io sono qui, eh!»

«Serra?!» gridò Teresa, fissandolo con gli occhi sgranati.

«Papavero, per caso prendi qualche antidepressivo? Sei in menopausa? Certo che sono io! Fai questa dannata retromarcia e poi scendi dalla macchina!»

Teresa eseguì, sgommando all'indietro a una tale velocità che il poliziotto dovette fare un salto per non essere speronato. Poi spense il motore e scese dall'auto, sbattendo lo sportello.

«Hanno cercato di ammazzarmi!» gridò, avanzando a grandi falcate verso di lui.

«E non ci sono riusciti? Peccato, avrebbero dovuto impegnarsi di più.»

«Serra, ascoltami bene» ribatté Teresa, puntandogli un dito contro il petto. «Fai poco lo spiritoso. Sono viva per miracolo!»

«Dipende da cosa si intende per miracolo.»

«Stai zitto e ascoltami. Prima, a Frosinone, qualcuno mi ha aggredita mentre ero in macchina, ma io me la sono cavata egregiamente. Poi mi ha telefonato Gigia, non c'era campo e mi sono dovuta fermare. L'ho richiamata e mi ha raccontato la storia incredibile di una signora che è stata ospite da noi e che ora è scomparsa. E quando mi sono rimessa in moto, quel tizio, lo stesso di Frosinone, ne sono sicura, ha cominciato a speronarmi con l'ovvia intenzione di buttarmi fuori strada!»

«Papavero, tu hai bevuto, non è vero?»

«No, no.»

«Ma se puzzi di alcol come una distilleria!»

«Veramente?» e si piazzò una mano davanti alla bocca per sentire l'alito. Per poco non svenne. «Be', sì, forse un pochino. Comunque sia, non c'entra niente con quello che è successo. Se non mi credi, guarda come è ridotta la mia auto!»

«Certo, sei ubriaca. Sai che potrei arrestarti?»

«È la seconda o la terza volta che minacci di farlo. Non è che ti piace vedere le donne in manette? Feticista e pure sadomasochista… troppe perversioni per un uomo solo.»

«Farò finta di non aver sentito. Ora, parcheggia decentemente questa macchina e sali sulla mia. Tornerai domani a riprenderla. Non sei in condizioni di guidare.»

«Grazie, facciamo come se avessi accettato» e così dicendo, Teresa gli diede le spalle e si diresse verso la sua auto, con tutte le intenzioni di rimettersi alla guida.

Peccato che Serra non fosse della stessa idea. La afferrò alla vita, sollevandola da terra, e la trascinò verso la sua macchina. Teresa scalciava, ma il poliziotto la teneva talmente stretta che c'era ben poco da fare. «Tu la devi smettere di trattarmi in questo modo! Non sono una bambina! Mettimi giù!»

«Smetterò di farlo quando tu smetterai di comportarti da tale» disse Serra. E con la mano libera aprì la portiera e spinse dentro Teresa, facendola sedere e allacciandole la cintura. Controllò anche che fosse ben stretta, prima di bloccare la portiera e rinchiuderla lì dentro. Poi si allontanò, con l'intenzione di andare a parcheggiare la Panda.

A nulla valsero le urla di Teresa, perché lui le faceva segno con la mano che non poteva sentirla.

Quando tornò da lei le ridiede la borsa, mise in moto e partì.

«Ti sei calmata?» le chiese.

«No.»

«Allora ti racconto una bella storia.»

«Non me ne frega niente della tua storia.»

«Io invece sono sicuro che ti piacerà.»

Teresa alzò le spalle.

«C'era una volta una donnetta isterica di paese che, annoiata dalla vita, si mise a caccia di avventure...»

«Stai parlando della tua ultima fidanzata, suppongo.»

«A questa donnetta» proseguì Serra imperterrito «un bel giorno morì accidentalmente il suo principe.»

«Quanto mi dispiace. Sei morto? Per lei sarà stata una tragedia.»

«Lo penso anche io. Peccato, però, che questo principe lo avesse scovato su Tinder...»

«Chi te lo ha detto?»

«Chantal.»

«Traditrice. Non andrò mai più a farmi le unghie da lei!»

«Questo potrebbe essere un vantaggio» disse Serra, lanciandole un'occhiata alle mani. «Comunque, non è stata colpa sua. Ti sembrerà strano, ma sono bravo a estorcere informazioni alle donne.»

«Certo, me lo immagino.»

«Lei mi ha solo raccontato delle dicerie di paese. E cioè che a casa del povero Paolo, al momento del fattaccio, ci fosse una donna misteriosa che era stata invitata per un appuntamento diciamo... galante. Io ho solo fatto due più due. Però, Papavero, non era un tantino giovane per te?»

«Sei un maleducato! Dopotutto, non c'era tutta questa differenza di età.»

«Va bene, non importa. Proseguiamo con la favola. Il principe muore e lei si convince che dietro quella morte si nasconda un mistero. Allora che fa? Indaga. Entra in un bar, chiacchiera con la barista, peraltro una gran bella ragazza, e poi quando un povero e innocente poliziotto, anche lui gran bell'uomo, le bussa al finestrino dell'auto, quella scappa via sgommando. Ti è piaciuta come storia?»

Teresa si era voltata di scatto verso di lui e lo stava fissando come una vittima guarderebbe il suo assassino pochi secondi prima di essere uccisa: «Mi stai dicendo che eri tu l'ombra che ho visto dallo specchietto retrovisore? Quella che si sbracciava?».

«Non mi stavo *sbracciando*...»

«Quindi hai cercato di uccidermi?»

«Vorrei prendermene il merito. Ma purtroppo no.»

«Un momento, un momento! Sono ubriaca, ma non scema!»

«Su questo...»

«Guarda, i tuoi commenti sarcastici non mi sfiorano neppure. Volevo solo sottolineare il fatto che, se anche sei stato tu a bussare al mio finestrino, la macchina che mi ha speronata era un SUV! Mentre questa è... è... una carretta! E ci sono ancora molte cose da chiarire. Punto numero uno: perché mi stavi pedinando? Punto numero due: che ci fai qui? Non te ne eri andato?»

«Mi sono accorto che è difficile restarti lontano...» rispose Serra, e accompagnò la frase con un sospiro romantico.

«Ah, ma perché ti sto ancora a sentire? E poi, si può sapere che fai? Perché stai correndo in questo modo?»

«Non sto correndo.»

«Sì, invece.»

«No, affatto.»

Dallo specchietto laterale, Teresa notò una macchina dietro di loro.

«Il SUV!»

«Sì, come no.»

«Oddio! Attento al motorinooo!!!»

Serra riuscì a sterzare e a evitare per un pelo uno scooter. Teresa si girò per controllare che il guidatore stesse bene. Quello, per fortuna, era rimasto ben saldo sul mezzo. «Okay, puoi sempre investirlo al ritorno» concluse, rimettendosi seduta per bene e sbirciando di nuovo lo specchietto laterale.

Del SUV non c'era più traccia.

Forse, dopotutto, aveva ragione il poliziotto, anche se le seccava doverlo ammettere.

Aveva bevuto troppo.

19

«Non mi fai entrare?» le domandò Serra, una volta arrivati a casa.
«Perché dovrei, scusa?»
Che si era messo in testa?
«Dovrò pur dormire da qualche parte. Questo è o non è l'unico B&B di Strangolagalli?»
«Purtroppo sì.»
«Allora non hai scelta.»
Teresa sbuffò e lo fece entrare.
«Si può sapere da dove vieni?» gli domandò, mentre si dirigeva verso la stanza che gli aveva assegnato anche la volta precedente.
«Sono sempre stato qui. Non ti ho mai staccato gli occhi di dosso, Papavero» e la guardò con un'intensità tale che sarebbe riuscito a bloccare la deriva dei continenti, se gliene avessero dato l'opportunità.
Solo che a Teresa quegli sguardi da grande amatore proprio non interessavano. «Sì, come no!» gli rispose. «Ecco la camera. Le lenzuola sono pulite. Buonanotte» e si voltò in direzione delle scale. Voleva allontanarsi il più velocemente possibile da lui.
«Un momento! Quanta fretta.»
«Ho sonno e sono ubriaca, come giustamente mi hai fatto notare. Quindi…»
«Quindi, niente spaghettata di mezzanotte?»
«La cucina è di là, i fornelli anche…» e così dicendo Teresa

corse su per le scale, neanche fosse stata inseguita da un branco di cosacchi inferociti.

Arrivò nella sua stanza con il fiatone e chiuse la porta.

Che uomo insopportabile. La spaghettata di mezzanotte! Che cosa si aspettava, che gliela preparasse lei?

Prese il cellulare e chiamò Gigia, che l'aveva cercata almeno dodici volte.

«Che hai? Mi sembri nervosa.»

«Lo saresti anche tu se fossi costretta a trascorrere la notte con uno come Serra.»

«Perché, è lì con te?»

«Già.»

«Nel tuo letto?»

«Sei pazza? Quando succederà, rinchiudimi da qualche parte e butta via la chiave!»

«Non capisco questa tua ostilità nei suoi confronti. Io lo trovo molto maschio.»

«E con l'eleganza di un australopiteco! Ma per favore!»

«Vabbè, ma allora, se non è rimasto per fare sesso, perché diavolo si trova lì con te?»

«Ti racconto tutto domani. Sono stanca morta. E anche un po' ubriaca. Del programma invece che mi dici? Hai chiamato?»

«Sì, sì. Ho fatto come mi avevi detto. Ho chiamato la redazione e ho raccontato quello che sapevo.»

«E loro?»

«Mi hanno chiesto indirizzo e numero di telefono. Ma ancora non si sono fatti vivi.»

«Be', che cosa ti aspettavi? Devono prima fare i loro accertamenti...»

«Pensi che manderanno qualcuno? Zanni?»

Solo a sentirlo nominare, Teresa ebbe un sussulto.

A questa eventualità non aveva pensato.

«Non credo, Gigia. Non mi pare una roba tanto grossa da suscitare l'interesse di uno come lui.»

«Peccato. Senti, hai cinque minuti per parlare di una cosa o ci risentiamo domani?»

«Ti ascolto.»

«Volevo dirtelo già da un po', ma…»

«Che succede, Gigia? Hai lasciato Eugenio?»

«Nooo!»

«Peccato. Allora?»

«Mi hanno cercata per una traduzione.»

«Mi pare ottimo. Cosa c'è che non va? Il libro fa schifo?»

«No, cioè, non è malaccio, se ti piace il genere "tira fuori la geisha che c'è in te imparando a cucinare".»

«Questo poi me lo passi! Ma allora qual è il problema?»

«È che se accetto non potrò aiutarti per un po'.»

«Gigia, ti sembra che io abbia bisogno di tutto quest'aiuto? Non c'è nessuno. Ti prego, accetta subito la proposta e ammettiamo il nostro fallimento. Il B&B è stata una pessima idea. Mi dispiace solo averti coinvolta.»

«No, l'idea era bellissima, invece. Non diamola per morta.»

«Credo lo sia già. Non ci si libera facilmente dal marchio di "scema del villaggio".»

«Smettila! Non ti sopporto quando fai così.»

«Senti, io vado a dormire, che è stata una giornata intensa. Tu domani mattina chiami la casa editrice e ti rendi disponibile.»

«Va bene.»

Si salutarono e Teresa provò ad addormentarsi, ma senza successo. La questione del B&B non le dava pace. Si rigirò su se stessa, sbuffando. E Serra? Perché era tornato, e che cosa ci faceva a Frosinone?

Se lo immaginò a letto con il pigiamino di flanella e scoppiò a ridere. Figurarsi se uno come lui indossava un pigiama simile. I tipi così andavano a dormire nudi! Tanto per rafforzare la loro immagine di maschi alfa.

Si rigirò di nuovo e guardò l'ora: le tre del mattino.

Non era possibile, doveva assolutamente dormire!

Non fece in tempo a formulare quel pensiero che, quasi per magia, crollò come un sasso.

Al piano di sotto, anche Serra non se la stava passando granché bene.

Nudo, si girava e rigirava nel letto.

Non solo era finito a Strangolagalli, un fatto che sarebbe stato già sufficiente a fare ammattire chiunque, ma si era pure imbattuto in una psicopatica.

Con quella sua aria svagata, quell'assurda caparbietà e quel suo abbigliamento inqualificabile! Che cosa si era messa in testa? Di essere la reincarnazione di Agatha Christie?

Se la immaginò a letto con un pigiama felpato e un vibratore sotto il cuscino.

Scoppiò a ridere, e quell'immagine lo riconciliò per un attimo con il sonno.

Guardò l'ora: le tre del mattino. Non era possibile. Doveva assolutamente addormentarsi. Lo aspettava una giornata molto difficile e non poteva permettersi distrazioni. O comunque, non distrazioni riconducibili a Teresa Papavero!

Con resuscitata determinazione, si addormentò come un sasso.

Quando Teresa si svegliò di soprassalto era quasi mezzogiorno.

Come aveva fatto a dormire così tanto?

Afferrò la vestaglietta rosa accanto al letto e si precipitò giù per le scale.

Era certa di essere rimasta sola in casa.

Con sua grande sorpresa, invece, trovò Serra seduto comodamente in poltrona a leggere il giornale, con la superbia di Heathcliff a Wuthering Heights, nella brughiera inglese.

«Buongiorno, Papavero» disse. Poi, guardandola meglio, si alzò in piedi di scatto, lasciando cadere il giornale a terra. «Ci sono state le riprese di un film porno questa notte?» E lui che se l'era immaginata con un pigiama felpato. «Avresti potuto chiamarmi, sei stata scortese.»

«Come? Ah, per la vestaglia, dici...»

«Sì, per quella. Ma anche tutto il resto mica scherza.»

«Be', che cosa vuoi che ti dica? Sono una donna dalle mille risorse» rispose Teresa, stringendo ancora di più la cintura intorno alla vita, ma trovandosi costretta ad ammettere che la sua mise lasciava ben poco spazio all'immaginazione.

«Comincio a farmene un'idea.»

«Vuoi qualcosa per colazione?»

«Veramente l'ho già fatta. Questa mattina alle otto, però. Ma ti ringrazio del pensiero.»

«Come ti pare. Io mi faccio un caffè.»

«In questo caso... lo prendo con un solo cucchiaino di zucchero.»

«Sei davvero un uomo insostenibile, Serra. Tua madre avrebbe dovuto prenderti a schiaffi quando eri piccolo.»

«Non ce l'ho avuta, una madre.»

Leonardo nel frattempo si era avvicinato.

«Se è per questo neanche io. Ma non è che vado in giro a spargere arroganza come fossi un diffusore per ambienti.»

«Sempre meglio che spargere presunta stupidità. Perché è questo che fai, vero, Papavero? Ti piace lasciar credere a tutti di essere quello che non sei.»

«Ah, adesso non sono più scema? Ma come, fino all'altro giorno non pensavi che lo fossi? Be', mio caro poliziotto, se proprio vuoi saperlo la scema, qui, ha scoperto un sacco di cose mentre tu eri via. Ha scoperto che Paolo è scappato, che ha preso un pullman da Roma per Frosinone e che dopo avere ascoltato casualmente una conversazione tra due tizie, al bar dove lavora quella "gran bella ragazza", ha deciso di nascondersi a Strangolagalli. Sempre la stessa scema ha capito che Paolo è stato ucciso perché alla Farmavid aveva scoperto qualcosa che lo aveva turbato o spaventato al punto di indurlo a fuggire e nascondersi...» Qui si era buttata, ma voleva vedere l'effetto che la sua affermazione avrebbe prodotto su Serra.

«Ma certo che è stato ucciso, Papavero. Altrimenti, perché diavolo starei qui a cercare di tenerti lontana dai guai?»

«Eh?» Questo proprio non l'aveva previsto. «Davvero?»

«Davvero cosa? Che Paolo è stato ammazzato o che voglio proteggerti?»

«Sono scioccata, Serra.»

«Lo vedo.»

«E perché non me lo hai detto subito invece di... invece di...»

«Non rispondere alla mia domanda con un'altra domanda. Conosco la tecnica meglio di te.»

«Ah! Però ammetti che io possa conoscerla!»

«Non so di che cosa stai parlando.»

«Stai cercando di confondermi. Non lo hai capito, che con me non attacca? Sono io che ho fregato te! Hai sempre pensato di avere di fronte una perfetta imbecille, ed è esattamente quello che volevo farti credere. *La cucina ciociara nella tradizione* è stato un colpo da maestro, e sei finito al tappeto. Ammettilo, Serra!»

«L'arbitro sta ancora contando i secondi, però.»

E senza darle il tempo di replicare, la afferrò per un braccio, la trasse a sé e la baciò.

A nulla valsero le proteste di Teresa. Serra la teneva stretta e non le dava modo neanche di respirare.

Cercò di divincolarsi anche se, lentamente, sentiva che qualcosa dentro di lei si stava sciogliendo… un calore a cui non era abituata cominciava a emergere, da molto lontano… Poi, all'improvviso, delle grida provenienti da fuori bloccarono entrambi: «Un momento, un momentooooo! Ora vi faccio entrare!».

Teresa approfittò del diversivo per allontanarlo: «Ma come ti sei permesso?».

«Non mi sembrava ti stesse dispiacendo.»

«E che ne sai?»

«Ho una certa esperienza al riguardo.»

«Ma figuriamoci. Tutti gli uomini come te la pensano così. Vuoi che ti simuli anche un orgasmo, come Meg Ryan?»

«Non vi accalcate!» continuava la voce.

«È Gigia!» si stupì Teresa.

«Chi?»

Ma non ci fu tempo per le spiegazioni, perché la porta si aprì e Luigia fece irruzione, seguita dal sindaco, da Chantal, da Floriano e da altri che la Papavero, ancora confusa da quel bacio, non riuscì a distinguere.

In pratica tutta Strangolagalli, o almeno la Strangolagalli che contava, era accalcata nel suo soggiorno.

20

«Che sta succedendo?» chiese Teresa, cercando di coprirsi il più possibile. Ma c'era poco da fare.

«Ci dispiace arrivare così, senza preavviso» esordì il sindaco, facendosi largo. «Ma Luigia ci ha messi al corrente del fatto increscioso che è accaduto qui.»

Lo sapevano già?

«Be', posso spiegare...» Teresa guardò Gigia in cerca di conforto, ma l'amica stava sorridendo a Serra, che le faceva l'occhiolino con le spalle appoggiate al muro. Alzò gli occhi al cielo nel momento esatto in cui il sindaco riprendeva la sua arringa: «Non ti preoccupare, è tutto sotto controllo, ora. Certo, se non ci avesse avvisati, la cosa ci avrebbe colti alla sprovvista...».

«Immagino. Ma se anche fosse successo, non credo...»

«Aspetta, fammi finire. Questa mattina don Guarino, che si sveglia sempre di buonora... vero don Guarino? Dove è andato? Don Guarinooo?»

Ci mancava solo il parroco. Teresa si strinse ancor di più la vestaglia intorno al corpo.

«Eccomi, eccomi» e la testa di don Guarino emerse tra le altre. «Confermo tutto.»

«Ma cosa?» Teresa stava cominciando a perdere la pazienza.

«Papà, sbrigati che devo andare a prepararmi!!! Lui mi aspetta!»

«Irma cara, abbi ancora un po' di pazienza. Insomma, dicevo

che don Guarino ha notato una persona che si aggirava per la piazza con delle attrezzature strane. È corso subito ad avvisarmi, come è giusto che sia, ma quando arrivo io, quella persona non c'è più.»

«Papà!»

«Sindaco, Irma ha ragione!» Chantal, con la testa piena di cartine di stagnola, si fece avanti, schiacciando il sindaco e don Guarino.

«Davvero?» domandò Irma.

«Eh, sì. Per farla breve... tieniti forte, Teresa, perché è una bomba. Per farla breve, sai chi è arrivato qui a Strangolagalli?» Chantal fece una pausa a effetto e si guardò intorno. Solo quando fu certa di avere ottenuto la piena attenzione di tutti, continuò: «CORRADO ZANNI!», e dopo averlo nominato, cominciò a sventolarsi il viso con la mano. «Mamma mia, c'ho le vampate. O forse sono i capelli. Scusate, eh! Ma sto provando una nuova tinta.»

«E chi è Corrado Zanni?» si intromise Serra, che era stato completamente messo da parte. Da tutti tranne che da Gigia.

«Ah, c'è anche lei? Non l'avevo vista» lo apostrofò il sindaco. La presenza di un poliziotto era IRRILEVANTE rispetto a quella dell'inviato speciale della trasmissione più seguita al mondo!

Infatti proseguì, rivolgendosi a Teresa. «Chantal ha ragione. Corrado Zanni è qui! E credo stia per entrare da quella porta!» disse, indicando con enfasi l'ingresso. «Anzi, ne sono certo! Vero, Luigia?»

L'amica, come ridestata dal bacio di un principe dopo trecento anni di letargo, si rivolse al sindaco e annuì con decisione.

«Ed ecco spiegata questa... *ehm*, come vogliamo chiamarla? Piccola irruzione? Insomma, era doveroso da parte nostra dargli il più sincero e caloroso benvenuto.»

«Io ho fatto anche la stesa.»

Chi aveva parlato?

Tutti abbassarono lo sguardo e videro la signora Marisa prendere forma davanti a loro. Stringeva tra le mani la sua stesa, ancora fumante.

«Vogliamo andarci a cambiare?» sussurrò don Guarino, che strisciando come un'iguana si era materializzato al fianco di Teresa.

«Vogliamo? Perché, si vuole cambiare anche lei?»

«Certo che no!»

«Allora non capisco.»

«Volevo solo dire...»

«A proposito, si trova bene a casa nostra?»

«Benissimo, ma cosa c'entra...»

«Sa, mio padre ci tiene molto, soprattutto all'orto. Mi domanda sempre: "Don Guarino se ne sta occupando?".»

Al solo sentire nominare il Professore, il parroco, con espressione contrita, scomparve, mimetizzandosi tra gli altri e sperando di non essere più interpellato al riguardo.

Che poi, certo che si occupava dell'orto! Con fatica e dedizione. Aveva o non aveva incaricato la signora Marisa di passare a controllarlo tutte le mattine? Era costretto a svegliarsi apposta! Fosse stato per lui, si sarebbe alzato anche più tardi. Se non era dedizione quella!

«Sta arrivando qualcuno!» gridò Chantal, che non aveva smesso un attimo di tenere sotto controllo la strada dalla finestra del salone.

«Uffa, papà! Non sono pronta! Dovevo prepararmi!»

«Irma, tesoro mio. Tu sei sempre bellissima.»

In quel preciso istante qualcuno suonò alla porta, salvando i presenti dall'imbarazzo di dover smentire o, peggio, confermare la veridicità dell'affermazione.

Tutti si voltarono in un'unica direzione, ma nessuno si mosse, nessuno fiatò.

E in quel silenzio carico di tensione, si sentì suonare di nuovo.

«Vado io?» domandò Serra.

Teresa lo fulminò con lo sguardo e avanzò verso l'ingresso. «Permesso, fatemi passare.»

«Volevo solo rendermi utile.»

«Certo, certo» gli disse il sindaco, liquidandolo con una pacca sulla spalla.

Intanto, la Papavero era riuscita a raggiungere la porta.

Fece un profondo respiro, si schiarì la voce e aprì.

«Maresciallo!» esclamò, sollevata e volutamente ad alta voce, per farsi sentire dagli altri.

Un brusio di disapprovazione si alzò all'interno della casa.

«È il maresciallo» disse qualcuno.

«Ah, vabbè...» si spazientì qualcun altro.

«Che delusione» borbottò Serra. «Dopo tutta quest'attesa...»

«Che ansia! Mi stava venendo un infarto.» Questo lo disse Chantal, o Irma. Non si capì bene, nel disorientamento generale che l'arrivo del maresciallo aveva provocato.

«Prego, si accomodi» proseguì Teresa rivolgendosi a Lamonica.

«Sì, be', in verità non sono solo. Ho accompagnato una persona.»

E quando Lamonica si spostò, per fare spazio a chi fino a quel momento era rimasto nascosto, Teresa si maledisse per non avere dato ascolto a don Guarino.

Corrado Zanni, con un sorriso smagliante e i suoi inconfondibili occhi verdi, era in piedi di fronte a lei, identico all'ultima volta che l'aveva visto, almeno vent'anni prima. Avrebbe voluto aprire bocca per parlare, e forse ci provò anche, ma il sindaco, seguito da Irma, a sua volta seguita da Chantal, la travolsero.

21

Se tutti a Strangolagalli sembravano essersi calmati, almeno per il momento, Teresa aveva appena cominciato la sua battaglia.

Chiusa in camera, si preparava ad affrontare il proprio passato.

Perché non riusciva ad avere un po' di pace?

Dopo avere trascorso gran parte della vita a nascondersi, sembrava che le persone e gli eventi da cui aveva sempre cercato di scappare avessero deciso di raggiungerla. Tutti insieme, e tutti a Strangolagalli, dove, invece, aveva creduto di essere al sicuro.

Non si era mai sentita all'altezza, questa era la verità.

All'altezza di suo padre, di sua madre, di Corrado Zanni, dei rapporti sentimentali, delle sue assurde capacità mnemoniche. Per farla breve, non si era mai sentita all'altezza della vita.

E adesso tutte quelle "cose" si erano radunate di nuovo lì, al piano di sotto, nel suo salone. Cioè, non proprio tutte, ma due di sicuro: Serra e Zanni, tanto per fare dei nomi. Poi c'erano i ricordi di sua madre, che continuavano a sbucare fuori da chissà dove; un ragazzo morto, assassinato, per giunta, e una donna scomparsa.

Insomma, poteva anche avere commesso lo sbaglio di non affrontare le difficoltà quando si erano presentate, ma ora non poteva certo porre rimedio ai suoi errori, e tutto in una volta!

Dopo tanto tempo, si era sentita di nuovo allo scoperto, nuda di fronte alla propria inadeguatezza. E non solo perché aveva addosso una vestaglia trasparente. Si erano accorti del suo disagio? Forse era riuscita a ingannare Luigia, di certo non Serra. Lui aveva fiutato qualcosa. Teresa lo aveva capito da un movimento impercettibile del sopracciglio. Reagiva sempre così quando era attraversato da un dubbio. Glielo aveva visto fare in casa di Paolo, e poi ancora la notte dell'irruzione in casa sua, mentre stavano discutendo in cucina.

Ora, chiusa nella sua stanza, cercava di riordinare le idee e di raccogliere il coraggio per tornare al piano di sotto, dove gli altri la stavano aspettando.

«Sono Corrado Zanni» aveva detto, ancora sulla porta.

Come se avesse avuto bisogno di presentarsi.

E proprio mentre Teresa stava per replicare, il sindaco l'aveva afferrata per la vestaglia, trascinandola dietro di sé, e si era precipitato a stringere la mano al giornalista. Ma anche lui era stato interrotto bruscamente. La figlia, che si era fatta largo a colpi di sedere, spostando chiunque le impedisse il passaggio e rompendo quasi il naso alla signora Marisa, che si era ritrovata con quell'imponente posteriore proprio in traiettoria, aveva raggiunto il padre, lo aveva letteralmente sollevato da terra e si era piazzata davanti a Zanni. A quel punto, però, era sopraggiunta Chantal, e si era creata una grande confusione.

«Tu lo sapevi?» aveva domandato Teresa a Luigia, in disparte.

«Che cosa?»

«Che avrebbero mandato lui?»

«Ma figurati. Non mi hanno più richiamata. Ho solo raccontato tutto a Floriano, stamattina. Ero andata a comprare le braciole per mia madre, sai che lei ne va pazza, e mi è scappato detto. Lì c'era anche Jolanda che stava... stava... Ora che ci penso, non so che cosa stesse facendo.»

«Lascia perdere.»

«Comunque, Jolanda è schizzata fuori, e quando sono uscita anche io l'ho vista parlare con Chantal. In quel momento è passato don Guarino, tutto agitato. Jolanda lo ha fermato e gli ha chiesto dove stesse andando così di fretta. Quello le ha blaterato di aver notato un uomo aggirarsi furtivo con delle strane attrezzature, e ha spiegato che stava correndo dal sindaco per avvisarlo. A quel punto abbiamo deciso di andarci tutti insieme, ecco.»

«E perché non mi hai chiamata?»

«Ma io l'ho fatto! Decine di volte!»

«Ah, sì?»

«Sì! Mi sono anche preoccupata. Poi, però, mi è venuto in mente Serra e ho pensato... be', insomma, ho pensato che voi...»

«Che noi?»

«Che voi... Oh, avanti, hai capito!»

Teresa l'aveva guardata malissimo.

«Be', l'alternativa era che fossi morta!»

«L'avrei preferita di gran lunga...»

«Tu non sei normale. Comunque è pazzesco, non trovi? Corrado Zanni nel nostro B&B! Lo avresti mai detto? Meno male che Monica Tonelli è scomparsa!»

«Gigia!»

«Oddio. Sono una persona orribile.»

Intanto, il maresciallo Lamonica aveva preso in mano la situazione e, come un giudice della Corte suprema durante un dibattimento, era riuscito a far tacere tutti.

«Le nostre forze dell'ordine sono a sua disposizione!» aveva dichiarato.

«Le nostre forze dell'ordine?» aveva bisbigliato Teresa all'amica. «E chi sarebbero? Lui e Romoletto?»

Gigia le aveva dato una gomitata.

«Di qualsiasi cosa dovesse avere bisogno» aveva proseguito il maresciallo «non esiti a domandare. È scomparsa una donna e tutti noi abbiamo il dovere di collaborare al suo ritrovamento!»

«Ci saranno delle riprese?» era intervenuta Chantal.

«Mi intervisterà?» aveva domandato Irma. «Vengo benissimo in TV.»

«Vi ringrazio per la gentilezza e per l'accoglienza...»

Corrado Zanni era riuscito finalmente ad alzarsi dal divano dove era stato fatto accomodare, nonostante il sindaco avesse cercato ripetutamente di impedirglielo, poggiandogli una mano sulla spalla e ricacciandolo giù a ogni suo tentativo.

«Come sapete, sono venuto in seguito a una telefonata pervenuta in redazione da parte di Luigia Capperi, che immagino si trovi qui, ora.»

Tutti avevano annuito e sospinto Luigia al cospetto di Zanni.

«Tanto piacere...» aveva mormorato Gigia con voce tremante.

«Piacere mio, Luigia. Possiamo trovare un posto più tranquillo dove parlare?»

«Ah, ma potete restare qui!» Lamonica era stato categorico. «Gli altri toglieranno subito il disturbo, non è vero?» E li aveva ammoniti uno a uno con lo sguardo e poi messi in riga, come solo un vero capitano poteva fare con i suoi giocatori, prima di lasciarli entrare in campo.

Ed era stato così che Teresa, al centro di un salone improvvisamente vuoto, si era ritrovata faccia a faccia con l'uomo il cui ricordo aveva cercato di rimuovere per quasi vent'anni.

«Teresa Papavero, suppongo» aveva detto lui.

«Corrado Zanni» aveva risposto lei. «Anche se io parto avvantaggiata.»

«Non poi così tanto.»

Eccolo, il Corrado che lei ricordava. Battagliero, orgoglioso, inaffondabile, stronzo. E adesso faceva pure finta di non conoscerla.

«Mi dispiace essere piombato così, senza preavviso» aveva proseguito. «Credo di avere interrotto qualcosa...» e i suoi occhi si erano appuntati prima su Teresa, poi su Serra.

«No, no. Non ha interrotto proprio niente.»

«Meglio così, allora. Vorrei farmi un'idea di quello che è successo.»

«Se non le dispiace, però, prima di parlare andrei a cambiarmi.»

«Un po' sì, in effetti. Mi dispiace. Ma se proprio deve...»

In quell'istante, Serra aveva inarcato un sopracciglio. Lui, che non si era mosso dall'angolo in cui era stato relegato e aveva assistito a tutta quella pantomima, aveva alzato lo sguardo, incrociando quello di Teresa.

E aveva capito.

«Cercherò di sbrigarmi» aveva proseguito Teresa, ignorando il commento di Corrado. «Luigia, perché intanto non offri qualcosa al maresciallo e al nostro inviato?»

«Brava, Luigia» era intervenuto Serra. «Che qui, di solito, i viveri scarseggiano.»

Ma Teresa era già sulle scale.

Aveva chiuso la porta della sua camera e si era buttata sul letto.

Dopo più di mezz'ora, non si era ancora neanche cambiata.

22

«Ci stavamo preoccupando» disse il maresciallo, non appena vide ricomparire Teresa in salone.

«Scusate, ci ho messo un po' più del previsto a farmi la doccia.»

«La Papavero prova un'attrazione morbosa per i bagni.» Serra era in piedi di fronte a lei, e le impediva di passare. «Soprattutto quando deve nascondersi. Non è vero, Papavero?»

«E perché mai dovrei nascondermi?»

«Quando rispondi alle mie domande con altre domande, hai sempre qualcosa da nascondere.»

«Ma tu perché sei ancora qui?»

«Altra domanda.»

«Non dovresti essere là fuori a dare la caccia a un assassino?» e indicò un punto vago, oltre la porta.

«Un assassino?» si intromise stupito il maresciallo, comodamente seduto in poltrona. «Chi altro è morto?»

«Altro rispetto a chi?» chiese Zanni.

«Si accorgerà, caro Zanni, che questa città non è poi tranquilla come sembra» ribatté Serra, senza mai staccare gli occhi da Teresa. «E che lo stesso vale per i suoi abitanti.» Così dicendo, si scostò per farla passare.

«Lo terrò a mente» gli rispose Corrado. «Anche se il più delle volte, come in questo caso, io so perfettamente con chi ho a che fare.»

«Ah, sì?»

«Per via del mio lavoro, s'intende.»

«Certo. S'intende.»

Due maschi alfa nella stessa stanza erano troppi anche per Teresa, e benché avesse imparato col tempo a nascondere le sue emozioni e a manifestare una cinica indifferenza, non poteva ignorare il fatto che l'uomo con il quale aveva giocato a nascondino per anni fosse seduto sul suo divano.

Si erano conosciuti durante il master in Psicologia applicata all'analisi criminale, all'Aquila, e si erano frequentati per mesi. Poi, un giorno, lui se n'era andato.

Senza lasciare un biglietto, senza una spiegazione. Proprio come aveva fatto sua madre. Certo, loro non erano sposati né tantomeno fidanzati, almeno non nel senso tradizionale del termine, ma il modo in cui Corrado aveva deciso di uscire dalla sua vita era comunque la dimostrazione di quello che lei aveva sempre sostenuto: e cioè che non bisogna mai fidarsi di nessuno.

«È scomparso, papà.»

Teresa si era decisa a chiamare suo padre solo dopo avere scoperto che Corrado aveva lasciato il corso.

«Anche lui? Non era già successo a quel tuo compagno di scuola... quel Giuseppe Tersitani?»

«Giacomo Trevisani. No, papà. Lui non è sparito, si è trasferito a Tokyo.»

«Interessante fenomeno psicologico.»

«Il trasferimento?»

«Sì. Chi lo sceglie di solito scappa da qualcosa...»

«Papà, Giacomo aveva solo sedici anni e ha dovuto seguire il padre.»

«Allora era lui che stava scappando.»

«Lui chi?»

«Il padre di Giacomo.»

«Va bene, se lo dici tu. Ma con Corrado, invece, che devo fare? Non saprei neanche come rintracciarlo...»

«Semplicemente perché in realtà tu non VUOI farlo, altrimenti lo avresti già trovato. Come quel Tersitani, del resto.»

«Trevisani.»

«Che poi non mi piaceva. Aveva uno sguardo sfuggente.»

«Giacomo o Corrado?»

«Tutti e due. Forse più Giacomo, però...»

Molti anni dopo, lo aveva rivisto in televisione. Era stato all'estero, aveva seguito altri corsi e fatto parecchi stage, o così recitava Wikipedia. Uno, in particolare, all'interno di un famoso programma televisivo americano, gli aveva dato l'opportunità di tornare in Italia ed entrare a pieno titolo nella redazione di *Dove sei?* Una carriera folgorante, dalla quale Teresa era stata volutamente esclusa. Ovvio: non la riteneva alla sua altezza.

«Teresa, Teresa!»

«Sì?»

Luigia era in piedi davanti a lei e la guardava preoccupata: «A che cosa stavi pensando?».

«Scusate. A niente di importante.»

«Allora» cominciò Corrado. «Che cosa sapete dirmi di Monica Tonelli? Quando l'avete vista l'ultima volta?»

«È stata qui da noi una sola notte, tra il sedici e il diciassette giugno» rispose Teresa.

«Non deve consultare il registro?»

Luigia scoppiò a ridere: «Forse lei non conosce Teresa...»

La Papavero, che stava bevendo un sorso d'acqua, per poco non si strozzò.

«Tutto bene?» domandò Serra, inarcando quel suo dannato sopracciglio.

«Teresa» proseguì l'amica imperterrita «non dimentica mai niente. Impossibile che qualcosa le sfugga. Lo avesse chiesto a me, sarei dovuta andare a controllare di certo. Chi se lo ricorda quale notte è stata qui? Ma lei... lei non ne ha bisogno. Provi a domandarle come era vestita quel giorno, che cosa ha fatto e a che ora! Io le dico sempre che dovrebbe andare da qualche parte...»

«In un circo?» Serra era implacabile.

«So bene di che cosa si tratta» intervenne Corrado. Poi si corresse subito: «Voglio dire, so di che tipo di capacità sta parlando. È l'ipertimesia, giusto?».

«Vedi? Che ti avevo detto, Pap? Tu sei... sei... ipertimetica!» Poi, come colta da un dubbio, Gigia proseguì, rivolta all'inviato: «Mi scusi, ma... è una cosa bella o brutta?».

«Dipende. Dovremmo chiederlo a Teresa. Teresa, a lei piace avere una memoria autobiografica superiore alla media?»

«Non credo proprio di essere come dice lei.»

«Oh, io invece penso proprio di sì.»

«Questo, in effetti, spiegherebbe molte cose.» Il maresciallo si era infervorato. «Non lo crede anche lei, Serra?»

«Facciamocelo dire dal nostro Zanni. Mi pare che la conosca meglio di quanto pensassimo.»

«Puro intuito giornalistico. Ma vediamo se ho avuto ragione. Allora, Teresa, cosa sa dirmi dell'ultima volta che ha visto la signora Tonelli?»

Era un atteggiamento davvero spietato, da parte sua. Perché si comportava così?

Quante volte avevano fatto quel gioco, insieme?

Lui si sedeva accanto a lei, sul letto, le ordinava di chiudere gli occhi e cominciava a bombardarla di domande su tutte le persone che avevano incrociato all'università.

E Teresa non perdeva un colpo.

«Monica Tonelli indossava una camicia bianca e un paio di pantaloni beige di cotone...»

«Be', questo però saprebbe dirmelo chiunque abbia visto il programma. È la descrizione che ne ha fatto il marito, Bruno Testa, riferendosi all'ultima volta che l'ha vista. Sono sicuro che sai fare di meglio.»

Ecco, bene. Ora era passato al tu.

«Aveva l'aria così triste, poverina» Gigia, per fortuna, aveva spezzato la tensione.

«Triste?»

«Secondo me era sull'orlo del suicidio...»

«Ma no, quante volte te lo devo ripetere?» esclamò Teresa. Corrado le aveva teso un'imboscata e lei ci era caduta in pieno, anche se consapevolmente. «Monica Tonelli non era depressa, ma sconvolta! Qualcosa la turbava profondamente e tutto, nel suo comportamento, lo mostrava in modo inequivocabile. Quella mattina, per esempio, l'ho sorpresa al telefono e ho notato la sua gran fretta nel giustificarsi. E quando una persona fornisce delle spiegazioni non richieste, be'...»

Corrado Zanni sorrise. Ecco la Teresa che ricordava; la Teresa che gli era mancata in tutti quegli anni. Per questo si trovava lì, ora. La scomparsa della Tonelli era un caso che avrebbe potuto seguire chiunque, ma quando aveva sentito nominare Stangolagalli e un B&B che si chiamava Papaveri e Capperi, aveva subito capito di dover essere lui a occuparsene.

Di rado la vita ti concede un'altra occasione. Ma quando questo accade, devi essere in grado di coglierla al volo e, per quanto possibile, di rimettere le cose a posto.

Appoggiò i gomiti sulle ginocchia e si sporse in avanti: «Poi? Che altro sai dirmi?».

«Era appena andata dal parrucchiere, e quando vai dal parrucchiere in quello stato lo fai perché cerchi di reagire, di scrollarti di dosso qualcosa che non ti dà pace. Pensi, ingenuamente, che un nuovo look possa anche ridarti una nuova vita...»

«Vedete? Era proprio di questo che stavo parlando. Mettetela alla prova e vi accorgerete di che cosa è capace.»

«Perbacco» mormorò il maresciallo.

«Eh?» disse Gigia.

Parte terza

23

Il SUV nero era parcheggiato davanti all'ingresso dell'albergo, mentre il proprietario misurava a grandi falcate il perimetro della sua stanza, come un leone in gabbia.

Aveva ascoltato giorno e notte i deliri di una zitella di paese e si era quasi convinto di poterla lasciare andare. Questo perché la donna sembrava essere tornata alla normalità. Dopo uno strano e inaspettato guizzo iniziale, infatti, certamente scaturito dal desiderio di provare per l'ultima volta a dare un senso a una vita altrimenti piatta e noiosa, la sua curiosità sembrava essersi, se non proprio spenta, almeno affievolita.

Poi, all'improvviso, quella telefonata all'amica. «Ho assistito a un omicidio» le aveva detto.

Una telefonata che aveva decretato la sua fine.

«Che cosa ha intenzione di fare, adesso?» gli aveva chiesto il suo committente, con tono di voce alterato. «Non penserà che noi...»

«Ve lo faccio gratis.»

«Come minimo. Con tutto quello che l'abbiamo pagata!»

«Credo che mi abbia visto.»

«Allora spero ci metterà più impegno.»

«Glielo garantisco. Farò un lavoro pulito, poi non sentirà più parlare di me. Non perda tempo a richiamarmi. Finita la telefonata, questo numero non sarà più attivo.»

E così era stato.

Non poteva permettersi altri errori. Non si era mai lasciato alle spalle testimoni né tracce che potessero ricondurre a lui, e non avrebbe cominciato a farlo proprio adesso.

Per questo si era messo in macchina e l'aveva seguita fino a Roma.

Prima si era fermata davanti a un sexy shop, e vedendola entrare era stato colto da un ragionevole dubbio.

Forse, dopotutto, poteva essersi sbagliato. Quale donna, dopo avere assistito a un omicidio, decideva di andarsi a comprare dei gingilli erotici? Era difficile procurarsi roba del genere a Strangolagalli, e se la Papavero era stata assalita da un improvviso appetito sessuale non sarebbe stato certo lui a fermarla.

Per questo aveva deciso di aspettare che uscisse, con pazienza, rimanendo appostato nei pressi del negozio. E aveva dovuto attenderla un bel po', a dire il vero. Poi, finalmente, l'aveva vista uscire. Solo che la Papavero, anziché dirigersi verso la macchina, si era fermata a parlare con i conducenti dei pullman, aveva fatto domande, mostrato la foto del ragazzo e chiesto informazioni sui suoi spostamenti. Magari con la borsa piena di accessori erotici.

Andava eliminata il prima possibile.

E sulla strada tra Frosinone e Strangolagalli, finalmente, gli si era presentata l'occasione che aspettava.

Quando la donna si era fermata e poi era ripartita aveva preso la decisione in un attimo. Nel suo lavoro l'improvvisazione era un fattore determinante.

Buttarla fuori strada e farlo sembrare un incidente sarebbe stato un gioco da ragazzi. La Papavero, palesemente ubriaca e ancora sconvolta per la morte di Barbieri, si era distratta alla guida ed era precipitata. Niente di più plausibile. Peccato che un attimo prima di speronarla per l'ultima volta lei si fosse lanciata da sola fuori dalla carreggiata e che allo stesso tempo fosse sopraggiunto anche il poliziotto. Lo aveva visto arrivare dallo specchietto retrovisore ed era stato costretto ad allontanarsi senza riuscire a controllare di avere completato il lavoro.

Da dove era spuntato e perché?

Se il poliziotto era rimasto a Strangolagalli per le stesse ragioni che avevano trattenuto lui, la faccenda era più grave di quanto avesse immaginato. Era convinto che le indagini si fossero interrotte, invece...

Doveva elaborare un piano in gran fretta. Non poteva più aspettare.

24

Che brutta sensazione.

L'inadeguatezza che aveva cercato di allontanare per tutta la vita si era riaffacciata.

Corrado Zanni era tornato e lei non poteva più nascondersi.

Finché fosse rimasta nell'ombra, lui non avrebbe mai scoperto la verità e cioè che Teresa Papavero, promettente studentessa del master in Psicologia applicata all'analisi criminale, non era mai diventata una profiler.

Se le avesse chiesto come aveva trascorso gli ultimi anni, che cosa avrebbe mai potuto rispondergli?

«Volevo diventare una profiler, ma sai, quando ho avuto l'opportunità di lavorare in un sexy shop…»

Questo rimuginava tra sé e sé mentre camminava verso casa, ripercorrendo quella strada familiare da cui aveva sperato di ricavare un po' di pace e serenità.

Ma non aveva avuto fortuna. Non esiste un nascondiglio sicuro quando hai il passato alle costole, perché quello, prima o poi, ti raggiunge. Lo aveva sperimentato sulla propria pelle Paolo Barbieri, e lo stava sperimentando lei ora.

«Non credo di avere capito bene…» aveva esclamato Gigia esterrefatta, piantando gli occhi prima su Teresa, poi su Corrado, quindi di nuovo su Teresa. «State dicendo che voi… che voi due…»

«Ci siamo conosciuti all'università» le era corso in aiuto Zanni.

«Ma superficialmente, sia chiaro» era intervenuta Teresa.

«Ah, sì?» aveva domandato stupito Corrado. «Superficialmente, dici?»

«Non mi hai mai raccontato niente...» Gigia sembrava delusa. Come darle torto?

«Be', anche tu non mi avevi detto di avere incrociato Gérard Depardieu a Parigi!» provò a controbattere Teresa.

«Ma io gli sono solo finita addosso mentre saliva su un taxi. Non mi sembrava una cosa importante da raccontare...»

«Ecco, appunto. A noi è successo lo stesso. Eravamo... eravamo in biblioteca e lui è inciampato. O forse sono inciampata io, non ricordo. Tutto qui. Se questa ti sembra una cosa che valga la pena di menzionare...»

Corrado la stava guardando incredulo. Perché si comportava così? Che senso aveva quella pantomima?

Forse aveva commesso un errore a venire. Erano trascorsi troppi anni, Teresa poteva essere cambiata. Anche lui era ben diverso da allora, d'altronde. Eppure intuiva che Teresa stava nascondendo qualcosa. La conosceva troppo bene...

«Le più grandi storie d'amore nascono così.»

«E tu che ne sai, Serra?»

«Verissimo!» era intervenuto il maresciallo. «Ryan O'Neal incrocia Ali MacGraw in biblioteca. *Love story*. Personalmente, non è il genere di film che preferisco, ma...»

«Vedi? Che ti avevo detto?» Serra sembrava soddisfatto.

«Certo, lei muore...» aveva continuato Lamonica.

«Sì, be', sono dettagli. Teresa è ancora qui tra noi, il che ci fa ben sperare sul futuro di questa storia.»

«Se Serra ce lo permette» lo aveva interrotto la Papavero «vorrei riportare l'attenzione sul tema di questo incontro: Monica Tonelli.» Poi, rivolta a Corrado, aveva proseguito: «Come vuoi procedere?».

«Mi fermerò qui a Strangolagalli finché non avrò ricostruito le sue ultime ore.»

«Certo» aveva detto Teresa, ma poi si era resa conto di essere stata troppo affrettata. «Qui dove, scusa?»

«Qui. Non è un B&B questo?»

«Si, sì, sì» era intervenuta Gigia accompagnando l'affermazione con un gesto del capo ripetuto così tante volte da mancare per un soffio la rottura dell'osso occipitale.

«Farò delle riprese, se non vi dispiace» aveva continuato Zanni, lasciando Teresa a rimuginare sulla questione. «Interrogherò tutti quelli che l'hanno anche solo incrociata. In questo modo spero davvero di riuscire a trovarla. Ancora viva, intendo. Il marito non ha un alibi e...»

«Il marito? Sospetti di lui?»

«Sì. In primo luogo perché quando una donna scompare c'è quasi sempre di mezzo il marito, o il compagno. Secondo: perché i vicini hanno testimoniato di continui litigi tra i due. Hanno riferito che la Tonelli usciva di casa con gli occhi gonfi e arrossati dal pianto. Insomma, non erano una coppia felice.»

«Quale coppia lo è?»

«Oddio, adesso ricomincia con la storia delle coppie infelici...»

«Gigia!»

«Eh, scusa, ma...»

«Volevo solo dire che l'infelicità non trasforma tutti in spietati assassini. Almeno, non sempre. Posso vedere la puntata? Non sono riuscita a guardarla ieri sera, e...»

«Per carità, Zanni. Che poi si mette a investigare» aveva ironizzato Serra.

«Ma è proprio per questo che sono qui» aveva detto Corrado, lasciando di stucco il poliziotto. «Teresa, vorrei che tu la guardassi con attenzione e poi mi riferissi tutto quello che secondo te non torna nelle dichiarazioni del marito.»

«Va bene. Pensi davvero che io possa esserti d'aiuto?»

«Ne sono più che certo. Non saresti qui, altrimenti.»

Nessuno aveva mai creduto in lei, e non lo aveva mai fatto neanche Corrado. Come mai questo cambiamento?

«Per gli interrogatori, siamo a disposizione.» Lamonica si era alzato, pronto a congedarsi. «Mi dica solo quando vuole iniziare.»

«Anche subito, se non le dispiace.»

«Benissimo. Allora mi prendo io l'incarico di avvisare il sindaco.»

In quel momento Gigia, che non aveva smesso un solo istante di rimuginare, fissando ossessivamente prima Serra e poi Zanni, era scattata in piedi e si era avvicinata al maresciallo.

«Dove stai andando?» le aveva domandato Teresa.

«Via… cioè, fuori. Insomma, a casa!»

«Stai scherzando?»

«Niente affatto. Ti avevo accennato alla traduzione, giusto?»

«Sì, ma…»

«E allora sai che non posso proprio tirarmi indietro. Scusatemi tanto, scappo» e così dicendo, aveva cominciato a spintonare Lamonica verso l'uscita.

«Un momento, Luigia. Quanta fretta. Volevo aggiungere che…»

«Ma sì, sì. È a disposizione, lo sappiamo. Ora usciamo, però!» E con un colpo secco era riuscita a scaraventarlo fuori dalla porta.

E Teresa si era ritrovata sola davanti ai due uomini, senza riuscire a nascondere una sensazione di disagio.

«Se non sbaglio abbiamo una cosa in sospeso, io e te.» Serra aveva approfittato del momento per inserirsi.

«In sospeso? No, no, non c'è niente in sospeso, tra di noi!»

«Mi riferivo a Barbieri. Avevi pensato a qualcos'altro?»

«Certo che no!»

Stava perdendo il controllo della situazione.

«Chi è Barbieri?» Corrado si stava divertendo, era evidente.

«Uno spasimante della Papavero, quasi minorenne. Trovato morto.»

«Non l'ho ammazzato io, sia chiaro!»

«Questo mi conforta. Ma allora tu che cosa c'entri?» aveva chiesto Corrado.

«Ero presente quando è successo.»

«Ma è terribile. Sei in pericolo?»

«Macché» si era intromesso Serra. «Era molto più in pericolo il povero Barbieri, invitando a cena una come lei.»

«Se volete prima risolvere questa faccenda...» aveva provato a dire Zanni.

«No, no.» Teresa voleva liberarsi in fretta almeno di uno dei due, e la sua scelta era ricaduta su Serra.

«Sì, grazie» aveva risposto invece il poliziotto.

«Facciamo una cosa. Io adesso esco per organizzare delle riprese. Oggi pomeriggio vorrei già mandare dei filmati in redazione, per la striscia serale.»

«E io vengo con te. Ti accompagno in biblioteca, da Antonia.» Poi, rivolta a Serra, aveva aggiunto: «Immagino che ti troverò qui, al mio ritorno».

Ed era uscita, senza aspettare risposta.

25

Stavano camminando lungo la strada principale che dal municipio portava in biblioteca. Strada che Teresa aveva percorso anche la notte in cui Paolo era stato ucciso.

«Non mi domandi perché sono qui?» le aveva chiesto Corrado a bruciapelo.

«Per trovare una donna scomparsa, suppongo.»

«Riformulo la domanda: non vuoi sapere perché sono venuto io e non ho mandato qualcun altro?»

«Corrado, è passato così tanto tempo…»

Zanni si era fermato in mezzo alla strada e si era voltato. «Teresa. Sono qui per te. Sono qui perché era arrivato il momento di parlarci. Vent'anni sono troppi anche per un omicidio, figuriamoci per un chiarimento.»

«Non c'è niente da chiarire.»

«Io invece credo proprio di sì. Che cosa ti è successo? Perché ti sei rinchiusa in questo paese assurdo? Che fine ha fatto la Teresa che conoscevo?»

«Non credo siano fatti tuoi, Corrado. Te ne sei andato senza dire una parola e adesso arrivi qui e pretendi di conoscermi, fai, disfi, come se il tempo non fosse mai passato. E invece è passato, eccome!»

«Lo sai benissimo perché sono sparito in quel modo.»

«No che non lo so, e francamente non lo voglio sapere ora. Non avrebbe senso.»

Che cosa avrebbe mai potuto dirle Corrado? Che all'epoca non la riteneva all'altezza e adesso era stato colto dai rimorsi di coscienza? Che cosa volevano tutti da lei? Perché non la lasciavano in pace e basta? Corrado, suo padre... D'accordo, aveva fallito su tutta la linea, ma chi erano loro per giudicarla? Era stanca di sentirsi sempre i loro occhi puntati addosso, era stanca di dover dimostrare di valere qualcosa. Gli unici obblighi che avrebbe dovuto avere riguardavano se stessa, e non altri. Ed erano proprio gli obblighi che non aveva mai rispettato.

«Sei sempre stata così ostinata, Teresa,» stava proseguendo Corrado «ed è esistita sempre e solo una verità: la tua.»

Eh? Quale verità? Non aveva ascoltato niente di quello che le stava dicendo.

«Scusami, mi sono distratta e...»

«ANTONIAAAAA, ANTONIAAA! CORRADO ZANNI STA ENTRANDOOO!!!»

A Teresa per poco non era venuto un infarto. E anche a Zanni. Si erano voltati all'unisono, di scatto, un attimo prima di essere travolti da Irma e Chantal in versione "cacciatrici di ghepardi".

Irma ne indossava uno intero! Pantaloni, scarpe, camicia...

Erano appena arrivati davanti alla biblioteca senza accorgersi di essere stati seguiti.

A quel punto era troppo tardi per rispondere a qualsiasi domanda. La verità di cui aveva parlato Corrado avrebbe dovuto attendere ancora un po', prima di rivelarsi.

«Salve» aveva cominciato Zanni, rivolto a Irma. Ma il tono di voce aveva perso gran parte della consueta sicurezza, e Teresa non sapeva se le ragioni andassero cercate nel ghepardo o nello scambio di battute che c'era appena stato tra di loro.

«È venuto a parlare con Antonia?» gli aveva chiesto Chantal.

«Sì.»

«La accompagnamo noi» si era intromessa Irma, prendendolo sotto braccio e trascinandolo verso l'ingresso.

Chantal, per non essere da meno, si era piazzata sull'altro lato, strattonandolo a sua volta. Così, quasi sollevato da terra, Corrado Zanni aveva fatto il suo ingresso in biblioteca.

Antonia, ancora china su dei fogli e con una lente d'ingrandimento sotto il naso, aveva alzato lo sguardo e si era ritrovata davanti l'inviato speciale in carne e ossa.

«Salve» aveva ripetuto Corrado, che sembrava non conoscere altre parole.

«Antonia! Zanni è qui per te.» Irma aveva preso la situazione in pugno.

«Per me? Come?» e così dicendo, aveva cominciato a toccarsi i capelli, nervosa.

«Spero di non disturbarla» era riuscito finalmente a dire Corrado «ma so da Teresa che lei ha visto e parlato con Monica Tonelli prima della sua scomparsa. Me lo conferma?»

La povera bibliotecaria aveva annuito con enfasi, ma non era riuscita ad aggiungere altro.

«Anche io l'ho vista!» era intervenuta Chantal.

«Be', se è per questo io pure, che c'entra. Aspettavo solo il momento giusto per raccontarlo.» Irma si era allentata i bottoni del ghepardo che le tiravano un po' sul davanti, scoprendo gran parte della mercanzia. Corrado aveva strabuzzato gli occhi e Irma aveva ammiccato, soddisfatta.

«Ma io ci ho anche parlato!» Chantal aveva lanciato la bomba.

«Non me lo avevi detto.» Teresa, che fino a quel momento era rimasta in silenzio, si era voltata verso di lei, con un'occhiataccia carica di rimprovero.

«Scusa, nella confusione non c'è stato tempo.»

A quel punto Corrado, che stava ancora cercando di capire se quelle che aveva davanti fossero due tette o parte del ghepardo, era riuscito a riprendersi e a invitare tutte e tre le donne a raccontare con calma la successione degli eventi. Grazie al loro prezioso contributo, aveva aggiunto, sarebbe riuscito a fare chiarezza sulle ultime ore di Monica Tonelli.

«Andremo in TV?» aveva chiesto Chantal.

«Certo. La telecamera è qui. Non appena siete pronte, registriamo.»

Se qualcuno avesse ordinato l'evacuazione del locale per un principio di incendio, tutto si sarebbe svolto forse in modo più ordinato. Nei dieci minuti successivi, Antonia aveva chiesto a Chantal di aiutarla con il trucco, Irma aveva telefonato al sindaco, che si era presentato subito dopo, in compagnia di Peppino e della signora Marisa. Peppino, a sua volta, aveva avvisato il maresciallo, che però, a causa di un'incombenza urgentissima, era stato costretto a restare in caserma. Al suo posto, aveva spedito Romoletto, il quale, trovandosi davanti Chantal, era stato preso da un momentaneo stordimento ed era rimasto imbambolato a guardarla.

Con difficoltà, Corrado era riuscito a cominciare le riprese.

«Ci troviamo a Strangolagalli...» e qui aveva fatto un breve ma incisivo *excursus* sulla città, raccontando anche le origini di quel nome così bizzarro. «Siamo insieme ad alcuni degli abitanti e al sindaco Ignazio Vecchietta. Monica Tonelli, per ragioni che ancora ci sono ignote, ha deciso di trascorrere proprio in questa piccola e deliziosa cittadina le sue ultime ore...»

Teresa non riusciva a staccargli gli occhi di dosso. Corrado Zanni era arrivato lì per lei. Tutto il resto aveva perso importanza e consistenza. L'omicidio di Paolo Barbieri, il bacio con Serra, il fallimento del B&B, suo padre, sua madre, persino le cose assurde che si erano appena detti non contavano niente. Erano trascorsi vent'anni, e lui non l'aveva dimenticata.

«Allora, Antonia» le parole di Corrado l'avevano riportata alla realtà. «Che cosa può dirci a riguardo?»

Tutti si erano voltati verso di lei, ma la povera Antonia sembrava uno stoccafisso. Truccata come una battona e con indosso degli orecchini a forma di lampadario, probabilmente presi in prestito dalla stessa Chantal, aveva perso la parola.

«Antonia? Può parlare, se vuole.»

Ma lei non riusciva a emettere un suono.

Allora Teresa si era avvicinata e le aveva sussurrato all'orecchio: «Sai che Floriano ti sta guardando? Fagli vedere chi sei!».

Antonia a quel punto, come colpita da una scarica elettrica, aveva cominciato a parlare.

Monica Tonelli le aveva chiesto di consultare il registro delle nascite. Registro che lei non aveva, ma che si sarebbe potuta procurare in poche ore. Le aveva suggerito di ripassare più tardi e così era stato.

Si trattava di capire come la donna avesse impiegato il tempo fino al rientro in biblioteca.

Per la ricostruzione erano state di grande aiuto Irma, che aveva GIURATO di avere visto la Tonelli prendere un caffè al bar, e poi Chantal, che aveva raccontato di avere trascorso con lei almeno un'ora, lavandole e mettendole in piega i capelli.

«All'inizio sembrava confusa» aveva cominciato «come se non sapesse neanche lei perché era entrata. Le ho chiesto più volte se potevo esserle d'aiuto, ma lei è rimasta zitta. Si guardava intorno e non parlava. Poi, alla fine mi ha detto, testuali parole: "Riesce a togliermi quest'angoscia?". E me lo ha detto battendosi il petto, proprio qui.»

Chantal aveva imitato il gesto della Tonelli, ma evidentemente lo aveva fatto con troppa enfasi perché le era partito un accesso di tosse da cui si era ripresa con difficoltà. Poi aveva proseguito: «Io ovviamente ho scosso la testa, anche perché non avevo proprio capito che cosa intendesse, ma la Tonelli ha aggiunto: "Allora mi faccia sembrare più giovane". "Ah!" le ho risposto "la mia specialità!"» e qui aveva sorriso alla telecamera, prendendosi anche una lunga pausa. «Così, le ho garantito che sarei riuscita a toglierle almeno dieci anni anche se, ho sottolineato, lei non ne aveva proprio bisogno. Il cliente va sempre un po' adulato. A quel punto si è quasi commossa...»

Irma, che aveva assistito all'intervista da un angolo della biblioteca, non riusciva a farsi una ragione dello spazio che Chantal stava ottenendo nel programma. Come era possibile che una semplice estetista le avesse rubato la scena? Doveva riguadagnare terreno e lo avrebbe fatto quella sera stessa, grazie al piccolo rinfresco di benvenuto che aveva organizzato a casa sua. Zanni aveva già accettato l'invito. Lei non doveva fare altro che prepararsi al meglio.

«Ammazza quanto sei stata brava» aveva sussurrato Romoletto a Chantal non appena aveva smesso di parlare.

«Dici?»

«Te lo giuro! Sembri nata pe' sta' 'n televisione.»

«Mamma me lo diceva sempre: "Chantal," diceva "tu farai strada. Diventerai un'attrice."»

«E c'aveva preso!»

I genitori di Chantal erano stati per anni al servizio del padre del cavaliere Roccasecca, e l'avevano messa al mondo quando entrambi avevano già superato i quaranta. La morte improvvisa della madre, avvenuta quando lei era ancora una bambina, l'aveva lasciata sola con un padre anziano e anche discretamente rimbambito, costringendola a rimboccarsi le maniche e ad accantonare i suoi sogni di gloria.

Mentre Chantal affrontava la sua prima prova televisiva, Antonia non aveva smesso un attimo di rimuginare su quanto appena accaduto. Era stata intervistata da Corrado Zanni, e per giunta nel programma preferito di Floriano. Se lo immaginava seduto in poltrona, davanti alla televisione. Che cosa avrebbe pensato di lei, nel vederla? Sarebbe rimasto colpito? Il suo cuore avrebbe sussultato?

Quello che Antonia non poteva certo sapere era che quando avrebbero mandato in onda la striscia serale, poco prima del TG, e mentre tutti, o quasi tutti, erano stati radunati nel soggiorno di Irma con un calice di vino in mano e una trepidante fierezza nel petto, Floriano non sarebbe stato seduto alla sua solita poltrona, ma alle prese con un problema serissimo: la sua prima défaillance sessuale.

26

Mentre stava camminando verso casa, allontanandosi dalla biblioteca e da Corrado, Teresa si ricordò improvvisamente che doveva recuperare la sua auto. E dal momento che non voleva assolutamente trovarsi da sola con Serra, telefonò a Gigia. In fondo, sapeva di doverle dare delle spiegazioni.

«Mi accompagni?» le chiese.

«Perché non ti fai aiutare dal poliziotto?»

«Neanche morta.»

«Sai cosa dice l'autrice del libro che sto traducendo? Che ogni donna ha la vita sentimentale che sceglie di avere. E sono appena all'introduzione.»

«Dài, Gigia, sono tutte scemenze.»

«Può darsi. Eppure, se fosse vero, tu avresti scelto di vivere da sola e senza alcun tipo di coinvolgimento emotivo. E io mi rifiuto di credere che tu voglia davvero continuare in questo modo.»

«Ma cosa c'entra questo con la mia macchina? Se proprio vuoi saperlo, Corrado mi ha piantata in asso, ecco che cosa è successo. E anche tutti gli altri avrebbero fatto altrettanto, se solo glielo avessi permesso. Compreso Serra, che peraltro se ne fa un vanto.»

«Va bene, ma io non ti accompagno a recuperare l'auto.»

«Allora resterà lì, finché prima o poi qualcuno non deciderà di rubarmela.»

«Piangeremo tutti la sua perdita, quando sarà il momento. Ci vediamo questa sera da Irma?»

«No, no. Non posso, davvero...»
Impossibile anche solo pensarlo. Si sarebbe trovata in mezzo a due fuochi.
«Perché?»
«Sai che odio queste cose. E poi, ho da fare al B&B.»
«Irma non la prenderà bene.»
«Irma neanche se ne accorgerà, per quanto sarà presa da Corrado.»
«Non so come tu possa perderti la scena...»
«Me la racconterai tu, e con dovizia di particolari. Uh, c'è il maresciallo! Ti saluto. Lo chiedo a lui, un passaggio.»
«No, Pap...»
Ma Teresa aveva già riattaccato e si era precipitata verso Lamonica, che proprio in quel momento stava uscendo dalla caserma.
«Maresciallo!!!» gridò.
«Perbacco, che succede?»
«La mia macchina...»
«Ha preso fuoco?»
«NOOO. Avrei bisogno però che qualcuno mi accompagnasse a riprenderla.»
Tutto pur di non tornare a casa. Se fosse riuscita a trascorrere il pomeriggio fuori, al rientro non avrebbe incrociato nessuno e si sarebbe potuta rinchiudere nella sua stanza.
«Appena torna Romoletto, posso accompagnarti io...»
«Grazie, grazie. Aspettiamolo insieme, allora, che ne dice?»
«Sì... io stavo andando a mangiare un boccone.»
«L'accompagno! Anche io ho un certo languorino. Così le racconto gli ultimi avvenimenti.»
«Quali ultimi avvenimenti?» domandò il maresciallo, sgomento.
«Ah, sentirà. Non so da che parte cominciare. Primo: hanno cercato di uccidermi, lo sa?»

«Chi? L'alieno?»

«Esatto! Credo che mi abbia seguita a Roma e a Frosinone, dopodiché ha cercato di buttarmi fuori strada. Per questo ho dovuto lasciare la macchina lì. E come se non bastasse, Serra mi ha confessato che Paolo è stato davvero assassinato!»

«Già. Gran brutta storia.»

«Lei ne era al corrente?»

«Sì, me lo ha riferito proprio Serra, lasciandomi anche intendere che avrebbe avuto bisogno del mio prezioso contributo per l'indagine. Ma poi è arrivato quello Zanni e…»

«Allora dobbiamo proprio pranzare insieme. È un bene che ci siamo incrociati. Avremmo rischiato di non riuscire a confrontarci, con tutto quello che sta succedendo in questo benedetto paese.»

Lamonica, travolto dai discorsi della Papavero, non si era neanche accorto di essere già seduto al tavolo del ristorante, con Jolanda in piedi accanto a lui e pronta a servirlo: «Maresciallo, Teresa, che piacere. Che cosa vi porto?».

«Ah, per me un bel piatto di tagliatelle al ragù» disse Teresa, infilandosi il tovagliolo dentro la camicia. Tutto quel trambusto le aveva fatto venire un discreto appetito.

«Perbacco. No, per me un petto di pollo alla griglia. Agnese mi ha messo a dieta.»

«Be', le ci metto un po' di patate arrosto, però.»

«Non so… non dovrei…»

«Le prenda, maresciallo, che poi al limite le mangio io» intervenne Teresa. Jolanda sorrise soddisfatta mentre Lamonica annuiva con rassegnazione.

Sapeva già che il pranzo sarebbe stato lunghissimo.

27

Purtroppo, il piano di Teresa non andò come previsto. Se ne accorse immediatamente, non appena mise piede in casa.

Dopo avere stordito il maresciallo a pranzo, atteso Romoletto in caserma ed essere andata a recuperare la macchina, era sicura che a quell'ora non avrebbe trovato nessuno ad attenderla.

E invece, mentre Corrado Zanni sventava con classe ed eleganza i ripetuti attacchi di Irma, e Floriano Barbarossa si disponeva a fronteggiare con spirito gaudente il tanto atteso incontro amoroso, Teresa entrò in cucina e trovò Serra che, con le spalle alla porta, stava scolando un piatto di pasta nel lavandino.

«Che cosa ci fai qui?» gli chiese, senza neanche salutare.

Leonardo si voltò di scatto, rovesciando parte dell'acqua a terra e scottandosi una mano.

«Attento!» gridò Teresa, correndo verso di lui e cercando di aiutarlo.

«Ma porca...» imprecò lui. «Che razza di modi sono?»

«Senti chi parla. Metti la mano sotto l'acqua fredda, forza» disse Teresa, afferrandola e spingendola sotto il rubinetto. «Che poi tu neanche avresti dovuto essere qui. Pensavo che saresti andato da Irma.»

«Se sono delle scuse, non ti stanno riuscendo molto bene.»

Sentiva gli occhi di Serra addosso: quegli occhi neri e profondi che, ora ne era certa, facevano impazzire le donne.

«Che c'è? Perché mi stai fissando?»

«Perché sei bella.»

«Oh, andiamo! E tienitela da solo, la mano lì sotto!» mollò la presa, allontanandosi di corsa.

«Sei arrossita: bene! Ho pensato di aver perso il mio smalto. Ma solo per un momento, sia chiaro.»

«Sei una delle persone…»

«Più arroganti che tu abbia mai conosciuto» concluse la frase lui. «Sì, lo so, me lo hai detto già mille volte. Papavero, cominci a essere ripetitiva. Okay, ora va meglio.» Chiuse il rubinetto e cominciò a condire la pasta. «Mi spiace, non ce n'è abbastanza per tutti e due.»

«Ho già cenato, grazie» mentì lei.

«Con chi?»

«Non sono affari tuoi.»

«Qualcuno che hai conosciuto su Tinder?»

Teresa sbuffò e Serra le andò ancora più vicino: «Ed è ancora vivo?».

«Io me ne vado in camera mia.»

«Non vuoi sapere niente di Barbieri? Del perché sono qui, e come mai so che è stato ucciso?»

Teresa si bloccò sulla porta.

«Ho stuzzicato la tua curiosità?»

«Sai qual è il tuo problema?» gli domandò Teresa, voltandosi. «Il tuo problema è che mi sottovaluti. Lo hai sempre fatto, e questo mi ha regalato un discreto vantaggio. Si dà il caso che io oggi abbia pranzato con il maresciallo e sono più le cose che gli ho strappato di bocca che quelle che ha tenuto per sé. Ed è grazie a queste che sono riuscita a costruirmi un quadretto niente male. Tu stavi già indagando sulla Farmavid quando Paolo è scomparso. Lo hai perso, come lo ha perso il suo assassino. Ma lui in qualche modo lo ha rintracciato prima di te, ed è per questo che sei entrato in scena. Speravi di riuscire a trovare qualche prova di quello su cui stavi indagando. Ma prove non ce ne sono. O meglio, io non le ho ancora trovate, ma sta' pur certo che non mi manca molto.»

«È tutto qui quello che sai fare? A sentire il nostro George Clooney, le tue abilità sono sorprendenti.»

«Lascia Corrado fuori da questa storia.»

«Chi è? Un tuo vecchio amore? È lui che ti impedisce di venire a letto con me?»

«Ti sembrerà assurdo, ma io non vengo a letto con te perché non voglio!»

«Sì, infatti. È assurdo.»

«E poi cosa c'entra adesso questo con Paolo?»

«Niente. Era solo un modo per tastare il terreno.»

«Sei davvero un uomo orribile. Mi consideri una cretina, ma cerchi lo stesso di venire a letto con me?»

«Be', le due cose non si escludono a vicenda.»

«Ne ho abbastanza. Me ne vado. Ah, Serra, io ti consiglierei di ricominciare a fumare. Ritroveresti la serenità perduta e ti eviteresti un'inutile gastrite. La tua virilità non ne trarrebbe molto giovamento, ma...» e così dicendo uscì dalla porta e scomparve, lasciando Leonardo a rimuginare sulla propria mascolinità.

E su molto altro.

Mentre Teresa si chiudeva nella sua stanza e accendeva il computer in cerca della vecchia puntata di *Dove sei?*, gli abitanti di Strangolagalli assistevano al loro stesso trionfo. La striscia serale era stata un grande successo e l'immagine del paese ne era uscita vincente. Il fatto che il nome della loro città fosse accostato alla scomparsa di una donna sembrava un dettaglio di poco interesse.

Il sindaco aveva brindato, alzando il calice con orgoglio; Irma si era praticamente sbottonata tutta la camicia davanti a Zanni, simulando uno svenimento e dando la colpa al caldo soffocante di quella serata; Chantal, sopraffatta da un improvviso sbalzo ormonale, aveva trascinato Romoletto in terrazzo. Persino Ascanio e Peppino avevano deposto le armi, mettendo da parte la loro storica rivalità a scopone e siglando una sorta di momentaneo armistizio.

Teresa, invece, seduta sul letto, aveva trascorso l'intera serata davanti a Bruno Testa, il marito della Tonelli. Aveva guardato e riguardato più volte la stessa scena, riascoltato ogni singola parola e osservato quell'uomo distrutto dal dolore. No, Bruno Testa era innocente. Tutto in lui rivelava stupore e costernazione. L'atteggiamento, la posa, le frasi sconnesse e non studiate erano la dimostrazione della sua totale estraneità agli eventi. Era stata la moglie ad avere mentito, ma perché?

Monica Tonelli aveva detto al marito di voler andare a trovare una loro comune amica, che stava attraversando un brutto periodo a causa di un divorzio e si era momentaneamente rifugiata a Capri, nella villa di famiglia. Si era alzata presto, quindi, per prendere il primo traghetto. Poi, in tarda mattinata, lo aveva chiamato e gli aveva riferito che la situazione era più grave del previsto e che si sarebbe dovuta fermare per la notte. Gli aveva detto di non impensierirsi, e che sarebbe rientrata il giorno successivo. Bruno, però, era rimasto perplesso, e preoccupato. La moglie gli era parsa sconvolta. Teresa riascoltò questa dichiarazione almeno tre volte, perché era certa che il marito si riferisse alla stessa telefonata che lei aveva interrotto la mattina a colazione, quando la Tonelli si era rovesciata il caffè addosso. Bruno però non aveva alcun motivo di dubitare di lei, e solo quando non l'aveva vista rientrare la domenica aveva cominciato ad allarmarsi. L'amica non sapeva nulla, ovviamente: Monica, a Capri, non ci era mai arrivata.

Bruno Testa era stato subito indagato. Imprenditore lui, neurochirurgo al Cardarelli lei, erano tra le coppie più ricche e in vista di Napoli. Bruno poteva avere scoperto una relazione della moglie e avere deciso di eliminarla.

Ma quella versione dei fatti non convinceva affatto Teresa.

Stava ancora buttando giù appunti e riflessioni quando il suo cellulare squillò all'improvviso.

Era quasi l'una di notte. Chi poteva essere a quell'ora?

Guardò il display.

«Solange!?»

«*Chérie...*»

«Che cosa succede? Stai bene? Hai una voce...»

«*Oui. Je suis à la maison* di Antonelli. Chiusa *dans la toilette.*»

«Antonelli della Farmavid? Quell'Antonelli?»

«No. *C'est son frère.*»

«Suo fratello? E ora cosa sta facendo? E come hai fatto a...?»

«*Je te raconterai...* Non ora, però. Sta dormendo.»

Teresa scese dal letto e cominciò a passeggiare avanti e indietro per la stanza.

«Questa cosa non mi piace per niente. Devi andare via, è pericoloso. Gli Antonelli potrebbero avere ucciso Paolo. Magari proprio QUESTO Antonelli.»

«No, *impossible. Il est gay!* Tatino, *mon ami.*»

«E cosa c'entra? Potrebbe averlo ammazzato lo stesso. Tatino?!»

«Lui *m'adore!* Sono la sua *petite. Son frère* Augusto è *le chef!*»

«Il cuoco? Solange, hai bevuto?»

«No, il boss, *comme on dit...* Augusto, *c'est le* boss della Farmavid.»

«Dimmi se ho capito bene. Augusto è il capo della Farmavid e Tatino, suo fratello, è gay?»

«*Oui.*»

«E tu sei a casa di Tatino?»

«*Exactement.*»

«Non lo so se questa cosa mi piace.»

Solange sbuffò. «Sei noiosa, *chérie*. *Dis-moi* come posso aiutarti.»

«Aspetta, ci devo pensare...»

«*J'ai peu de temps*. Se Tatino si sveglia e non mi trova...»

«Tatino... sì, okay, un secondo...»

Doveva farsi venire un'idea: «Avrà un computer da qualche parte. Cerca il computer e poi richiamami».

«*D'accord.*»

Subito dopo aver riattaccato, Teresa uscì dalla stanza e si precipitò giù per le scale con il cellulare in mano, incurante di avere addosso solo un baby-doll nero, quasi del tutto trasparente.

Arrivata davanti alla porta di Serra, bussò.

Niente.

Accostò l'orecchio. Poteva essere uscito. Ma per andare dove?

Bussò di nuovo, questa volta con maggior vigore. Non ricevendo alcuna risposta decise, in completa autonomia, che quella poteva definirsi una situazione d'emergenza e che quindi era autorizzata a entrare senza permesso. Cosa che infatti fece, sorprendendo Serra che, ancora disteso sul letto, stava cercando l'interruttore della luce.

Lo trovò nel momento esatto in cui Teresa faceva irruzione nella stanza.

Il poliziotto cambiò espressione almeno tre volte. Inizialmente sembrò sorpreso, poi consapevole di sé e di quello che stava per accadere, infine spavaldo.

Era convinto che Teresa avesse ceduto. Dopo avere trascorso le ultime ore ad arrovellarsi, non ce l'aveva più fatta ed era scesa, pronta a infilarsi nel suo letto.

«Serra! Non ho tempo per le spiegazioni, ma...»

«Non servono spiegazioni» disse, sollevando le lenzuola e invitandola a entrare.

Ovviamente era nudo, e Teresa si voltò dall'altra parte. A malincuore, questo andava detto.

«Dio mio! Copriti immediatamente!»

«Ti piace fare la difficile?»

«Macché difficile e difficile. La mia amica Solange si trova in casa di Tatino Antonelli!»

«Eh? Papavero, sono un uomo troppo semplice per questi tuoi giochi erotici.»

In quel momento, il cellulare di Teresa squillò.

«Eccola! Quello che stavo cercando di dirti è che Solange in questo preciso momento mi sta telefonando dall'appartamento di Tatino Antonelli, fratello di Augusto, il boss della Farmavid. Ora, vuoi per favore metterti qualcosa addosso e aiutarmi?»

Serra, come un puledro rincoglionito che ha appena ricevuto una frustata dal suo fantino, scattò in piedi e si infilò i pantaloni della tuta poggiati sul letto.

«Eccoci, Solange» rispose Teresa. «Sono con il poliziotto, ti metto in viva voce. Il computer è acceso?»

«*Oui*. Cosa devo cercare?»

Teresa guardò Serra.

«Questa è una follia» disse il poliziotto.

«Sono d'accordo con te, ma ormai è lì!»

Lui le lanciò uno sguardo di rimprovero e proseguì: «Ciao, Solange, sono Leonardo Serra».

«Ho sentito molto parlare di te.»

«Ah, sì?» domandò rivolto a Teresa.

«Be'? Di che ti stupisci? Mi perseguiti!»

Serra scrollò le spalle e continuò: «Controlla se ci sono delle cartelle o dei file nominati Farmavid».

«*D'accord.*»

Erano seduti entrambi sul letto, mezzi nudi, con i corpi che si sfioravano. Teresa riusciva a sentire il suo odore e la cosa non la disturbava affatto, anzi. L'arrivo di Corrado aveva cambiato le carte in tavola. Zanni era il simbolo vivente del suo fallimento come donna, mentre Serra non richiedeva impegno ed era certa che, una volta ottenuto ciò che voleva, sarebbe sparito.

«Niente.»

Il suono della voce di Solange la ridestò da quel torpore.

«Era troppo facile» osservò Leonardo che, al contrario di lei, sembrava non essersi mai distratto. «Hai accesso alla casella mail?»

«Provo.»

«Fai presto, però» bisbigliò Teresa, che cominciava ad avere paura per l'amica.

Il tempo stava passando molto velocemente, e Antonelli poteva svegliarsi da un momento all'altro.

«C'è la password.»

«Va bene, allora lascia stare. Ci abbiamo provato» disse Serra.

«Ecco, sì. Torna da lui.»

«*Attend*...»

«Solange, ti prego...»

«Ssst. Ci sono quasi...»

Rimasero entrambi con il fiato sospeso. Teresa non si rese conto di avere afferrato un braccio di Leonardo, né che la sua mano le stava accarezzando una coscia. I secondi scorrevano rapidi e nell'appartamento di Tatino risuonava solo il rumore dei tasti del computer, digitati da Solange.

Poi, all'improvviso, una voce: «*Ma petite!*»

A Teresa per poco non sfuggì un grido, e Serra dovette tapparle la bocca con entrambe le mani.

«Che cosa stai facendo? Perché non sei a letto?»

«Tatino, *mon amour*…»

Ma fu l'unica cosa che la Papavero riuscì a sentire, perché Leonardo afferrò il cellulare e chiuse la comunicazione.

«No! Perché?» gridò a quel punto Teresa, sconvolta.

«Non avevo altra scelta.»

«Potevamo aiutarla!»

«E come? Mettendoci a chiacchierare con Tatino?»

«Oddio, Serra. Dobbiamo fare qualcosa.»

«Se tu e le tue amiche la smetteste di giocare al detective…»

«Va bene, hai ragione. Ora però Solange è in pericolo.»

«Lo so» disse Serra, infilandosi la maglietta.

«Che stai facendo?»

«Quello che dovresti fare anche tu: metterti qualcosa addosso.»

«Perché?»

«Primo, perché se continui a girarmi intorno combinata in questo modo non riesco a ragionare con lucidità. Secondo, perché ce ne andiamo a Roma.»

28

Una telefonata la svegliò di soprassalto.

Aprì gli occhi, ma faticò a capire dove si trovasse e decise di non rispondere. Quando gli squilli cessarono, provò a riaddormentarsi.

Poi, colta da un'improvvisa consapevolezza, si tirò su di scatto.

Guardò la camera da letto, i mobili, le pareti.

Non conosceva nulla di quel posto. E poi, perché era nuda? Che fosse stata rapita?

«Papavero, che fai? Conti le piastrelle?»

D'impulso, si voltò. «Serra? Che ci fai qui?»

«Be', questa è casa mia.»

«Com'è possibile?»

«Dunque, vediamo. L'ho comprata tramite un'agenzia immobiliare. Poi ho fatto il mutuo e…»

Teresa si ributtò indietro, tirandosi le coperte fin sopra la testa per cercare di nascondersi.

Certo che era a casa di Serra.

«Che fai lì sotto?» Leonardo si era avvicinato e la stava tirando a sé. «Vieni qui» e la abbracciò.

Rimasero così per un paio di minuti, ma Teresa non riusciva a darsi pace: «Non sono molto a mio agio» gli disse infatti, con la faccia premuta contro il suo torace.

«E perché mai?»

«Be', tra le altre cose, perché non respiro.»

Lui scoppiò a ridere e allentò la presa.

«Va meglio?»

«Insomma...»

«Che cosa vogliamo fare?» le chiese.

«In che senso?» Teresa si sollevò a guardarlo, spaventata. «Non dobbiamo fare proprio niente. Insomma, abbiamo sicuramente passato una notte molto bella...»

«Straordinaria, direi.»

«Sì, be', ora non esageriamo.»

«Tre riprese mi sembrano un'ottima media.»

Teresa alzò gli occhi al cielo. «Va bene, puoi mettere una tacca accanto al mio nome: quello che però volevo dire io era che... Volevo dire che è stato bello, ma non c'è nessun obbligo di proseguire, e mi sembrava che anche tu fossi della stessa idea. Quel che possiamo fare, se proprio dobbiamo fare qualcosa, è andare ognuno per la propria strada, ecco.»

«Quindi niente colazione?»

«Come, niente colazione?»

«Io mi stavo riferendo a quella. Vogliamo farla qui o preferisci uscire?»

Teresa lo scrutò con attenzione, cercando di capire se quello che le aveva appena detto corrispondesse a verità oppure no.

«Be', perché mi guardi così? Non mi credi? Senti che rumore fa il mio stomaco? Ho fame!»

«Certo...» e avrebbe aggiunto dell'altro se in quell'istante il suo cellulare non avesse squillato di nuovo.

A quel punto rispose, senza neanche guardare chi fosse.

«Teresa, ma che diavolo stai combinando? Che cosa succede a Strangolagalli?»

«Papà?» esclamò stupita, mettendosi a sedere sul letto.

«È da stamattina che provo a chiamarti. Ieri sera mi telefona

Danko, sai che lui è fissato con questo programma per casalinghe, e mi dice: "Accendi, c'è Strangolagalli in TV". Non volevo credere ai miei occhi. È proprio un programma per casalinghe. Non capisco come ci si possa appassionare a una roba del genere.»

«Allora perché mi hai chiamata?»

«Be', che domande, volevo sapere come stava mia figlia! Ti sarai spaventata. Quel Bruno Testa è inquietante.»

«Il marito? Ma no...»

«Ovvio che l'avrà ammazzata lui. Magari quella povera donna aveva un amante... Che poi, come darle torto? È evidente che Testa è un uomo disturbato.»

«A me non sembra affatto...»

«Forse ha avuto un'infanzia difficile. Bisogna dire a Zanni di indagare in quella direzione. Che poi, non era scomparso?»

«Chi?»

«Zanni!»

«È un po' complicato...»

«Lo è sempre. Comunque chiamami, se hai bisogno di me. Anche se mi pare che il caso sia già risolto.»

Una volta riattaccato, Teresa rimase a contemplare il telefono. Quella conversazione le aveva fatto venire un'idea: se c'era un passato che andava approfondito, non era certo quello di Bruno Testa. Monica Tonelli aveva un problema personale, probabilmente risalente a molti anni prima, che nulla aveva a che fare con la sua vita attuale e di cui lo stesso marito era all'oscuro.

«Papavero, tutto bene? Sento gli ingranaggi del tuo cervello che lavorano.»

«Sì, infatti. Devo assolutamente parlare con Corrado. Torniamo a Strangolagalli?»

«Perché non fai la casalinga? È un mestiere dignitoso e anche molto più sicuro.»

«Sei identico a mio padre. Ora, ti dispiacerebbe riaccompagnarmi a casa?»

«Come vuoi. Prima, però, dobbiamo fare una piccola deviazione dalla tua amica Solange. Mi è venuta un'idea.»

29

Dopo un paio d'ore, erano di nuovo in macchina verso Strangolagalli, sulla stessa strada che avevano percorso poche ore prima, di notte, mentre si precipitavano a Roma in aiuto di Solange.

Subito dopo la telefonata, infatti, erano saliti sull'auto di Serra. Teresa non sapeva se il poliziotto avesse un piano per salvare l'amica, ma lei sì! Ci aveva riflettuto a lungo, ed era la cosa giusta da fare. Se avesse recitato bene la sua parte, ne sarebbero uscite entrambe incolumi.

«Vuoi raccontarmi qualcosa di questa Farmavid?» gli aveva chiesto, per cercare di distrarsi.

«Un anno fa, uno dei medici che lavorava lì è morto carbonizzato in un incidente stradale. Pochi mesi dopo, stessa sorte è toccata alla sua collega, caduta in un burrone durante una ciaspolata in montagna. Non ho mai creduto alle coincidenze.»

«Paolo lavorava con loro?»

«Esattamente. Ero riuscito ad avvicinarlo, sotto copertura. E stava cominciando ad aprirsi, ma poi deve essere successo qualcosa, perché una mattina non si è presentato al solito appuntamento e ne ho perso le tracce. Quando è riapparso a Strangolagalli, ho tirato un sospiro di sollievo. Mi svegliavo ogni giorno convinto di ricevere notizie di un altro incidente…»

«E adesso?»

«Non ho prove per smascherare i colpevoli. Ma mi rimane una speranza.»

«E quale sarebbe?»

«La mia speranza sei tu.»

Teresa si era sistemata sul sedile, inorgoglita. Quindi, dopotutto, Serra aveva fiducia in lei...

«Voglio dire» aveva proseguito «che se hanno intenzione di far fuori anche te dovranno per forza uscire allo scoperto. E a quel punto...»

La Papavero si era voltata verso di lui, inorridita: «Cosa mi stai dicendo? Che "speri" che mi ammazzino?».

«Come sei melodrammatica. Conto di fermarli prima. Per questo ti ho pedinata.»

«Ma se stavano per buttarmi in un dirupo!»

«Non ci sono riusciti, però.»

«Certo non grazie a te! E adesso anche la povera Solange... perché non siamo ancora arrivati? Dove abita questo Tatino? Ci stiamo mettendo troppo tempo.»

«Tiziano Antonelli, meglio noto nell'ambiente omosessuale romano come Tatino, vive ai Parioli.»

«Allora sbrigati, che se ammazzano Solange neanche tu potrai più avere le tue maledette prove.»

«Non le accadrà nulla, vedrai. Tatino è innocuo. Il vero pericolo è rappresentato da Augusto Antonelli, suo fratello. È lui che è a capo di tutto. Tatino si limita a fare la bella vita e ad andare con i transessuali. A proposito, non hai niente da dirmi, su Solange?»

«L'unica cosa che devi sapere è che, insieme a Gigia, è la persona a cui voglio più bene al mondo.»

«E a George Clooney. Non ti dimenticare di lui.»

«E chi se lo dimentica!»

«Appunto.»

Nell'abitacolo era sceso il silenzio. Teresa si era mangiata tutte le unghie e non aveva mai smesso di guardare il cellulare. Sperava che da un momento all'altro Solange la chiamasse per dirle che era tutto a posto, che stava bene. Ma il telefono taceva.

«Eccoci arrivati» aveva detto Leonardo, interrompendo i suoi pensieri e parcheggiando la macchina.

E Teresa, senza aggiungere niente, aveva aperto lo sportello e si era catapultata fuori.

Serra era sceso e l'aveva bloccata: «Che cosa diavolo stai facendo?».

«Voglio salire da Antonelli.»

«E come pensi di fare?»

«Ah, ti interessa davvero? Scusa tanto, se mi ammazza non è meglio anche per te?»

«Sì, ma devo essere presente sulla scena!»

«Vaffanculo!» era sbottata Teresa, e senza neanche dargli il tempo di replicare si era avvicinata ai citofoni del palazzo, aveva dato una rapida occhiata e poi aveva schiacciato il pulsante corrispondente.

Ci si era proprio attaccata, a dir la verità.

Serra non era riuscito a fermarla, e quando qualcuno dall'altra parte aveva risposto, era troppo tardi per intervenire.

«Solange è lì?» aveva gridato Teresa.

«Ma chi è?»

«Lo so che è lì! Apra subito o mi metto a urlare! Giuro che lo faccio!»

«Lei è pazza. Io chiamo la polizia!»

«Ah, sì? Prego, si accomodi. Così tutti sapranno che va a letto con una trans!»

«No, no, per carità. Cosa vuole?»

«Voglio solo parlare con Solange, la prego. Sono... sono Amanda. Dica a Solange che Amanda è qui, vedrà che lei capirà.»

Aveva sempre sognato di chiamarsi Amanda, e l'amica questo lo sapeva bene.

Dopo neanche un minuto, durante il quale aveva sentito i due conversare concitati, c'era stato il familiare suono del pulsante. Solange aveva retto il gioco, e Tatino ci era cascato.

Aveva spinto il portone e senza voltarsi era entrata.

Era trascorsa più di un'ora dalla telefonata che le aveva fatto l'amica, e Teresa sperava di non essere arrivata troppo tardi.

30

Appena Tatino aveva socchiuso la porta e si era affacciato mostrando due occhi da furetto terrorizzati, Teresa aveva dato una bella spinta ed era entrata, travolgendolo.

«Aiuto!!!» Tatino, in mutande, era indietreggiato, sconvolto. «Cosa vuole fare? Uccidermi?!»

Antonelli era magro come un giunco e tremava di paura.

«Uccidere, lei?» gli aveva domandato, stupita.

«Ah, no?» rispose Tatino, sollevato.

«No!»

«Dio sia lodato...»

«È Solange quella che voglio vedere morta! Dov'è? Dove si è nascosta?!»

«Di là» aveva detto Tatino, indicando con sicurezza una stanza in fondo al salone da cui era emersa l'amica.

«Tatino!» si era stupita Solange. «*Mon amour...*»

«Eh, be', scusa, ma questa è pazza!»

Non aveva neanche finito di parlare che Teresa si era avventata su di lei gridando al tradimento.

Solange era riuscita a sfuggirle per un soffio e aveva cominciato a correre per tutto il salone, inseguita dall'amica. Aveva scavalcato il divano, evitato le poltrone, girato almeno dieci volte intorno al tavolo da pranzo con Teresa sempre alle calcagna. Solo quando si era avvicinata pericolosamente a un'angoliera del Settecento, Tatino aveva gridato: «Oh, Dio, oh, Diooooo!!! Il vaso Ming, nooo!»

Ma il vaso aveva retto all'impatto e Tatino aveva tirato un sospiro di sollievo. Sollievo che era durato pochissimo perché con la seconda bordata, quella di Teresa, il Ming aveva cominciato a ondeggiare e il povero Antonelli, con lo scatto di un velocista, si era tuffato verso l'angoliera ed era riuscito ad afferrare il vaso prima che si schiantasse. E Tatino sarebbe rimasto in piedi, al centro del soggiorno con il Ming tra le braccia, se non avesse dovuto prestare soccorso anche alla teiera di Luigi Filippo poggiata su una mensola colpita dalle due amiche in corsa. A quel punto, con il Ming in una mano e la teiera nell'altra, si era reso conto che non avrebbe più potuto salvare altro e aveva gridato: «Adesso basta! Sedute tutte e due! Subito!» spaventandosi lui stesso del suo tono autoritario.

Teresa e Solange si erano fermate di colpo e lo avevano guardato.

«Bravissime!» Tatino era così soddisfatto che aveva cercato di battere persino le mani, dimenticandosi dei suoi oggetti preziosi e rischiando di perderli definitivamente. «Ora ci rilassiamo tutti» aveva detto, e si era buttato sul divano trascinando con sé il Ming e la teiera Luigi Filippo. «Sono stremato.»

Le due amiche si erano guardate e avevano fatto altrettanto, sedendosi sulle due poltrone di fronte al divano.

«Eccoci qui» aveva cominciato Tatino, appoggiando a terra i due oggetti preziosi con delicatezza. «Beviamo qualcosa?»

Solange e Teresa avevano annuito, silenziose.

Ed era stato così che pochi minuti dopo si erano ritrovati tutti e tre seduti amabilmente intorno al tavolo di cristallo a sorseggiare dell'ottimo vino francese.

«Adesso potete cominciare a raccontare. Poi tu, Amanda, o come ti chiami, te ne torni da dove sei venuta. Perché io e Solange stavamo discutendo di una cosa molto seria.»

«Di che cosa?» aveva domandato Teresa, con il cuore in gola.

«Non sono fatti tuoi!» si era indispettito Tatino.

«*Elle me hante*» aveva gridato Solange, indicando Teresa.

«Eh?» avevano domandato Tatino e Teresa all'unisono.

«*Comme on dit? Elle est*… obsessionée?»

«Ossessionata!» aveva risposto Teresa. «Si dice ossessionata! Sono dieci anni che vivi in Italia!»

«In effetti è un po' tantino…» aveva convenuto Antonelli.

«E comunque non sono ossessionata. Io ti amo! E tu mi avevi promesso… promesso…»

«Promesso…?» avevano domandato gli altri due, in coro.

«Che saremmo andate via per sempre, io e te.»

«*Ce n'est pas vrai!* Non è vero! *Ma vie est ici*, con Tatino» e gli aveva mandato un bacio virtuale che lui aveva ricambiato.

«Stronza!» Teresa si era alzata in piedi di scatto.

«Eh, no! Rimettiti subito seduta» le aveva ordinato Tatino. «Indisciplinata!» E quando la Papavero aveva ubbidito sbuffando, lui aveva continuato. «Quindi, ricapitolando…»

«Ricapitolando» lo aveva interrotto Teresa, «ho provato a chiamarla tutto il giorno. Ma lei niente! Non mi rispondeva. Stavo diventando pazza. Allora l'ho seguita fino a qui.»

«Però, che spirito!» Tatino era ammirato.

«*Mon amour!*»

«Scusa, *petite*.» Poi, dopo avere riacquistato lucidità, aveva proseguito, rivolto a Teresa. «Ora, se non ti dispiace, noi vorremmo proseguire quello che hai interrotto.»

«Cioè? Che cosa ho interrotto?» la Papavero era scattata in piedi con le mani sui fianchi.

«No, no, per carità. Non stavamo facendo quello che pensi!» si era affrettato a giustificarsi Tatino.

«Meno male.»

«Cercavo di capire come mai Solange fosse al mio computer» e così dicendo, si era voltato verso l'amica di Teresa e aveva sollevato l'indice per redarguirla. «Sai che ci sono dei documenti di lavoro importanti e non mi piace che lo si accenda senza il mio permesso.»

Solange aveva guardato Teresa con terrore.

«È colpa mia. Finalmente mi aveva risposto al telefono ma non credevo a una parola di quello che mi stava dicendo. Così voleva leggermi la mail.»

«Quale mail?» Tatino girava la testa prima verso l'una e poi verso l'altra.

«Diceva di avermi scritto una mail in cui mi spiegava tutto. Io però quella mail non l'ho mai ricevuta!»

«Bugiardà!» aveva gridato Solange. «*Pardonne-moi, cher...*»

«Ma certo che ti perdono. Non è colpa tua se questa è pazza!»

«Non sono pazza!»

«Sì che lo sei. Ma ti capisco. Chiunque lo diventerebbe, per Solange.»

E con ciò, aveva ritenuto conclusa la faccenda. Solange lo amava ed era l'unica cosa importante da sapere. Aveva guardato Teresa con tenerezza, si era alzato ed era andato ad aprire una seconda bottiglia di vino. «Per te mia cara» aveva detto alla Papavero porgendole il bicchiere. «Ne hai tanto bisogno.» E si era anche un po' commosso.

31

Quando Teresa era uscita dal palazzo, decisamente brilla e con l'adrenalina alle stelle, aveva trovato Serra molto scosso.

«Tu sei completamente pazza!» le aveva gridato nell'orecchio, trascinandola in un vicolo per un braccio.

Era stato costretto a riparcheggiare la macchina poco lontano dall'abitazione di Tatino per non essere visto e non rischiare di essere associato a Teresa, che in quel momento stava contribuendo già da sola a mettere in pericolo la propria vita.

«Sono stata bravissima!»

«Sali subito in macchina.»

«Tatino non ha sospettato nulla. Ho simulato una scenata di gelosia... ci è cascato in pieno!»

«Non ci posso credere.»

«È vero, giuro!»

«No, a quello ci credo benissimo. Non posso credere che tu sia ubriaca.»

«Ubriaca! Che parolone. Ho solo bevuto un po' di vino, ma faceva parte della copertura. Dove stiamo andando?»

Teresa non si era neanche accorta di essere stata sbattuta in macchina.

«A casa.»

«Ah, benissimo, grazie. Mi è venuto in mente che domani a Strangolagalli c'è la fiera e...»

«Intendevo dire casa mia.»

«Eh? Stai scherzando?»

«Ti sembra che io abbia la faccia di uno che sta scherzando?» e si era voltato verso di lei subito dopo essere partito.

«E che ne so? Dovresti essere tu a dirmelo. Ti conoscerai, spero. Oddio, in realtà non lo so mica se uno come te si conosce fino in fondo. Il signor "so tutto io" forse dopotutto non sa niente. Che poi è tipico di una persona così...» e aveva continuato a sproloquiare per tutto il tragitto, stordendo Serra, che per ben due volte aveva rischiato di sbandare.

«E poi non capisco perché non mi hai raccontato subito la storia della Farmavid. Per colpa tua, Solange si è trovata in pericolo e io sono dovuta intervenire per salvarla! Avresti dovuto dirmi fin dall'inizio del coinvolgimento della ditta! Coinvolgimento che peraltro io avevo già intuito, sia chiaro. Che cosa stai facendo?»

Serra aveva parcheggiato la macchina, era sceso, aveva aperto il suo sportello e stava cercando di trascinare Teresa fuori dall'abitacolo. Non senza un certo sforzo.

«Metti giù queste manacce!» aveva gridato la Papavero, schiaffeggiandole con le sue. «Sono capace di uscire da sola.»

«Allora fallo!»

«Non ci penso proprio. Io non vengo da nessuna parte. Piuttosto dormo qui dentro. O per strada, guarda. Poi, dove diavolo siamo?»

«In via Dandolo.»

«Via Dandolooo?! Dimmi un po', spacci?»

«No.»

«Allora sei un poliziotto corrotto?»

«Neanche.»

«E come è possibile che uno come te possa permettersi di vivere in via Dandolo?»

Serra aveva perso la pazienza e l'aveva trascinata a forza fuori dalla macchina.

«No, stai fermo!!!» Teresa scalciava e si dimenava, ma lui era riuscito a sollevarla di peso e a portarla all'interno del palazzo.

Una volta chiuso il pesante portone di legno, l'aveva depositata a terra.

«Papavero, ora stammi bene a sentire. Sono le quattro del mattino e sono stanco. Ti ho aspettato per quasi un'ora in macchina, immaginandomi gli scenari peggiori, e invece tu te la stavi spassando con i tuoi amici. Adesso dobbiamo fare sei piani a piedi, e non ho nessuna intenzione di portarti in braccio, perché pesi un quintale. Quindi, risparmia il fiato e seguimi.»

E senza aspettare una risposta, aveva cominciato a salire le scale.

«È tutta colpa tua, comunque» borbottava Teresa alle sue spalle. «Se soltanto mi avessi dato retta... Adesso che facciamo? Qual è la prossima mossa? Insomma, se la Farmavid è implicata e Paolo è stato ucciso per qualcosa che aveva scoperto, dobbiamo introdurci lì. Potrei farmi assumere come segretaria... Certo, non sarei bravissima, devo ammetterlo. In verità, non so se sono mai stata brava in qualcosa. Però non sono stupida, questo almeno lo avrai capito. Potrei imparare, e a quel punto... ah, siamo arrivati? Meno male.»

Serra aveva aperto la porta e senza dire niente era entrato. Poi si era voltato verso di lei.

«Ma mi hai ascoltato?» gli aveva chiesto Teresa, ancora sulla soglia.

«No. Neanche una parola. Devo pur difendermi.»

«Da cosa?»

«Mi stupisco della domanda.»

«Tu però non hai risposto.»

«Dovevo?»

«Senti un po', uomo delle caverne, pensi ancora di riuscire a fregarmi con questi tuoi giochetti? Con le tue domandine a trabocchetto? Non hai ancora capito che so benissimo con chi ho a che fare?»

«E con chi avresti a che fare?»

Teresa aveva sbuffato e battuto i piedi per terra, innervosita.

«Sai qual è l'unica domanda a cui devi davvero rispondere?» le aveva chiesto, avvicinandosi.

«Sentiamola, avanti.»

«Perché sei ancora vestita?»

«Eh?»

A quel punto Serra le aveva afferrato un braccio e l'aveva tratta a sé. «Per una che dice di sapere sempre tutto» le aveva sussurrato, a un centimetro dalla bocca, «non sai niente.»

«Tu dici?»

«Dico.»

«Lo vedremo.» E in una manciata di secondi, Teresa aveva piegato indietro la gamba, tirato un calcio alla porta con il tallone e spinto Serra verso il divano.

Mentre la porta si chiudeva con uno schianto, facendo tremare parete e cardini, Leonardo si era ritrovato disteso a pancia all'aria, con la Papavero a cavalcioni sopra di lui.

«Fai vedere di che cosa sei capace, maschio alfa» gli aveva sussurrato all'orecchio.

«Non me lo faccio certo ripetere due volte» e così dicendo, l'aveva afferrata per i fianchi e rovesciata.

Poi, senza aggiungere altro, l'aveva baciata. Era stato un bacio lungo, intenso, e Teresa si era lasciata travolgere. Mentre Leonardo la baciava ovunque, le strappava i pochi vestiti che aveva addosso e la toccava, lei aveva pensato che in fondo poteva andare bene, per allontanare il pensiero da Corrado. Corrado che vent'anni prima l'aveva abbandonata e che adesso, per qualche strana ragione, si era ripresentato da lei. Corrado che in quel preciso momento, probabilmente, stava dormendo a casa sua e che il giorno seguente si sarebbe fatto trovare ancora lì.

Corrado non poteva proprio gestirlo. Serra era tutta un'altra storia.

Quello però era stato il suo ultimo pensiero, prima di perdere completamente la sua proverbiale razionalità. Perché, doveva ammetterlo, Leonardo se la stava cavando piuttosto bene.

32

Giunsero a Strangolagalli poco prima dell'ora di pranzo e si accorsero subito che qualcosa era cambiato. Innanzitutto, trovarono una fila di macchine, in coda per entrare in paese.

Neanche la festa della stesa, la seconda domenica di ottobre, aveva mai generato tanto traffico. E non era mai esistito evento più importante, sia per gli abitanti di Strangolagalli sia per i paesi limitrofi.

«Che sta succedendo?» chiese Teresa. «Non può certo essere colpa della fiera.»

«Che fiera?»

«La fiera d'estate. La fanno tutti gli anni, a giugno. Quando ero piccola non c'era ancora, quindi non so di cosa si tratta. Ma non pensavo riscuotesse tutto questo successo!»

Mentre passavano con la macchina, videro dei furgoni parcheggiati al margine della strada, da cui stavano scendendo un paio di persone con delle telecamere.

Teresa non riusciva proprio a capire di che cosa potesse trattarsi.

Ripensò alla sosta che avevano fatto da Solange prima di rimettersi in macchina per Strangolagalli.

L'idea di Serra non era affatto male, anche se le seccava doverlo ammettere, ma la preoccupava.

L'amica avrebbe dovuto lasciare nella ventiquattrore di Antonelli, quella che lui adoperava per andare in ufficio, una banale, almeno all'apparenza, chiavetta USB. In realtà, si trattava di un dispositivo molto sofisticato che, una volta acceso, era in grado di registrare qualsiasi conversazione.

«Fermati, fermati, ho visto Romoletto!» esclamò Teresa.

«Forse non te ne sei accorta, Papavero, ma sono venti minuti che non avanzo di un metro!»

«Vabbè, fa lo stesso. Tu stai fermo!» e abbassò il finestrino. «Romoleeeettooooo!» gridò, sbracciandosi. «Sono qui!»

L'appuntato, che non aveva mai gestito una situazione del genere, quando si accorse da dove provenivano le grida prese la rincorsa e si materializzò tutto contento accanto alla macchina.

«C'è un incidente?» gli domandò Teresa.

«Magari!» gli sfuggì. Solo dopo avere visto l'espressione degli altri due si ricompose: «Cioè, quello che intendevo di' è che se c'era stato l'incidente 'sto casino era giustificato. Invece no. Stanno ad arriva' tutti per il programma».

«Il programma?»

«Sì. Ieri è andata in onda la striscia serale, no? E se vede che è piaciuta, perché qui nun se circola più.» Poi, rivolto a qualcuno che stava suonando il clacson nella macchina dietro la loro, aggiunse: «E sta' bono pure tu, che te soni? Te pare che mo' ch'hai sonato er problema s'è risolto?».

«Ma c'è ancora Corrado Zanni?» gli domandò una ragazzina che si era affacciata dal finestrino di destra.

«Guarda, mo' glielo vado a chiede'.»

«Grazie! Gentilissimo. Corrado è un fiiigooooo!» disse quella, scomparendo nella macchina.

«Seh, vabbè, ciaooo!» borbottò Romoletto rivolgendosi di nuovo a Teresa. «So' esaurito. Tutte così, queste. Strangolagalli è 'NVASA! Er maresciallo nun ce sta' a capi' più niente. Corre solo da 'na parte all'altra. Che poi, 'ndo vòi corre', dico io? Sta' qua, no?»

Sia Leonardo che Teresa annuirono per solidarietà.

«Fate 'na cosa. Lasciate la macchina qui e fatevela a piedi. Mica ve faccio la multa, eh!»

«Grazie, Romoletto.»

«Ce mancherebbe. È pure merito suo se semo diventati famosi!»

«Suo di chi?» domandò Teresa.

«Suo de' lei» disse, indicandola. «La signora Marisa ha detto ar maresciallo che lo ha riferito ar sindaco che tutta Strangolagalli deve ringrazia' la Papavero! Io so' d'accordo, eh! Ne abbiamo tanto parlato io e Chantal de' 'sta cosa...» e diventò tutto rosso. «Comunque, nun ve faccio perde' tempo. Parcheggiate laggiù, davanti a quel passo carrabile. Tanto è l'ingresso della biblioteca, che oggi è chiusa.»

E mentre Leonardo faceva manovra, Teresa vide Romoletto che si allontanava di corsa in direzione dell'ingorgo, tenendosi con le mani i pantaloni della divisa, evidentemente troppo larghi.

Parcheggiarono come d'accordo davanti alla biblioteca e si incamminarono verso il centro del paese.

«Non mi abituerei mai a vivere in un posto del genere» disse Leonardo dopo che in poco più di duecento metri avevano salutato già quattro persone.

«Perché dovresti, scusa?»

«Niente, volevo mettere le cose in chiaro nel caso tu ci avessi fatto un pensierino.»

«Ma un pensierino a cosa?!» Teresa si bloccò in mezzo alla strada, costringendo Serra a fare altrettanto.

«Eh, all'inizio dite tutte la stessa cosa. Dite che non ve ne frega niente, che non dobbiamo preoccuparci, che possiamo ritenerci liberi perché, come noi, non volete un rapporto esclusivo. In realtà intendete esattamente il contrario! Ma noi come facciamo a saperlo? Siamo persone semplici: il calcio, gli amici, il sesso. Spesso proprio in quest'ordine, tra l'altro...»

«Non starai parlando sul serio, vero?»

«Tu che dici?»

«Io non voglio che tu venga a vivere qui! E lo sto dicendo perché lo penso veramente! Dio santo, credi davvero che una sola notte di sesso possa trasformarci in perfette imbecilli? Ci ritieni così stupide?»

«Be', stiamo parlando di una gran notte, però.»

«Senti, Serra…»

«Eccovi, finalmente.» Ignazio Vecchietta venne loro incontro, trafelato, interrompendo Teresa sul più bello. «Ci domandavamo dove foste finiti!» proseguì. «Ci tenevo a farvi io per primo le congratulazioni a nome di tutta Strangolagalli!»

«Eh?» si stupì Teresa, perdendo improvvisamente tutto il suo smalto. «Congratulazioni per cosa?»

«Be', voi due, qui a Strangolagalli…»

«No, guardi. C'è stato un grande malinteso che forse è bene chiarire una volta per tutte» ribatté Teresa, e guardò anche Serra con aria severa. «Innanzitutto, non c'è nessun "noi", tantomeno a Strangolagalli.»

Il sindaco deglutì, confuso.

«Quello che sto cercando di dire è che io e lui non… non…»

«Voi due non…?» Vecchietta voltava la testa a destra e a sinistra, nervosamente, in direzione di Serra e della Papavero.

«Non abbiamo fatto niente, ecco!»

«Me ne rallegro» rispose, sollevato. Anche se non sapeva bene di cosa. «Comunque, siamo fieri di avere una persona come lei qui da noi! E anche uno come Leonardo Serra, s'intende» aggiunse, timoroso di avere fatto una gaffe escludendolo.

«Eh, ma lui mica vive con me! Siamo solo andati a letto insieme, non ne farei una questione di Stato!» Vecchietta spalancò la bocca come un pesce rosso tirato fuori dalla sua vaschetta per il cambio dell'acqua. E per la prima volta in vita sua, non seppe proprio come replicare.

«Credo che il sindaco non intendesse fare riferimento alle tue pratiche sessuali» intervenne Serra.

«Ah, no?»

Ma Vecchietta sembrava ancora il famigerato pesce rosso.

«No» proseguì Serra. «Credo stesse cercando di congratularsi con te per ciò che hai fatto per questa città. Giusto, sindaco?»

Quello finalmente chiuse la bocca, riprese colore e annuì con enfasi.

«Be', in questo caso...» rispose Teresa «la ringrazio.»

«Ma di niente, era il minimo, davvero» disse finalmente. Forse, dopotutto, poteva avere frainteso. «Mi ha persino chiamato suo padre, questa mattina. Un uomo eccezionale, devo dire. Ma mai come la figlia, se posso aggiungere la mia. Che poi, io l'ho sempre saputo. E l'ho sempre detto, per giunta. Anche se ora non ricordo più a chi. Ma l'ho detto!»

«Immagino...»

«Ah, a proposito, Corrado Zanni la sta cercando. Ma non si preoccupi, mi sono occupato di lui personalmente, e con l'aiuto di Irma, s'intende. Credo abbiano passato delle ore molto piacevoli insieme. Senza offesa per il poliziotto...»

«Ci mancherebbe.»

«Sa, quando due giovani si innamorano...»

Serra annuì comprensivo.

«Comunque, Strangolagalli è INVASA di persone. C'è la televisione, i turisti, la fiera! È tutto SOLD OUT, SOLD OUT!!!»

«Oddio... Gigia!» gridò la Papavero, che solo in quel momento si ricordò del B&B. «Non ci avevo pensato. Scusi, sindaco, devo correre a casa.»

E senza aspettare una risposta partì a razzo in direzione del

B&B, fendendo la folla e non preoccupandosi più neanche di Serra.

Arrivò davanti casa nel momento esatto in cui la porta si spalancava e facevano capolino due ragazzine truccatissime, con l'atteggiamento noncurante di due amiche che escano da casa loro per andare a una festa.

«Inutile che cerchi una camera» le disse una delle due. «Qui è tutto pieno!» Poi, rivolta all'amica, proseguì: «Sbrighiamoci, o rischiamo di non vederlo».

Teresa alzò gli occhi per controllare che il numero civico fosse quello giusto, perché non ne era più tanto sicura.

33

Un mucchio di valigie erano accatastate in salone, il divano era stato trasformato in un letto e Gigia, in preda al panico, correva da una parte all'altra della casa. Quando la vide, si precipitò ad abbracciarla.

«Ma dove eri finita?»

«Scusami tanto. Io non credevo...»

«Neanche io! Stamattina sono stata buttata giù dal letto da Vecchietta, che mi ha ordinato di venire subito qui ad accogliere i turisti. "Che turisti?" ho domandato. E lui: "E che ne so chi sono? Ma dovranno pur dormire da qualche parte". Così sono arrivata in fretta e furia, e c'era già la fila. Qualcuno dormirà in salone, come vedi. Ah, ho dovuto cedere anche la tua stanza.»

«Hai fatto bene, ci mancherebbe.»

«Senti, Corrado Zanni ti sta cercando da questa mattina» proseguì l'amica. «Mi ha riferito che ha una cosa importantissima da dirti.»

Ecco, il momento tanto temuto era arrivato. Non poteva aspettare altri vent'anni? A quel punto lei ne avrebbe avuti sessanta e magari sarebbe stata bell'e che rincoglionita, o morta! Non riusciva a capire il motivo di tanta improvvisa smania.

«Accidenti. Lo so.»

«Sembrava davvero preoccupato...»

«Preoccupato?»

Era ancora peggio di quanto pensasse, allora.

«Sai dov'è andato? Anche io dovrei dirgli una cosa.»

Sperava di riuscire a distrarlo costringendolo a focalizzarsi sulle indagini.

«Non so davvero. È uscito con la telecamera. Vai pure a cercarlo, se devi. Qui è tutto sotto controllo. Almeno spero.»

Teresa si guardò intorno. «Va bene, grazie. Faccio in fretta. C'è bisogno di qualcosa? Abbiamo cibo per colazioni ed eventuali cene? Semmai, al rientro, posso fare la spesa.»

«Brava, sì. Compra tutto quello che ti viene in mente. Se trovi la bancarella dei formaggi…»

«Okay. Vado e torno.»

Sulla porta incrociò Serra che stava entrando, ma non lo degnò neanche di uno sguardo e corse via.

Si immerse nel caos delle stradine gremite di persone, e finalmente raggiunse la piazza principale dove erano radunate la maggior parte delle bancarelle. Il colpo d'occhio la disorientò e fu costretta a fermarsi. La piazza si era trasformata in un arcobaleno di colori: piante di agrumi, ortensie, lavande, rose, orchidee ricoprivano completamente i banchi o spuntavano da cesti di vimini lasciati a terra. Strangolagalli era un giardino in fiore. A rovinare l'incanto di quell'immagine, la bancarella di Floriano con le salsicce appese a un gancio, tra la bancarella della lavanda e quella dell'artigianato e dei prodotti naturali.

Mentre rifletteva proprio su quella questione, si sentì chiamare.

«Teresa!»

Si voltò di scatto, ma le parve di non scorgere nessuno. O almeno, nessuno di sua conoscenza.

Fece un passo in avanti.

«Teresa, bella mia!» Qualcuno le tirò la gonna.

Abbassò lo sguardo. «Signora Marisa!»

C'era da stupirsi che non l'avessero ancora schiacciata.

«Hai visto che meraviglia la fiera?»

«Sì, sì, bellissima. Quanti colori... non me l'aspettavo così. E poi è pieno di gente!»

«Eh, ma questi qui mica sono venuti per i fiori.»

«Ah, no?»

«No. Sono venuti tutti per quel gran pezzo d'uomo!»

«Peccato... A proposito, lei per caso lo ha visto?»

«Come no! Sta facendo delle interviste. Al luna park. Segui la strada principale. Poco dopo la caserma c'è una stradina che porta a uno slargo. Ecco, lo hanno messo lì. Il sindaco è così contento, Madonna mia... Erano anni che cercava di portarlo a Strangolagalli» e si allontanò sgambettando.

Teresa seguì le indicazioni di Marisa, anche se non avrebbe avuto problemi ad arrivare comunque a destinazione. Tutta Strangolagalli stava convergendo verso il luna park, che, sebbene fosse di minuscole dimensioni e con pochi giochi, possedeva evidentemente l'attrazione principale: Corrado Zanni. Ma per quanto si guardasse intorno, di lui non c'era traccia.

«Secondo me è morta» sentì dire da qualcuno alle sue spalle.

Si voltò e vide una signora di mezza età con addosso un abito da cerimonia turchese, che teneva sottobraccio l'amica, anche lei vestita a festa. Entrambe reggevano con la mano libera un sacchetto pieno di bulbi. A una delle due spuntava dalla borsa una pianta di rosmarino.

«Ma certo! L'ha ammazzata il marito. E magari l'ha sepolta proprio qui sotto.»

«Che orrore!» ed entrambe fecero un saltello a destra, perfettamente sincronizzate.

«L'avrà fatta a pezzettini.»

«Probabile.»

«Se ne sentono, di storie così.»

«Gli uomini sono tutti uguali.»

Continuò a camminare finché non incrociò lo sguardo di Irma che, vestita come un giaguaro, era in coda davanti alla maga Circe.

«Come sei elegante!» le disse subito Teresa, adulandola.

«Ti ringrazio» le rispose tutta impettita. «Vuoi farti leggere le carte anche tu?»

«No, no. Per carità. So già quel che c'è da sapere.»

«Vale anche per me. Ma sai, in amore non si hanno mai abbastanza informazioni…»

«Hai perfettamente ragione. Però, se posso permettermi, con Corrado Zanni non ne hai davvero bisogno.»

«Ti ha detto qualcosa?»

«Non è stato necessario. Quando è tornato dall'aperitivo» mentì «aveva uno sguardo… uno sguardo…»

«Uno sguardo…?» la incalzò Irma.

«Come dire, rapace. E se un uomo ha uno sguardo così…»

«Rapace, dici?» e mentre lo diceva cominciò a sbottonarsi la camicia evidentemente colta da un'imprevista scarica ormonale.

«A proposito» Teresa voleva approfittare della confusione di Irma per strapparle informazioni «sai per caso dove è finito?»

«E perché vuoi saperlo?» domandò quella, tornando improvvisamente padrona di sé.

«È una questione delicata. Posso confidarla solo a te» e le si avvicinò. «Gigia ha scordato di lasciargli le chiavi della stanza» mentì di nuovo.

«Oh, Dio. Ma come si fa?! È gravissimo.»

«Già.»

«Non devi aggiungere altro. E poi ci si capisce subito, tra noi persone importanti» disse Irma, e ammiccò in direzione di Teresa, che finì per voltarsi, convinta che la persona importante fosse alle sue spalle. Ma con suo grande stupore, capì che Irma si stava riferendo proprio a lei...

«Faceva un salto nella vecchia stalla di Roccasecca. Mi ha detto, confidenzialmente, sia chiaro, che la Tonelli aveva domandato di quel posto» proseguì. «Uh, è il mio turno. Scusa, devo andare» e così dicendo appoggiò con uno schianto il suo poderoso fondoschiena sulla sedia di fronte alla maga. Sedia che scricchiolò ma non cedette, lasciando per un attimo Circe e tutti i presenti con il fiato sospeso.

La stalla di Roccasecca? Certo, era molto strano che la Tonelli fosse andata lì. Per quale ragione lo aveva fatto? Corrado doveva essersi domandato la stessa cosa, e per questo era andato a controllare di persona.

Decise di raggiungerlo e si incamminò lungo la strada, lasciandosi alle spalle il luna park e la confusione della fiera. E tutto sommato la cosa non le dispiacque. Lo zucchero filato, la piccola ruota panoramica, la maga le avevano ricordato la giornata trascorsa con sua madre, a Roma. L'ultima, per l'esattezza. E le parole che le aveva pronunciato proprio quel giorno, ma di cui non aveva più avuto memoria. Fino alla notte in cui avevano cercato di ammazzarla, cercando di buttarla fuori strada. Non ci aveva più pensato e non poteva certo farlo adesso.

Per fortuna, la stalla si trovava non molto lontana da lì, anche se ben oltre lo slargo e il centro del paese.

Abbandonata da decenni, era sempre stata il posto preferito dalle coppiette. Il padre del cavaliere Roccasecca la adoperava come maneggio e come abitazione per i suoi dipendenti, stallieri, contadini e camerieri. C'erano ancora le vecchie case in mattoni, ormai fatiscenti, i box dei cavalli e la stalla vera e propria. Da piccole lei e Gigia ci andavano spesso a giocare, e non trovavano difficile sentirsi come Maria Antonietta e Lady Oscar, o come le due sorelle Ingalls della *Casa nella prateria*. Non erano ammessi maschi ai loro giochi, per la gioia di Teresa e la disperazione di Gigia, che già allora sognava il principe azzurro in calzamaglia.

«Sono inutili» diceva Teresa. «E poi muoiono sempre!»

«Perché dietro ci sono amori tragici.»

«Papà dice che è l'adolescenza a essere tragica. Trasforma tutti in serial killer.»

«E noi siamo adolescenti?»

«Ancora no.»

«Meno male.»

I ricordi esplodevano nella sua testa sotto forma di immagini. Ma quelli erano bei ricordi. Non le facevano paura e non era necessario scacciarli.

Si accorse di essere arrivata solo quando si trovò il cancello davanti agli occhi.

Chiusa da due ante di metallo legate tra loro da una semplice catena, la stalla non era mai stata di difficile accesso. Tutti erano sempre passati nell'interstizio tra i due battenti, senza neppure dover aprire il lucchetto.

Si guardò intorno per controllare che non la vedesse nessuno, poi si posizionò di traverso, come faceva quando era bambina. Trattenne il respiro e si spinse in avanti. In un attimo, passò dall'altra parte, lasciando però gran parte della maglietta impigliata nella catena.

Cercò di sistemarsi come meglio poteva, ma lo strappo ormai era fatto e avanzò lungo il viale.

Sembrava fosse trascorsa un'eternità dall'ultima volta che aveva messo piede lì. E forse era proprio così.

Eppure si ricordava tutto di quel posto. A breve avrebbe incontrato la biforcazione. Da una parte gli alloggi e le stalle, dall'altra il maneggio. Tutto era distribuito intorno a una corte centrale. Decise di puntare in direzione del maneggio.

In quel momento, sentì uno scricchiolio provenire dalle sue spalle, come se qualcuno avesse calpestato dei legnetti. Si voltò di scatto, ma non vide nessuno.

Accelerò il passo. Anzi, si mise proprio a correre.

Trafelata, raggiunse la grande corte e si sentì più tranquilla. Ora doveva solo trovare Corrado.

Si piazzò una mano sulla fronte per ripararsi dal sole che le arrivava dritto negli occhi e aguzzò la vista, concentrandosi sulle stalle e sulle vecchie abitazioni che si trovavano in fondo e dall'altra parte rispetto a dove era lei. Forse, Corrado era andato proprio lì, prima.

Rimase per un attimo indecisa sul da farsi finché non scorse una figura che si aggirava proprio davanti alle stalle e si illuminò.

«Corrado!» gridò. «Ehilà! Sono qui!»

La figura si voltò verso di lei, fece un passo avanti e uscì dall'ombra.

Teresa ebbe un sussulto.

Quell'uomo non era Corrado. Non ci somigliava neanche lontanamente.

34

La figura le rivolse un sorriso gelido, e lei capì. Capì di essersi messa in trappola da sola: l'uomo che si era introdotto nel suo appartamento, che aveva cercato di buttarla fuori strada e che sicuramente aveva ucciso Paolo, adesso si trovava lì. E non certo per giocare alla *Casa nella prateria*. Era stata sempre seguita, sempre! Si era fatta distrarre dall'arrivo di Corrado, dalla scomparsa di Monica Tonelli e da quel maledetto, inutile Leonardo Serra. Questo pensò una frazione di secondo prima di vedere l'uomo che scattava verso di lei.

Non c'era più tempo per tornare indietro. Con il cuore in gola e le labbra secche si buttò istintivamente dentro la stalla, spingendo la pesante porta di legno, per poi richiuderla alle spalle. Doveva trovare subito qualcosa che potesse bloccarla. Si guardò intorno e gli occhi le caddero su un bastone, appoggiato a terra. Lo afferrò e lo piazzò orizzontalmente, facendolo passare all'interno delle due maniglie.

Ora la porta era bloccata, ma per quanto tempo?

Senza perdere di vista l'ingresso, indietreggiò.

Poi sentì il primo colpo. L'uomo era arrivato davanti alla porta e aveva cominciato a cercare di forzarla.

Rimase paralizzata finché non arrivò il secondo colpo.

«Che cosa vuoi da me?» gridò.

Si rese subito conto di avere fatto una domanda stupida. Tanto stupida che quello non si era degnato neanche di rispondere.

«Giuro che non dirò niente» aggiunse allora. «Se mi lasci uscire da qui, dimenticherò tutto.»

«Tu mi hai visto.»

«IO?! Ma figuriamoci! No, no. Non è vero. Avevo il sole contro, non saprei mai riconoscerti.»

«Mi dispiace. Devo farlo.»

E Teresa non perse tempo a domandargli che cosa doveva fare, perché era evidente. Tanto che dopo un momento di tregua, che durò pochissimo, l'uomo riprese a dare spallate alla porta e Teresa scattò all'indietro, cominciando a infilarsi in tutti i box, in cerca di un oggetto contundente. Entrava e usciva, entrava e usciva nel disperato tentativo di trovare un'idea, un posto dove nascondersi.

Giunta alla fine del lungo capannone si girò di nuovo verso l'entrata e con le spalle al muro infilò le mani nella borsa, prese il cellulare e compose il numero del maresciallo.

«Pronto? Maresciallo?»

«Chi è? Perbacco, Teresa. Non è il momento. Sono nel pieno di un'emergenza.»

«Questa *è* un'emergenza! Sono nella vecchia stalla di Roccasecca.»

«Sai bene che non si deve entrare lì dentro. Quante volte ve lo devo dire?»

«Maresciallo! Mi stia a sentire. C'è un uomo che...»

«Certo, certo. In fondo si va lì apposta, ma...»

«Un uomo che vuole uccidermi!»

«Ora non esageriamo. Vedrai che poi tutto si sistema.»

«Aspetti un attimo...» e con il cellulare ancora stretto in mano si mise in ascolto.

Come mai non sentiva più battere contro la porta?

«Maresciallo,» disse ancora «lei deve credermi, la prego. Sono in pericolo, venga subito» e riattaccò.

Che cosa stava succedendo? Forse l'uomo aveva rinunciato; forse poteva ritenersi salva!

Chiuse gli occhi e cercò di regolarizzare il suo respiro.

Poi sentì uno strano scricchiolio, il suono di un oggetto che batteva contro un altro oggetto.

Spalancò gli occhi, e nonostante la distanza notevole vide chiaramente un pezzo di legno che, infilato tra le due ante, si muoveva per cercare di sollevare il bastone.

Telefonò subito a Gigia.

«Serra è lì?» chiese.

«Sì, è nella sua stanza. Cosa è successo? Hai una voce strana.»

«Ti prego, vallo a chiamare e digli di venire subito alla vecchia stalla di Roccasecca.»

L'amica rimase per un attimo in silenzio, poi si illuminò: «Brava, Pap, brava. Finalmente ti sei decisa! Lo avviso immediatamente, e se non dovessi trovarlo smuoverò le montagne! Certo, con tutte le cose a cui dobbiamo pensare, hai scelto proprio il momento meno adatto, ma che dire? Meglio tardi che mai! Pronto? Pronto, Pap?».

Teresa aveva riattaccato. Ora sapeva come difendersi.

Si era ricordata che nell'ultimo box i ragazzi tenevano nascoste delle lampade a olio per illuminare le loro notti d'amore, insieme a bottiglie e coperte. Be', le coperte non sarebbero servite di certo, ma tutto il resto sì.

Nel momento esatto in cui il bastone cadde a terra con un rumore assordante, Teresa scomparve all'interno dell'ultimo box. L'uomo l'avrebbe cercata prima negli altri, e questo le dava un certo vantaggio.

Chiuse gli occhi e provò a riportare alla luce il ricordo fotografico del giorno in cui, giocando con Gigia, aveva scoperto il nascondiglio.

Eccolo! Riaprì gli occhi e si guardò intorno. Il nascondiglio si trovava nell'angolo in fondo, coperto dal terreno e da un tappetino. Cominciò a rovistare, trovò il tappetino, lo spostò e vide la rientranza.

I passi dell'uomo erano sempre più vicini. Sentiva le porte dei box che si aprivano e si chiudevano. Presto l'avrebbe raggiunta.

Infilò la mano.

Tirò fuori una coperta e la lanciò via.

Continuò a frugare. La mano toccò qualcosa di duro. Una bottiglia. Ma non bastava ancora.

Poi, finalmente, sentì la lampada.

Era pesante, molto pesante.

Riuscì ad afferrarla con entrambe le mani e la tirò con forza.

Senza perdere neanche un secondo, afferrò una cassetta arrugginita e cercando di non fare rumore la accostò alla porta e ci si arrampicò sopra, con la lampada ben salda tra le mani e le braccia allungate sopra la testa.

Così erano ad armi pari. O almeno, alla stessa altezza.

Trascorsero minuti, che a Teresa sembrarono ore. La bocca le si seccò e non riusciva più a deglutire.

Era certa che sarebbe morta. Per quanto potesse impiegare tutta la forza che aveva nel colpirlo, non sarebbe riuscita a tramortirlo. Anzi, forse avrebbe solo peggiorato la situazione e questo pensiero la fece quasi desistere. Stava per abbassare le braccia, quando lo percepì a poca distanza. Poteva persino sentire il suo respiro. Come aveva fatto ad avvicinarsi senza che lei se ne accorgesse? Fino a pochi secondi prima aveva sentito il rumore dei passi, adesso non riusciva a sentire più nulla. L'uomo era sicuramente fermo dall'altra parte della porta, a pochi centimetri da lei. Aveva un odore la morte?

Teresa ora lo sapeva.

Sì, la morte aveva un odore ed era acre, pungente.

Chiuse gli occhi.

La porta si spalancò e Teresa, con tutta la forza che aveva in corpo, gli scagliò la lampada sulla fronte, ben sapendo che questo non sarebbe stato sufficiente a salvarla. Ma la violenza dell'impatto fu tale che l'uomo sbandò all'indietro, colpì con la nuca lo spigolo di metallo della porta e cadde a peso morto proprio davanti a lei, con la faccia riversa al suolo. Data l'altezza da cui era precipitato e tenendo conto della stazza, l'urto con il terreno gli era stato fatale per il naso, a giudicare dal rumore che avevano fatto le sue ossa a contatto con il suolo.

Teresa rimase paralizzata.

Non poteva credere a quello che aveva appena fatto.

L'aveva ammazzato?

Con le gambe tremanti, scese dalla cassetta. Dovette appoggiarsi alle sbarre di metallo per non cadere anche lei, tanto tremava.

Se fosse morto non se lo sarebbe mai perdonata. Doveva assolutamente controllare.

Si chinò verso di lui e si mise in ascolto.

Russava?

Forse era per colpa del naso...

Be', comunque non era morto e a Teresa questo bastò.

L'uomo giaceva di fronte a lei, inerme.

A pancia sotto e con le braccia distese lungo i fianchi, ostruiva l'ingresso del box.

Fu allora che le venne l'idea.

Prima di scavalcare il corpo e fuggire, voleva impedirgli di scappare. Stavolta tutti avrebbero dovuto constatare che esisteva davvero un uomo che aveva più volte tentato di ucciderla.

Infilò la mano nella borsa, afferrò le manette di pelo rosa che portava sempre con sé e si chinò di nuovo sull'energumeno. Con delicatezza chiuse un bracciale intorno al polso del gigante, stando ben attenta a non spostarlo, e agganciò l'altro alla sbarra di metallo del box.

Si rimise in piedi tutta soddisfatta, scavalcò l'uomo svenuto e corse via. Ora nessuno avrebbe più avuto alcun dubbio.

35

Ripercorse il viale, trovò la biforcazione, arrivò al cancello e si infilò tra le due ante.

Solo quando si ritrovò dall'altra parte, di nuovo sulla strada principale, si sentì al sicuro.

Le batteva forte il cuore, ma l'adrenalina stava calando.

Cominciò a camminare in direzione del centro finché non vide Serra che le veniva incontro.

Accelerò il passo e lui fece altrettanto.

Quando se lo trovò di fronte gli buttò le braccia al collo.

Non era mai stata così felice di vedere una persona in vita sua.

«Papavero, non hai resistito molto senza vedermi. Che succede? La tua amica Luigia mi ha fatto intendere cose che è meglio non riferirti.»

Teresa si allontanò da lui. «Gigia? Non capisco…»

«Mi ha parlato di una stalla, un posto per innamorati… un luogo di perdizione, insomma. Sono solo stupito che tu voglia farlo in una stalla quando abbiamo ben due camere da letto!»

«Serra! Non ho tempo per queste stronzate.»

«Allora perché mi hai fatto venire così di corsa?»

«Ora lo vedrai!» esclamò Teresa, e gli prese la mano trascinandolo nella direzione da cui era venuta.

«Un attimo… almeno ti sei accorta di avere tutta la maglietta strappata?»

«Sì, sì, poi ti racconto. Tu però sbrigati, devo farti vedere una cosa.»

Arrivarono di nuovo davanti al grande cancello, passarono attraverso le ante e si incamminarono lungo il sentiero. Giunti davanti alla porta della stalla, Teresa gli fece cenno di seguirlo all'interno.

«Diventi sempre più intrigante ogni minuto che passa, lo sai questo?»

Teresa sbuffò. Ma si sentiva anche euforica. Finalmente, Serra avrebbe dovuto ricredersi sul suo conto.

Non ci volle molto, però, perché si rendesse conto che qualcosa non tornava.

Il corpo dell'uomo, dalla posizione in cui si trovavano, si sarebbe già dovuto vedere.

E quando furono davanti all'ultimo box ne ebbe la certezza: il gigante era sparito.

Restavano solo le sue manette rosa, agganciate al tubo di metallo.

«Papavero, io quelle non le metto, sia chiaro!»

«Non è possibile!»

«Invece è così, fattene una ragione.»

«Ti giuro che qui c'era un uomo!»

«Sì, certo…»

«Ma non un uomo del tipo che pensi tu. Voleva uccidermi. Io però mi sono difesa, gli ho persino dato una botta in testa con la lampada. Ecco, la vedi? Con questa lampada.»

«Che cosa sta succedendo?» chiese il maresciallo, sopraggiunto anche lui in soccorso di Teresa.

«Ah, non guardi me!» disse Serra, dopo avere visto l'espressione di Lamonica di fronte alle manette.

«Non capisco… si sarà liberato» mormorò la Papavero.

«Chi?» chiese il maresciallo.

«Io non indagherei» replicò Serra. «Ci sono cose che è meglio non sapere.»

«Adesso basta!» gridò Teresa. «Ma non lo vedete il sangue? Qui c'è stata una colluttazione. Tra un assassino e me, per l'esattezza!»

Serra e il maresciallo tossirono, imbarazzati.

In quel preciso istante, Corrado Zanni fece il suo ingresso nella stalla.

«Teresa?» chiamò. «Sei qui dentro?»

«Ci mancava solo George Clooney. Ora siamo al completo.»

«Venga avanti» lo invitò il maresciallo. Poi, rivolto a Teresa, proseguì: «Mia cara, qui bisogna porre un freno a questa tua... come vogliamo chiamarla? Esuberanza?».

«Un freno, sì, ma senza esagerare, però» intervenne Serra.

«Eccoti, finalmente» disse Zanni affacciandosi.

«Corrado!» Teresa era ben felice che qualcuno ponesse fine a quell'agonia.

«Ti ho cercata dappertutto. Questa notte mi sono svegliato in preda all'ansia.»

«Mi dispiace...»

«In realtà mi capita spessissimo quando seguo un caso. Comunque, mi sono svegliato e non ho acceso le luci per paura di svegliarvi.» E qui fece una breve pausa, come se volesse farle capire di aver saputo perfettamente che in realtà non c'era nessuno da svegliare. «Allora» proseguì «ho urtato contro il lampadario del salone e si è rotto...»

«Un racconto avvincente» lo interruppe Serra.

«Non fa niente, non era un oggetto prezioso.»

Teresa cominciava a sospettare di trovarsi di fronte a persone così poco equilibrate da far sembrare lei una psicologa forense.

«Non era questo che volevo dirti. Cioè, mi dispiace che si sia rotto, ma la cosa importante è un'altra. La cosa importante è quello che ci ho trovato dentro.»

«Dentro al lampadario?»

«Esattamente» e così dicendo, Corrado infilò la mano nella tasca dei pantaloni, tirò fuori una specie di microfono e lo mostrò agli altri.

«Che roba è?» chiese Teresa.

«Una cimice» le rispose. «Qualcuno ha messo una cimice nel tuo lampadario. Qualcuno che evidentemente voleva spiarti.»

«Eh!» gridò Teresa tutta soddisfatta, rivolgendosi al maresciallo e a Serra. «Avete visto? Che cosa vi avevo detto?»

Ma la soddisfazione svanì in un baleno non appena realizzò la portata di quello che Corrado le aveva appena detto.

«Dici sul serio?» chiese a Zanni.

«Assolutamente. Conosco bene questo tipo di cimici per via del mio lavoro.»

36

Erano tutti in caserma: Teresa, ancora con la maglietta strappata, Serra, Zanni, il maresciallo.

Mancava solo Romoletto che ormai era l'unico in paese a gestire l'arrivo dei turisti e la fiera.

«Questa la prendo io e la porto ad analizzare» disse Serra, infilando la cimice in un sacchetto di plastica. «Anche se dubito troveremo delle impronte. Tranne quelle di Zanni, s'intende.»

«Dovevo forse lasciarla nel lampadario?»

«Sì, sarebbe stato meglio. Avrei poi pensato io a rimuoverla.»

«Ma andiamo, Serra!» si intromise Teresa. «Tu neanche pensavi ci fosse! Io sapevo di essere osservata, seguita. E te l'avevo anche detto, ma tu niente!»

«Questo è innegabile» convenne il maresciallo. «Lo ha ripetuto più volte.»

Era soddisfatto che quel Serra avesse preso un abbaglio. Chi si credeva di essere? Gli era stato antipatico fin dal primo giorno.

«C'era anche lei quando lo diceva, però. E non mi è mai sembrato più convinto di me.»

Leonardo lo aveva riportato alla realtà, ma Lamonica non era uno che si faceva scoraggiare facilmente.

«Cosa c'entra? Non sono mica un poliziotto, io!» rispose infatti, tutto impettito.

Di fronte a quell'affermazione, per il maresciallo del tutto ovvia, gli altri si voltarono verso di lui con un'espressione disorientata.

«Che c'è? Perché mi guardate così? Io avevo capito subito che il povero Barbieri era stato ammazzato.»

Poi, come spaventato dalla sua stessa affermazione, proseguì: «Giusto? Cioè, voglio dire, è stato ammazzato, no?».

«Certo che è stato ammazzato!» disse Teresa. «Che poi è quello che ho sempre sostenuto io.»

«Ecco!» gridò Lamonica. «Appunto. E io che ho detto?» e si guardò intorno, in cerca di approvazione. Quel dialogo lo aveva un po' scombussolato. «Ora dobbiamo procedere» concluse.

Anche se non sapeva bene come. A ogni modo, non era un problema suo.

«Sì, dobbiamo procedere. E in fretta» gli diede ragione Serra. E il viso di Lamonica si rasserenò.

«Ce ne saranno altre?» domandò all'improvviso la Papavero, rivolgendosi più a se stessa che a una persona in particolare. «Di cimici, intendo?»

«È quello che dovrò scoprire» rispose Serra. «Andiamo a casa tua. Te la senti?»

«Certo, perché non dovrei?»

«Hai appena ammanettato un uomo con... con...»

«Manette, appunto. Si chiamano manette. Da cui il verbo ammanettare. Pensavo le conoscessi.»

«Sì, be', quelle che usiamo noi sono di tutt'altro genere.»

«Che sciocchezza: la funzione è la stessa.»

«Se lo dici tu.»

«Quindi ora mi credi? Credi che qualcuno si sia introdotto in casa mia e che abbia cercato di uccidermi per ben due volte?»

«Mi rincresce dirlo ma sì, Papavero. Ti credo.»

Parte quarta

37

Tutti seduti in piazza, aspettavano l'inizio della proiezione. Quella sera ci sarebbe stata la nuova puntata di *Dove sei?* e per l'occasione il sindaco aveva fatto allestire uno schermo gigante.

Erano trascorsi tre giorni dalla fiera e dall'aggressione subita da Teresa.

Leonardo Serra era tornato a Roma, con la cimice in un sacchetto e i campioni di sangue dell'energumeno in un altro. Casa Papavero era stata perlustrata e non era venuto fuori nient'altro.

A Teresa, però, era rimasto appiccicato addosso quel senso di disagio che solo chi è stato violato nella propria intimità può arrivare a comprendere. Continuava a parlare a bassa voce, e se doveva fare una telefonata importante usciva per il timore che ci fosse qualcuno ancora in ascolto.

Strangolagalli, al contrario, sembrava essere tornata alla pace di sempre.

Con alcuni rilevanti cambiamenti.

Innanzitutto, l'assenza di Monica Tonelli pesava come un macigno sugli abitanti del paese. Ma non come si potrebbe comunemente pensare. Nessuno era preoccupato, o triste, o sconsolato per la sua scomparsa. Assolutamente no. Monica Tonelli in realtà viveva in mezzo a loro. Prendeva il cappuccino al bar, faceva la spesa, giocava a carte. In qualsiasi luogo di Strangolagalli ci si trovasse a passare, non si sarebbe sentito parlare di altro.

L'altro cambiamento importante era arrivato da don Guarino che aveva pagato l'affitto.

Non gli arretrati, s'intende, ma l'affitto del mese corrente.

Il parroco si era presentato a casa sua di buon mattino con un malloppo tra le mani.

«La ringrazio, ma non doveva...» aveva provato a dire Teresa.

«Ci mancherebbe! Sono tutti, eh!»

E con quel "tutti", voleva intendere i centocinquanta euro che le aveva lasciato appallottolati sul tavolo. Cifra che, con molta probabilità, lui e suo padre dovevano aver concordato almeno trent'anni prima.

Ma non era stato l'unico cambiamento.

Irma, ad esempio, l'aveva invitata più volte a una "colazione" tra amiche.

Fatto a dir poco eccezionale, dal momento che amiche non lo erano mai state.

Peccato non fossero ancora riuscite a incontrarsi, perché per Teresa la "colazione" coincideva con il pranzo di mezzogiorno, mentre per Irma era quella classica, con cappuccino e cornetto.

Peppino era passato da lei a congratularsi, non si capiva bene per cosa, e a invitarla al torneo di scopone del Centro sociale anziani. Aveva saputo da Giovan Battista Papavero che lei era bravissima con le carte.

«Perché, ha sentito mio padre?» gli aveva chiesto Teresa.

«No. Mi sono ricordato che quando eri piccola lo battevi in continuazione. In effetti, se posso dire la mia, il Professore era un'autentica schiappa.»

Il sindaco non era stato da meno, promettendo a lei e a Gigia una grande campagna pubblicitaria.

«Ho pensato di mettere degli striscioni di benvenuto appena fuori Strangolagalli, con il logo del programma e una scritta del tipo: "*Dove sei?* è passato di qui, vuoi farlo anche tu?".

Ovviamente, aggiungerei le indicazioni per il vostro B&B.»

«Mi permetto solo di dirle, sindaco, che il programma si occupa di persone scomparse. Non vorrei che sembrasse un invito a scomparire proprio qui a Strangolagalli.»

sChantal le aveva offerto una manicure e una ceretta con lo sconto, anche se della ceretta Teresa non ne aveva davvero bisogno, ma per non offendere la ragazza aveva comunque accettato.

E proprio mentre era all'opera sui suoi peli superflui c'era stata una breve chiacchierata che a Teresa aveva dato da pensare.

«E niente, daje e daje ho ceduto» aveva detto Chantal mentre strappava le strisce.

«Un'ottima scelta. In fondo, Romoletto ti vuole bene.»

«Sì, è vero. Però mica me lo devo sposare, eh?»

«No, no, per carità.»

«Appunto.»

«Allora cosa c'è che non ti convince? Ti vedo pensierosa.»

«Ammazza. Non ti sfugge niente, a te. C'ha ragione il sindaco quando dice che sei meglio di tuo padre.»

«Davvero dice così?»

«Avoglia.»

«Be', grazie. Ma non volevo distrarti. Racconta…»

«È che un po' mi vergogno. Insomma… c'è di mezzo Roccasecca.»

«Roccasecca? Il cavaliere Roccasecca? Ma è troppo vecchio per te!»

«No! Che hai capito?! Oddio che vergognaaaaa!» e qui, evidentemente in preda all'agitazione, Chantal aveva strappato la striscia di cera dall'inguine di Teresa con tanta foga che quella, con i pochi peli di Teresa attaccati, si era andata a piantare sulla faccia della donna giapponese raffigurata in un quadro di dubbio valore, appeso al muro della stanzetta.

«Ahhh!» aveva gridato Teresa.

«Scusa. Aspetta che ti ci metto un po' di borotalco.»

«Grazie...»

«Non so come ti sia venuta in mente sta cosa. Io e Roccasecca... a letto...»

«Hai ragione, sono imperdonabile. Lui ha sessant'anni, tu trenta. Insomma...»

«Ma mica per quello! Che c'entra!»

Teresa aveva deglutito. «Allora non capisco...»

Chantal aveva sbuffato, come a voler sottolineare che la cosa era così ovvia da non richiedere spiegazioni. «Roccasecca è sempre stato una specie di fratello maggiore, per me.»

«Ah, sì? Non lo sapevo.»

«I miei genitori sono stati a servizio da suo padre per oltre quarant'anni. Sono cresciuta in quella casa. Cioè, non proprio in quella casa, ma lì dove c'è anche il maneggio. Comunque, è vero che lui era già all'estero quando sono nata, però tutte le volte che rientrava per le vacanze mi portava sempre un regalino. Ce li ho ancora, eh! E gli piaceva giocare con me. Era pure molto affezionato ai miei...»

«Mi sembra tutto molto bello. Cosa c'è di imbarazzante?»

«C'è che l'altro giorno mi ha chiamata. Così, all'improvviso, dopo anni che non si faceva più sentire. Mi ha chiamata e mi ha detto: "Chantal, devi venire subito da me". E io sono andata.»

«E cosa è successo?»

«Ora viene il bello. Mi apre la porta e non mi fa neanche entrare. Mi tiene lì. Si capiva che era in ansia per qualcosa... ma non si decideva a parlare.»

Teresa era così presa dal racconto che, per risparmiare a Chantal ogni possibile distrazione, si era messa a strapparsi lei le strisce di cera dall'inguine.

«E poi?»

«E poi, finalmente, ha allungato una mano. Aveva un foglietto... io l'ho preso e sai che cosa era?»

«Cosa era?» Teresa aveva strappato un'altra striscia.

«Un assegno.»

«Cosa?»

«Hai capito bene: un assegno. L'ho guardato a lungo, non capivo cosa dovessi farci. Mi è passata tutta la vita davanti. Poi, all'improvviso, ho avuto come un'illuminazione!» E dopo avere controllato che la porta fosse chiusa, Chantal si era avvicinata ancora di più a Teresa, abbassando il tono della voce. «Voleva comprarmi!»

«Eh?»

«Ma sì! Comprare il mio corpo!» e qui Chantal si era messa le mani sui fianchi sporgendo in fuori il sedere. «Proprio lui, il cavaliere Roccasecca, l'uomo che mi ha visto crescere e che credevo mi volesse bene come a una sorella, voleva me. Ed era disposto a pagare, pur di avermi!»

Teresa aveva cercato di soffocare una risata. «Chantal, io credo che tu veda troppe telenovelas.»

«Dici?» La ragazza si era rabbuiata.

«Dico.»

«Be', comunque io gliel'ho strappato davanti agli occhi, perché non ci fossero equivoci. E sono corsa fuori.»

«Non gli hai chiesto spiegazioni?»

«No, non ne avevo bisogno. O almeno, credevo di non averne...»

Non si erano dette altro, e quando Teresa era tornata a casa aveva ancora addosso una sensazione strana, un malessere che non riusciva a spiegarsi.

Poi si era dimenticata tutto, perché lì, ad attenderla, c'era Corrado.

38

«Ora che è tornata un po' di pace dobbiamo parlare, io e te.»

Così l'aveva accolta Corrado al suo rientro a casa.

La sera prima era andata a dormire da Gigia, lasciando che nel B&B rimanessero gli ospiti.

«Hai ragione Corrado, scusa. Ho fatto i compiti, però. Ho rivisto la puntata più e più volte e mi sono presa degli appunti. Se aspetti un momento, li vado a prendere.»

«Non ho intenzione di sparire.»

Teresa si era fermata sulle scale e si era voltata. «Bella battuta. Davvero una bella battuta» ed era salita, senza aspettare una risposta.

Quando era tornata in soggiorno aveva trovato Corrado seduto sul divano, con il portatile aperto davanti a sé.

«Sono pronto!» le aveva detto.

«Davvero pensi che io possa aiutarti? Insomma, non credo di essere più brava di te, in questo. Mi dai molta fiducia…»

«Sei sempre stata più brava di me, e lo sai.»

No, Teresa non lo sapeva affatto, e non riusciva a capire perché Corrado si stesse comportando in quel modo con lei. Ma aveva deciso di ignorarlo e concentrarsi sulla Tonelli.

«Dunque,» aveva cominciato «prima di tutto il marito non sa niente, non è coinvolto nella sparizione della moglie. Anzi, ne è scioccato. Questo si evince dalla postura, dagli occhi. Hai fatto caso a come muoveva le mani? Allo sguardo che aveva, così profondamente disorientato? Lui era davvero convinto che la Tonelli fosse andata a trovare la sua amica. Corrado, secondo me Monica Tonelli è venuta qui per un problema che non aveva nulla a che fare con la sua vita coniugale. Mi correggo: coinvolgeva di certo la sua vita coniugale, ma non nasceva da lì.»

«Cosa intendi?»

«Intendo dire che lei aveva un peso, un macigno, qualcosa nel suo passato che non la lasciava libera di vivere il presente. Perché ha nascosto al marito la sua gita a Strangolagalli? Perché è venuta qui? Hai sentito cosa ha detto Antonia? La Tonelli cercava l'elenco delle nascite avvenute nel 1987. È un anno molto specifico, non trovi?»

Teresa aveva chiuso gli occhi.

«Cosa vedi?» le aveva chiesto Corrado con un sussurro. Sapeva bene come funzionava la mente di Teresa.

«Vedo Monica. È in piedi, si sta pulendo nervosamente la macchia di caffè sulla camicia e sui pantaloni. No, scusa, non è nervosismo il suo. Piuttosto disperazione. Cerca di togliersela di dosso sfregandoci sopra il fazzoletto bagnato. Con forza, con violenza. Come se insieme a quella macchia potesse far sparire anche qualcosa di più profondo. Sta quasi per piangere, infatti. Ma si ferma, non lo fa. Ha paura che io me ne accorga.»

«Perché aveva quella macchia?»

«Si era rovesciata la tazzina di caffè addosso. Aspetta... ma certo! È successo non appena le ho nominato il sindaco. Lei mi aveva chiesto dove potesse trovare l'elenco delle nascite e io le ho detto: "Posso chiedere al sindaco", e lei "No, no. Non è necessario scomodarlo, grazie". Io allora ho insistito. "Credo che per lui sarebbe un piacere" ho detto. "Preferirei di no" ha risposto, e a quel punto si è alzata di scatto, rovesciando la tazzina.»

Teresa aveva spalancato gli occhi e aveva guardato Corrado: «Ma non ha senso! Cosa c'entra il sindaco?».

«Be', a quanto mi risulta nel... aspetta, fammi controllare... nel 1987 Vecchietta aveva trent'anni, più o meno.»

«Può essere.»

«È quasi coetaneo di Roccasecca, il proprietario del maneggio dove Monica si era diretta, o così pare, e dove tu sei stata aggredita. Erano amici, che tu sappia?»

«Non credo, però... Roccasecca... Roccasecca ha offerto a Chantal un assegno.»

«Chantal...?»

«La mia estetista. Ma non so davvero che collegamento possa esserci. Magari ha ragione lei. Magari Roccasecca voleva comprare il suo corpo!»

«Eh?»

«Lascia perdere. Una sua idea...»

«Che cosa ti è successo, Teresa?»

«Niente, stavo solo pensando a Chantal...»

«Mi riferivo alla Teresa che ho conosciuto. Che ne è stato di lei? Hai visto di che cosa sei capace? Che cosa sei in grado di fare? Insomma, io tutto mi sarei aspettato tranne ritrovarti qui, a Strangolagalli.»

«E dove pensavi di ritrovarmi?»

«A Quantico! Come minimo.»

Teresa era scoppiata a ridere.

«Non sto scherzando.»

«Lasciamo perdere.»

«Certo, è sempre stato il tuo motto, ed è anche una cosa che ti riesce benissimo.»

«Corrado, sono passati vent'anni...»

«Non fai che ripeterlo. Allora forse hai ragione. Vent'anni sono troppi.»

Si erano guardati a lungo e Teresa aveva pensato anche di rispondere. Di dire qualcosa, liberandosi finalmente del peso che si portava dentro.

Ma era rimasta in silenzio un secondo di troppo ed era squillato un cellulare. Il suo, per l'esattezza.

«Rispondi pure» le aveva detto Corrado. «Io vado a cercare Monica Tonelli.»

Ed era uscito. Portandosi le risposte a tutte le domande che Teresa non aveva avuto il coraggio di fare.

«Pronto?»

«Teresa, *c'est moi.*»

«Solange! Che cosa succede?»

«*J'ai la clé* USB.»

39

Così, proprio il giorno della puntata di *Dove sei?*, mentre erano tutti impegnati ad allestire la piazza, Solange aveva fatto il suo ingresso in paese, scombussolando l'intera popolazione di Strangolagalli.

Dopo avere parcheggiato la macchina lungo la strada principale, si era incamminata seguendo le indicazioni che le aveva fornito Teresa.

Alta, sui suoi sandali tacco dodici e con un vestitino di chiffon color ocra che non lasciava nulla all'immaginazione, era arrivata in piazza mentre Floriano e Peppino stavano sistemando le file di sedie davanti allo schermo.

«*Excusez-moi*» aveva detto, rivolta ai due.

Quelli avevano alzato gli occhi in direzione della voce ed erano rimasti impietriti.

«*Excusez-moi*» aveva ripetuto.

Era stato Floriano a ritrovare la parola per primo: «Madonna santa benedetta…».

«Che ha detto?» gli aveva chiesto Peppino sottovoce.

«Si è scusata. Che, non lo sai il francese?»

«No. Perché, tu sì?»

«E certo!»

«Ma da quando?»

«Da adesso!» aveva risposto Floriano. Poi si era tirato su i pantaloni con gesto virile e si era avvicinato a Solange.

«Buenas noches!» aveva cominciato, gridando come se si trovasse di fronte a una cinese sordomuta. «Como podemos nosotros aiutarlas...?»

«Floria', questo è spagnolo!» lo aveva interrotto Peppino.

«E cosa vuoi che ti dica? So' 'nternazionale, io.»

«*Je cherche* Teresa Papavero.»

«Cherche... cherche...?» Floriano si era concentrato con tutte le sue energie su quella parola.

«Sta cercando Teresa» era intervenuto Peppino, lanciando a Floriano un'occhiata che si concederebbe solo a un ragazzino di quattordici anni che ancora non sa la tabellina del due. «Venga, l'accompagno io. Sta qui dietro.»

«E intanto io che faccio?»

«Conta le sedie, che secondo me sono poche.»

«Eh, no, bello mio. Vengo con te» e si era avvicinato a loro con due saltelli che Alberto Sordi avrebbe trovato di gran lunga superiori ai suoi, per qualità ed eleganza.

«*Merci*» si era limitata a rispondere Solange.

E si erano incamminati tutti e tre verso casa di Teresa, che intanto, seduta al tavolo della cucina, stava cercando di riordinare le idee con l'aiuto di Gigia.

Le indagini avevano fatto notevoli passi avanti anche grazie al suo contributo, e questa era una cosa alla quale non riusciva ancora ad abituarsi.

In realtà, ciò che più faticava a digerire era quella maggior consapevolezza di sé che si era fatta strada dentro di lei negli ultimi giorni.

Si era sempre nascosta, anche se aveva creduto di farlo per il suo stesso bene, per proteggersi da un mondo che le era ostile. Nelle ultime ore, però, aveva cominciato a sospettare che il suo vero nemico non fosse il mondo, ma l'opinione che aveva di se stessa.

Corrado, rientrato a Roma per presenziare alla puntata serale del programma, aveva scoperto parecchie cose.

Innanzitutto, la ragione per cui la Tonelli e suo marito litigavano spesso: non riuscivano ad avere figli.

«Che ti avevo detto?» le aveva ribadito il padre al telefono il giorno precedente. «Quello l'ha ammazzata. Ora si prenderà una donna più giovane e metterà su famiglia.»

«Papà, quei due si amavano. Soffrivano per la mancanza di un figlio e...»

«Tutte sciocchezze. Hai suggerito a Zanni di controllare i conti bancari? Scommetterei un rene che quella ricca era lei.»

E lo avrebbe perso, il rene. I coniugi Tonelli erano entrambi benestanti, e avevano fatto tutti e due una carriera folgorante.

Teresa aveva suggerito a Corrado tutt'altro. Forse Monica Tonelli un figlio lo aveva avuto. Forse quando era ancora troppo giovane. Forse lo aveva perso, o forse no. Ma una cosa era certa: nel 1987 qualcosa era successo nella sua vita. Qualcosa di terribile, qualcosa di così grave da impedirle di condividerlo con l'uomo che amava.

Poi c'era Strangolagalli: il luogo dove la Tonelli aveva deciso di venire, di nascosto da tutti, e da cui poi era scomparsa.

Monica si era fatta sistemare i capelli da Chantal, era tornata al B&B per prendere la sua valigia e poi era andata da Antonia per farsi dare l'elenco delle nascite: una volta uscita dalla biblioteca se ne erano perse le tracce. Era solo entrata al ristorante di Jolanda per chiedere informazioni su come raggiungere la stalla di Roccasecca, ma nessuno poteva sapere se poi ci fosse mai arrivata.

A quel punto della ricapitolazione, qualcuno aveva suonato alla porta, scuotendo Teresa dai suoi pensieri.

Gigia era andata ad aprire e si era trovata davanti Solange che, sorretta da entrambi i lati, quasi non toccava più terra.

«Portiamo in dono una fata!» aveva detto Floriano.

«Solange! Che piacere! Teresa mi aveva detto che saresti venuta. Entra, entra.»

«Allora noi togliamo il disturbo» aveva ammiccato Peppino, sperando che, al contrario, potessero continuare a disturbare.

«Grazie» aveva risposto Gigia. «So che siete impegnatissimi nell'organizzazione della serata» e aveva chiuso la porta senza aspettare una risposta.

Le amiche non si erano perse in chiacchiere e convenevoli.

Solange si trovava lì per uno scopo ben preciso. Per questo Teresa aveva preso il computer e si erano tutte sistemate intorno al tavolo.

«Tu l'hai ascoltata?» le aveva chiesto, prima di cominciare.

«No, no.»

«Okay. Diamoci da fare.»

Aveva infilato la chiavetta e l'aveva fatta partire.

Per venticinque minuti non successe nulla.

Una breve riunione operativa, lo sciacquone di un gabinetto, una telefonata di Tatino proprio a Solange e dei passi lungo un corridoio.

Poi, qualcuno era entrato nella stanza di Tatino.

"Sei andato in laboratorio?" aveva esordito una voce.

«Chi sta parlando?» aveva chiesto Teresa a Solange.

«*Je ne sais pas.*»

"Sì, è tutto a posto" aveva risposto qualcun altro.

«*C'est* Tatino!»

«Sicura?»

«*Oui.*»

"Il Providal deve essere pronto in meno di due settimane. Non voglio altri intoppi" aveva ripreso la voce che non era di Tatino.

"Oh, mamma mia, intoppi?"

"Sta' tranquillo. Ci ho pensato io, come sempre. Non avremo fastidi."

"Che cosa hai fatto?"

"Niente che ti riguardi."

"Come sarebbe? Questa azienda è anche mia."

"Non diciamo sciocchezze. È tua solo formalmente. Perché IO la mando avanti, IO ti permetto di fare la vita che fai. Non te lo scordare."

"Sì, ma… non avrai fatto qualcosa di brutto, vero?"

"Sssst! Stai zitto, imbecille. Tu pensa solo al lancio del Providal. Al resto provvedo io. Come sempre."

Poi c'erano state altre telefonate di Tatino. Una alla sua segretaria, in cui le chiedeva di sondare la disponibilità di Tony Hadley per la serata del dieci luglio.

«Tony Hadley non era quello degli Spandau Ballet?» era intervenuta Gigia.

Le altre avevano annuito senza smettere di ascoltare. Ma non c'era stato più nulla di interessante.

«Cosa sarà questo Providal?» aveva domandato Teresa, più a se stessa che alle altre.

«Boh» aveva commentato Gigia. «Un farmaco? Dal nome si direbbe…»

«Certo! Un farmaco, fin qui ci siamo. Ma che farmaco?»

Teresa aveva digitato la parola su Internet ed erano saltati fuori una decina di articoli di giornale.

Il Providal era effettivamente un farmaco, ma non come tanti altri: rivoluzionario, a giudicare dal tono degli articoli. Avrebbe presto soppiantato gli obsoleti Viagra e Cialis.

Perché il Providal era un farmaco contro l'impotenza.

Dal dieci luglio tutti gli uomini con disfunzioni erettili di qualsiasi natura, sia fisica sia psicologica, avrebbero avuto un nuovo alleato.

«Ci sono!» aveva gridato Teresa all'improvviso, battendosi una mano sulla fronte. «Come ho fatto a non capirlo subito? Ce l'avevo davanti agli occhi!»

«Davvero?»

«Ma sì, Gigia. Paolo era un chimico e lavorava alla Farmavid. E qual è il compito principale della Farmavid?»

«E che ne so?»

«Era una domanda retorica.»

«Ah.»

«Ora devo solo riuscire a provarlo, però.»

«Va bene, ma quindi? Che cosa fa questa Farmavid?» aveva domandato ancora Gigia.

Ma Teresa era già al telefono con Serra.

40

Si trovavano tutti seduti in piazza, in attesa che cominciasse la trasmissione.

Strangolagalli sarebbe stata il fulcro della puntata.

Teresa, Solange e Gigia si erano accomodate in prima fila, insieme a Irma e al sindaco.

«Una posizione privilegiata ma meritatissima» continuava a ripetere Vecchietta.

Solange aveva ricevuto ben sette piatti, stracolmi di cibo. Salsicce, rustici, patate fritte sommerse nella salsa rosa, fette di torta che si mescolavano alla salsa barbecue. Non sapendo più dove metterli, li aveva appoggiati tutti a terra, insieme ai bicchieri di vino, di prosecco e di birra. Anche quelli, arrivati in grandi quantità.

Il primo a omaggiarla era stato Floriano, che aveva dato più spazio alla carne. Poi si era avvicinato Peppino, al quale piacevano di più i dolci. Era stato lui ad annegare lo strudel nella salsa barbecue. Il maresciallo invece aveva riempito il piatto di torte rustiche e patatine fritte mentre Romoletto, che sembrava avere perso completamente la testa, era riuscito a riempire ben tre piatti che adesso teneva in equilibrio meglio di un giocoliere mentre fendeva la folla per raggiungere Solange. Aveva fatto un profondo inchino e li aveva deposti a terra, accanto agli altri, ricevendo in cambio un buffetto sulla guancia che lo aveva reso l'uomo più felice del mondo.

«Che stronzo» aveva detto Chantal a Teresa dopo averle indicato Romoletto ancora piegato su Solange. Si erano incrociate davanti al buffet, dove Teresa era impegnata a riempirsi il piatto, ovviamente da sola. «E io che pensavo fosse diverso dagli altri.»

«Ma lo è!»

«Non è vero. Alla fine sono tutti uguali. Stanno lì che ti sbavano dietro, che ti riempiono di complimenti manco fossi l'ultima donna sulla faccia della Terra e poi, appena ottengono quello che vogliono, passano a un'altra.»

«Vedrai che le cose stanno come ti ho detto io. Romoletto è solo un ragazzo molto ingenuo. Questo è il suo unico difetto. Ti adora, Chantal!»

«Dici davvero?»

«Dico davvero. E poi, Solange non fa per lui.»

«Seee, vabbè.»

«Fidati.»

«E da cosa lo deduci? Dal fatto che è troppo alta?»

«Sì, anche. Ma mi riferivo a qualcos'altro.»

«Cioè?»

Teresa aveva avvicinato le labbra all'orecchio di Chantal e le aveva sussurrato la verità.

«Embè? Cosa c'entra? Uomo, donna... Romoletto ha sbagliato e basta!» Poi ci aveva riflettuto su e aveva aggiunto: «Non doveva neanche guardarla... guardarlo... guardarla... boh, insomma, quella roba lì» e si era allontanata, rimuginando sulla questione.

«Signore e signori» la voce del sindaco aveva fatto tacere il brusio. «Accomodatevi ai vostri posti. Il programma sta per cominciare.»

La piazza era illuminata dal bagliore dello schermo e della luna. Teresa si posizionò meglio sulla sedia e chiuse gli occhi.

Per la prima volta in vita sua sentiva di essere nel posto giusto al momento giusto.

Ci aveva messo tanto a capirlo, ma adesso lo sapeva: Strangolagalli era la sua città.

Non era importante cosa si faceva nella vita, non erano importanti i traguardi raggiunti, la carriera. La cosa più importante erano le persone con cui condividere i piccoli gesti quotidiani.

Questo solo contava. E lei era esattamente dove doveva essere.

Aprì gli occhi e si guardò intorno.

I volti di tutti i suoi amici si illuminavano a intermittenza. Avevano lo sguardo fiero.

Ma Teresa aveva fissato la sua attenzione su un soggetto in particolare. Era curiosa di vedere la sua espressione nel momento esatto in cui Antonia sarebbe entrata in scena.

Sì, perché Antonia era stata invitata in trasmissione.

La loro Antonia sarebbe apparsa in TV e avrebbe parlato a nome di tutta Strangolagalli.

Questo aveva provocato inizialmente le ire di Irma, placate solo dall'astuzia di Corrado.

«Ma Irma» le aveva detto. «Tu mi servi qui!»

E lei si era gonfiata tutta, strappandosi quattro bottoni della camicetta.

Poi era intervenuta la signora Marisa. Aveva sentenziato che Antonia era senza dubbio la persona più adatta ad assolvere quel compito, e tutti si erano dimostrati d'accordo con lei. Quello che diceva la signora Marisa era quasi sempre legge.

A quel punto, la povera Antonia non se l'era più sentita di declinare e aveva assunto la posa e l'atteggiamento grave delle donne che un tempo erano costrette a prendere i voti contro la loro volontà ma che, consapevoli dell'importanza di quell'atto, andavano incontro al loro destino con solenne abbandono.

Era giunto il momento.

Corrado Zanni annunciò l'ingresso di Antonia e tutti lanciarono gridolini di meraviglia.

Solo Teresa non guardò lo schermo. La sua attenzione era tutta rivolta a Floriano.

Quando lo vide alzare un sopracciglio ed emettere un fischio di apprezzamento, Teresa sorrise e capì.

Antonia aveva una chance.

41

Teresa era in macchina con Solange e stava andando a Roma.

Dopo avere ascoltato la registrazione sulla chiavetta, il giorno prima aveva telefonato a Serra mettendolo al corrente di tutto. Compreso il suo piano.

Leonardo non si era mostrato convinto, ma d'altronde quando mai lo era stato?

«Papavero, questa cosa non mi piace.»

«Hai un'alternativa?»

«No, ma sapendo che gira tutto attorno al Providal possiamo indagare.»

«Ci mettereste secoli, e il dieci luglio è vicino. Ci sono novità sulle impronte della cimice? Sulle tracce di sangue?»

«No, accidenti.»

«Appunto. Che ti dicevo? Secoli. Il mio piano invece è perfetto. E non correrei alcun pericolo. Ci saresti tu pronto a intervenire.»

«Non fare quella voce smielata, che non ti viene bene. Non sei credibile.»

«Allora è andata?»

«Sì, maledizione.»

«Bene. Domani arriviamo. Ora devo proprio andare.»

«Perché? Cosa dovrai mai fare di così urgente a Strangolagalli? C'è il raduno delle mucche?»

«No.»

«La gara di tiro al bersaglio?»

«Neanche.»

«Avanti, Papavero. Non mi tenere con il fiato sospeso, che poi stanotte non dormo.»

«In piazza il sindaco ha organizzato la proiezione di *Dove sei?*»

«Ah, certo. C'è George Clooney...»

«Più che George Clooney, c'è Antonia. Ma anche Strangolagalli e la sottoscritta, se proprio vuoi saperlo.»

«Hai ottenuto una parte in TV? Non ti ci vedo come valletta. Ah! Ho capito, ti fanno fare la sagoma di cartone!»

«Guarda, è inutile che fai il sarcastico. Che ti piaccia o meno, sappi che verrò citata più volte per il mio grande contributo alle indagini» e aveva pronunciato quelle parole con una fierezza di cui si era stupita lei per prima.

«Cosa non si fa per portare a letto una donna...»

«Ma come ti permetti? Pensi davvero che George Clooney... Oh, maledizione! Pensi davvero che Corrado stia facendo tutto questo per portarmi a letto?»

«No?»

«No!»

«Allora non capisco...»

«Ah, tu non capisci? Se credi che io non sia capace di fare nulla, non vuol dire che sia così! E poi, se proprio vuoi saperlo, a letto con lui ci andrei per molto meno. Non avrebbe bisogno di utilizzare certi mezzucci, come invece fa sempre qualcuno di mia conoscenza...»

«Io? Ti riferisci a me? Non mi pare di averne usati con te, o sbaglio?»

«Sei il solito cafone!» aveva sbraitato Teresa prima di riattaccare.

Ripensare a quella telefonata mentre era in macchina le fece tornare il malumore.

Guardò fuori dal finestrino e cercò di calmarsi.

Il piano che aveva elaborato era molto semplice. Era quasi stupita di non averci pensato prima, anche se non avrebbero saputo cosa cercare e adesso, invece, avevano un elemento in più.

Solange l'avrebbe accompagnata da Serra e poi sarebbe tornata a casa, dopodiché lei si sarebbe mescolata alle donne delle pulizie che tutte le sere facevano il turno nel palazzo della Farmavid. Una volta dentro avrebbe perlustrato le stanze, i laboratori, rovistato nei secchi dell'immondizia, scaricato file dai computer, se necessario.

Serra doveva solo fare in modo di inserirla come sostituta tra le ragazze della ditta di pulizie che quella sera avrebbero fatto il giro della Farmavid.

Il cerchio si stava chiudendo.

Paolo avrebbe avuto la sua rivincita.

E, in un certo senso, anche lei.

42

«Papavero, sei bellissima» disse Serra. «La divisa delle pulizie ti dona. Certo, non assomigli neanche un po' a una cameriera sexy di un casinò di Las Vegas, però…»

Teresa scese dalla macchina parcheggiata a pochi metri di distanza dal palazzo della Farmavid, in via Salaria, e sbatté lo sportello con violenza.

«Non ti rispondo neanche. È orribile! Tutta nera, con queste righine bianche. Non lo sanno che le righe ingrassano?»

«Il nero sfina, d'altro canto. Voltati che ti accendo il registratore.»

Teresa ubbidì.

Gli uffici della Farmavid si trovavano oltre il numero mille della via Salaria, poco distanti dai palazzi di Sky e della motorizzazione civile. Il posto era buio e isolato. Privo di abitazioni che potessero illuminare la zona. Erano le otto passate.

«Sto contravvenendo a ogni regola» bisbigliò Serra contro la sua nuca, mentre le sistemava l'apparecchio.

Per un attimo, Teresa rabbrividì. Ma solo per un attimo.

«Se qualcosa andasse storto…»

«Serra, sembra quasi che tu abbia paura per me.»

«Non per te, per me! Se ti succedesse qualcosa passerei dei guai seri.»

«Be', io potrei morire, però!»

«Certo! Ma a quel punto non rischieresti più nulla. Saresti morta! Io invece sarei vivo e vegeto e in balìa dei miei superiori.»

Teresa si voltò verso di lui con l'intenzione di schiaffeggiarlo, o di rispondergli a tono, ma non fece in tempo a fare né l'una né l'altra cosa perché Leonardo la anticipò, afferrandole le spalle e stampandole un bacio sulle labbra.

«Sai che c'è, Papavero?» le sussurrò. «Mi dispiacerebbe davvero se ti succedesse qualcosa. Preferisco continuare a litigare con te che fare l'amore con chiunque altra.»

Cavolo, era la cosa più romantica che le avessero mai detto e rimase di stucco per la prima volta in vita sua.

«Ora vai» le disse, riportandola alla realtà. «Alle otto e trenta cominciano il giro.»

«Okay» rispose Teresa. E non riuscì ad aggiungere altro.

«Le altre ragazze ovviamente non hanno idea di chi tu sia. Sanno solo che sostituisci la loro collega malata.»

«Okay.»

«Io ascolterò tutto quello che dirai. Quindi, al minimo cenno di difficoltà, non esitare a gridare o a parlarmi, e interverrò subito.»

«Okay.»

«Papavero, devo preoccuparmi?»

«Okay.»

E si voltò, cominciando a camminare lungo la strada.

Come gli era saltato in mente di dirle una cosa così carina?

Perché?

Come si era permesso!

«Ehi, ciao» la apostrofò un donnone gigante davanti all'ingresso del palazzo. «Te sostituisci Maria?»

Teresa annuì.

Niente, ormai non sapeva più fare altro.

«Io so' Cinzia, questo è Juanito. Non spiccica 'na parola de italiano e non capisce un cazzo, quindi inutile che ce parli. Ma Maria che c'ha?»

«Eh… vomita, vomita tanto…»

«Che schifo! Sarà 'ncinta.»

«Può essere.»

«Te sei?»

«Ah, scusa, c'hai ragione. Piacere, Brooke, come Brooke Logan di…»

«De' *Beautiful*! Bello…»

«Mi' madre era fissata…»

«Vabbè, 'namo va, così se sbrigamo. Io me faccio er piano terra, Juanito er secondo, tu er terzo. Va bene Juanito?!»

Quello annuì con enfasi.

«Vedi? Nun capisce 'n cazzo.»

Entrarono in processione e si distribuirono nel palazzo come concordato.

«Brooke Logan?» le chiese Serra nell'auricolare.

«Sono entrata nella parte.»

«Dove sei?»

«Sono appena arrivata al mio piano. Devo silenziarmi, c'è ancora qualcuno in ufficio.»

«Silenziarti? Papavero, mica sei in una puntata di *Criminal Minds*.»

Ma Teresa non lo ascoltava già più. Si fermò con il carrello dei prodotti proprio davanti all'ascensore da cui era uscita e salutò con un cenno del capo una ragazza che stava per scendere. Quella non la degnò di uno sguardo.

«'Sta stronza» borbottò.

«Eh? Chi?» domandò Serra.

Teresa non gli rispose.

Riprese il carrello e cominciò la perlustrazione.

Doveva orientarsi.

Aprì una porta e trovò una stanza vuota, poi un'altra.

Così non avrebbe mai capito dove cercare.

Con la terza, ebbe più fortuna.

Un ragazzo era seduto dietro la scrivania.

«Scusi» disse Teresa. «So' nuova.»

«Certo, certo» rispose il ragazzo senza neanche alzare gli occhi dal computer.

«No, è che...» proseguì «non so dove andare... mi hanno affidato le stanze della direzione e quelle del laboratorio... C'è un laboratorio, giusto? Insomma, sa come sono i capi. Ti dicono solo "Brooke, fai questo, Brooke, fai quest'altro", ma poi mica ti aiutano. Così, se poi faccio le cose male hanno una scusa per licenziarmi...»

«Mi dispiace, sì, lo so benissimo. Anche con me hanno fatto lo stesso, il primo giorno di lavoro.»

«Vede che mi capisce?»

«Guardi, la direzione è qui al terzo piano. Mentre i laboratori sono al piano interrato. Però mi sembra strano che le abbiano ordinato di pulire anche quelli. Di solito non fanno entrare nessuno, se non il personale autorizzato.»

«Nuove regole.»

«Le hanno dato il codice di accesso?»

«Il codice di accesso? Ci vuole un codice di accesso? No, che non me lo hanno dato!» Teresa cominciò a singhiozzare. «Oddio, e mo' come faccio? Come faccio?! Mi licenzieranno di sicuro. Forse ce l'aveva la ragazza che ho sostituito e lei non me lo ha passato perché ha paura che le faccia le scarpe!»

«Si calmi...»

«Come faccio a calmarmi? Come?! Ho quattro figli da sfamare...»

«Quattro?» Serra gracchiava nel suo orecchio.

«Che succede qui dentro?» chiese una donna appena entrata nella stanza. Era elegante e troppo truccata. Evidentemente per cercare di nascondere l'avanzare dell'età, ma con pessimi risultati.

Il ragazzo arrossì quando la vide apparire sulla porta. E scattò in piedi come un soldatino. «La signora, qui, deve andare a pulire il laboratorio, ma…»

«Ma non ho i codici, non ho i codici, capisce?!» e Teresa scoppiò in lacrime, coprendosi il viso con le mani. Che stava succedendo in quella stanza? Percepiva qualcosa, ma non capiva ancora bene cosa.

«Che problema c'è? Daglieli, no?» disse la donna al ragazzo con fare languido.

«Non so… non sono autorizzato…»

«Che sciocchezze, non vedi che è una delle pulizie?» aveva esclamato lei, caricando la parola "pulizie" di tutto il disprezzo che conosceva. «Che vuoi che faccia? Sbrigati, che la signora ha fretta.»

Quello, titubante, prese un foglietto di carta e una penna e cominciò a scribacchiare sopra dei numeri.

«Eccoli» e allungò una mano.

«Bravo» disse la donna al ragazzo. Poi, rivolgendosi a Teresa, proseguì: «Lei può andare, giusto?».

Teresa non se lo fece ripetere due volte. Afferrò il foglietto e corse via, ringraziando profusamente. Fece però in tempo a sentire la donna sussurrare al ragazzo: «Ce ne siamo liberati. Ora siamo soli».

Ah, ecco perché era stata così prodiga di informazioni.

«Papavero, non erano questi i piani» fruscò Serra nell'auricolare. «Rovista nei cassetti, negli armadi, nel cesso, dove ti pare, insomma, ma non andare nel seminterrato, capito?»

«Scusa, Leonardo, ma non sono d'accordo» ribatté Teresa, e mentre lo diceva spinse il carrello di nuovo nell'ascensore.

«E ti pareva!»

«Se qualcuno ti dice che solo il personale autorizzato può entrare in un determinato posto, è lì che devi andare, e proprio perché non sei autorizzato a farlo!»

«Eh?»

«Lascia fare a me.»

E premette il pulsante "meno uno".

«Papavero, Papavero! Stammi a sentire…»

«Pronto? Serra, non ti sento…»

«… i codici… esci… capito?»

«No, non ho capito niente. Sono arrivata. Silenziamoci.»

Quando le porte dell'ascensore si aprirono, Teresa uscì in un corridoio buio e poco illuminato.

Deglutì e fece un passo in avanti, spingendo il carrello.

"Bene" pensò. Ci siamo.

43

Dopo essere entrata in un bagno, in un ripostiglio e in due uffici deserti, si ritrovò davanti a una porta blindata con un piccolo vetro rettangolare che permetteva di sbirciare all'interno e una scatolina montata sul battente di destra. La scatolina aveva dei numeretti.

Doveva essere la porta del laboratorio.s

Fece un profondo respiro e cercò di guardare attraverso il vetro.

Non le parve di vedere nessuno.

Prese il foglietto, lesse i numeri e allungò la mano verso la scatolina.

Appena terminò di digitare l'ultimo numero, la porta scattò.

Con il cuore in gola, entrò, spingendo all'interno anche il carrello dei detersivi.

Era con le spalle rivolte al laboratorio, per questo non si accorse dell'uomo.

Non appena si voltò, lo vide. Chino su un microscopio.

Si guardò intorno sgomenta. Doveva scappare subito via da lì, ma nel momento esatto in cui formulò quel pensiero, lui alzò gli occhi e la vide.

«Ah, mi scusi, non sapevo ce fosse ancora qualcuno» gridò Teresa, improvvisando.

«Che cosa ci fa qui? Non può mica entrare!»

«Come no? C'ho i codici! Mi hanno detto: "Vai a pulire il piano di sotto", e io ho ubbidito. Che dovevo fare? Non le darò fastidio, guardi.»

Il cuore le batteva forte nel petto, ma non poteva certo andarsene proprio adesso.

Con tutta la disinvoltura che poteva, prese l'ammoniaca dal carrello, uno straccio e cominciò a canticchiare.

L'uomo, dopo averla osservata per qualche secondo, alzò le spalle e riprese la sua attività.

«Che fate qui dentro con tutte 'ste boccette? Una roba tipo Dottor Jekyll e Mr Hyde?»

«*Mmh*» annuì quello.

«Fico.»

Teresa lentamente si spostò verso il fondo del laboratorio trascinando il carrello con sè. Su un tavolo erano poggiati dei fogli.

Con una mano mise distrattamente l'ammoniaca in una delle grandi tascone della divisa mentre con l'altra cominciava a spostarli, senza farsi notare.

Formule chimiche, matematiche. Impossibili da decifrare.

Stava quasi per rinunciare quando lo sguardo le cadde su una pila di carte da cui spuntava un foglio, con una firma in calce.

La lesse e il cuore smise di battere.

I caratteri erano chiaramente leggibili: e la firma era di Paolo Barbieri.

Sfilò il foglio da sotto la pila, con una velocità di cui si sorprese lei stessa, e se lo mise in tasca. L'avrebbe letto in un secondo momento.

«Tutto a posto qui?» Una voce alle sue spalle la paralizzò.

Qualcuno era entrato nel laboratorio.

«Chi è lei? Che cosa ci fa qui dentro?»

Teresa non ebbe coraggio di voltarsi. Era come se si illudesse che, restando girata di spalle, sarebbe stata al sicuro.

«È la donna delle pulizie» disse il chimico.

«Quale donna delle pulizie? Qui non può entrare nessuno!»

«È quello che le ho detto, ma aveva il codice di accesso…»

«Si volti, per cortesia.»

Ma Teresa restò immobile.

«Serra? Serra?» chiamò, con voce soffocata.

Dall'auricolare però non proveniva alcun rumore.

«Merda. Serra, mi senti?»

«Non glielo ripeterò un'altra volta. Si volti immediatamente.»

E Teresa lo fece.

Il nuovo arrivato sgranò gli occhi. «Cazzo, cazzo!» imprecò. «Come sei entrata?»

«Non capisco, signore. Con il codice. Sono la donna delle pulizie…» provò, ma senza illudersi. Lui sapeva: lo aveva capito dal modo in cui l'aveva guardata.

«Stai zitta! Devo pensare…» Poi, rivolto al chimico, proseguì: «Tu esci immediatamente e chiudi la porta».

Quello annuì e si volatilizzò.

La porta scattò nuovamente e lei si sentì in trappola.

«Bene, Teresa Papavero. Finalmente ci conosciamo di persona.»

«Mi chiamo Brooke, come Brooke Logan di *Beautiful*.»

Ma a chi voleva darla a bere? Non ci aveva creduto neanche lei.

«Certo, come no?»

Appunto.

«Va bene» si arrese. «Ammesso che io sia Teresa, con chi ho il piacere di…»

«Augusto Antonelli.»

Merda, Antonelli!

Cominciò a sudare freddo e a cercare con gli occhi una via d'uscita.

Ma vie d'uscita lì proprio non ce n'erano.

Dove si era andato a ficcare Serra? Un uomo inutile, inutile!

«Sta arrivando la polizia!» strillò. Ma la voce le si spezzò in gola.

«Ah, sì? E dov'è? Io non la vedo.»

A volerla dire tutta, in effetti, neppure lei era molto convinta.

«Cosa devo fare con te?» le domandò l'uomo mentre avanzava verso Teresa.

Lei allora indietreggiò, andando a urtare il tavolo con la pila di fogli.

«Ho pagato uno dei più bravi professionisti perché sistemasse te e tutti gli altri. Doveva fare un lavoretto pulito. E invece cosa combina? Un grandissimo casino. E poi scompare. Volatilizzato nel nulla...»

«Ah, non venga a dirlo a me... quando si tratta di persone scomparse io ho il primato» le scappò.

«Mi aveva garantito che non ci sarebbero stati problemi» proseguì quello imperterrito «che si sarebbe occupato anche di te, e invece...»

«Anche? Anche rispetto a chi? A Paolo Barbieri?»

Non riusciva a capire da dove le venisse tutta quella spavalderia. Ormai sapeva che se Serra non fosse intervenuto in tempo, Antonelli l'avrebbe ammazzata. Eppure voleva andare fino in fondo.

«Ero a tanto così dal lancio del Providal, e quello si mette a fare lo scrupoloso... scopre che il farmaco ha delle falle, che fa venire il cancro. Ma quale farmaco non ha delle controindicazioni? Hai mai letto un bugiardino?»

«Sì, sì.»

«Tutti i farmaci hanno degli effetti collaterali. Vuoi scopare bene? Il Providal è fantastico. Certo, a lungo andare ti fa venire un tumore qui, un altro là... ma intanto scopi! Io gli dico: "Sai quanti soldi abbiamo preso per il controllo qualità? Milioni". "Diamo una percentuale anche a te" gli propongo... e quello invece si fa venire i rimorsi di coscienza. Ma che rimorsi e rimorsi? Tutti dobbiamo s

«Giustissimo.»

«Che faccio adesso? Che faccio?»

«Se mi lascia andare, non dirò niente.»

L'uomo la guardò, costernato.

Be', se non altro ci aveva provato, a convincerlo.

«Pensa, Antonelli, pensa...» disse quello ad alta voce.

E mentre lui pensava, Teresa approfittò di quel suo momento di distrazione per lanciargli addosso il carrello con tutta la forza che aveva. Qualcosa doveva fare. Non poteva arrendersi così.

E lo fece. D'istinto.

Antonelli rimase spiazzato e, nel goffo tentativo di evitare di essere travolto, perse l'equilibrio.

Teresa, con uno scatto di cui si stupì lei stessa, si precipitò verso l'uscita.

Ma l'uomo fu più veloce di lei.

La afferrò per i capelli e la trascinò indietro.

Teresa gridò per il dolore e l'incredulità di essere stata anticipata. Fece però in tempo a vedere la faccia di Serra che, dall'altra parte della porta, cercava di aprirla.

Si guardarono, per una frazione di secondo, entrambi consapevoli che senza il codice sarebbe stato impossibile.

E mentre Antonelli cercava di buttarla a terra, Teresa vide con la coda dell'occhio una boccetta di vetro poggiata su uno dei tavoli. Senza pensare alle conseguenze la prese e gliela rovesciò in testa, facendolo vacillare.

Ma si trattò solo di un attimo. Insufficiente perché lei potesse mettersi in salvo.

All'ennesimo assalto, infatti, cadde a terra.

Neanche il tempo di rendersene conto, che Antonelli le fu sopra e Teresa capì che era davvero arrivata la sua fine.

L'uomo a quel punto allungò le braccia e le afferrò il collo.

Voleva strangolarla.

Teresa cercò di allontanarlo, di spingerlo via, ma come avrebbe potuto? Le sue braccia erano troppo forti e lei si trovava in una posizione svantaggiata.

Le sue mani le serravano la gola.

Provò a parlare, a gridare. Ma ciò che le uscì fu solo un rantolo soffocato.

Serra aveva smesso di battere contro la porta. Anche lui evidentemente si era arreso.

Gli occhi le si riempirono di lacrime e il cuore rallentò i battiti. Stava morendo soffocata.

Proprio mentre le forze la stavano abbandonando, si ricordò dell'ammoniaca nella tasca.

Provò a cercarla, ma ogni movimento le costava una fatica incredibile. Poi finalmente lo raggiunse, lo sentì nella mano. Quando riuscì a sfilarlo glielo piazzò davanti alla faccia. Chiuse gli occhi e spruzzò.

«Ah! Puttana!!!» gridò Antonelli, mollando la presa e cadendo a terra.

Fu l'ultima cosa che Teresa sentì.

Serra aveva capito.

Aveva capito che quella porta non l'avrebbe aperta. Almeno non da solo.

Si erano guardati per una frazione di secondo e aveva capito che anche Teresa sapeva.

Allora gli era venuta un'idea.

Era corso di nuovo lungo il corridoio, pregando di riuscire a fare in tempo.

Era entrato in ascensore ed era salito al terzo piano.

Aveva aperto tutte le porte degli uffici, finché non aveva trovato la stanza che cercava.

E nel momento esatto in cui il poliziotto aveva fatto il suo ingresso, l'uomo che era di spalle, con i pantaloni abbassati fino alle caviglie, si era bloccato di colpo, generando un profondo malcontento nella donna che era distesa sulla scrivania, sotto di lui.

Serra lo aveva afferrato per le spalle e strattonato proprio nel culmine dell'azione e quella aveva emesso un lungo acuto. Se di piacere o di orrore questo Serra non avrebbe mai avuto modo di appurarlo.

«Sei pazzo?!» Il ragazzo sembrava sorpreso di essere stato colto in flagrante, più che atterrito.

«Aiutooo!» aveva invece urlato la donna che, al contrario, era spaventata a morte.

«Datemi i codici, subito!» gridava Serra.

Ma quelli erano rimasti inebetiti a guardarlo. Il ragazzo sempre con i pantaloni calati, la donna invece seduta sulla scrivania, ormai del tutto presente a se stessa.

«I codici per entrare in laboratorio, maledizione! Sono della polizia!»

Solo a sentire pronunciare quella parola i due, come fossero stati chiamati alla lavagna dalla maestra di scuola, avevano cominciato a recitarli all'unisono.

E Serra allora era uscito dalla stanza, era corso in corridoio, era rientrato in ascensore e aveva spinto il piano meno uno.

Ci aveva messo troppo tempo, troppo.

Con il cuore in gola digitò il codice.

La porta si aprì e lui si precipitò all'interno.

Antonelli era ancora steso a terra e si copriva gli occhi con le mani. Gridava. «Non vedo più niente! Brucia, bruciaaa!»

Accanto a lui, Teresa giaceva inerte.

Pensò prima ad Antonelli. Lo afferrò per un braccio e lo ammanettò alla gamba del tavolo.

Poi si precipitò su di lei e le sollevò il busto. «Papavero, Papavero, mi senti?»

Niente.

Le tastò il polso. Il battito c'era.

«Non puoi farmi uno scherzo simile, capito?»

Fu allora che Teresa spalancò gli occhi.

E, nonostante le lacrime che ancora le annebbiavano la vista, riuscì ugualmente a vedere Serra.

«Sei un uomo inutile!» gli disse.

Lui le sorrise. «Ora ti riconosco!»

44

«Cos'ha, dottore?» chiese Gigia a Peppino.

Erano a casa di Teresa, in soggiorno.

Ce l'aveva riaccompagnata Solange quella notte stessa.

«Niente che non si possa curare con un paio di aspirine. Ci hai fatto prendere un bello spavento, eh!»

«Lo so... mi spiace averla disturbata.»

«Cose che capitano, cose che capitano. Nella mia professione...»

In verità a Peppino non era mai accaduto prima di avere a che fare con la vittima di un tentato omicidio, ma questo non lo disse di certo.

«Ora riposati e vedrai che domani mattina ti sentirai meglio.»

«Tutto qui?» Gigia non se ne faceva una ragione. «L'hanno quasi ammazzata!»

«È quel "quasi" che fa la differenza» rispose il dottore, soddisfatto.

Si congedò in fretta, non prima di essersi offerto di riaccompagnare alla macchina Solange.

«*Merci*.»

«Ma ci mancherebbe! Per così poco...»

La prese sottobraccio e, insieme, uscirono.

Teresa aveva chiamato l'amica mentre era ancora distesa su un divano nella hall della Farmavid, dove era stata accompagnata da Serra.

«Ce la fai a camminare?» le aveva chiesto lui, aiutandola a rimettersi in piedi.

«Sì.»

«Mi hai fatto prendere un bello spavento» le aveva sussurrato, stringendola a sé. E Teresa si era sentita così bene tra quelle braccia.

«Mi fa male la gola» aveva sussurrato, toccandosi il collo.

«È normale. Poi passa.»

Erano usciti dal laboratorio e avevano chiuso la porta, impedendo ad Antonelli ogni via di fuga.

Mentre salivano in ascensore, Serra aveva chiamato i colleghi. Aveva parlato con un certo ispettore Carli. Poi, l'aveva fatta sdraiare sul divano.

«Sei sicura che non vuoi che chiami l'ambulanza?»

«No, no. Per carità!» gli aveva risposto, mettendosi seduta. «Ne ho abbastanza di aziende farmaceutiche. Appena arrivo a casa mi faccio visitare da Peppino…»

«Vorrei accompagnarti, ma…»

«No, stai tranquillo. Chiamo Solange.»

Allora si era ricordata del foglio, firmato da Paolo, che aveva in tasca. Lo aveva preso e dato a Serra.

«Non so cosa sia…»

«Grazie. Hai bisogno di qualcosa?»

«Un bicchiere d'acqua…»

«Certo. Posso lasciarti da sola?»

Teresa aveva annuito e quando lui si era allontanato, aveva chiamato Solange.

Una ventina di minuti dopo, questo ispettore Carli era effettivamente arrivato.

Peccato fosse una donna. Alta un metro e novanta, capelli biondi, aveva fatto il suo ingresso dalla porta principale, accompagnata da altri agenti. Era entrata al rallentatore. Almeno così era sembrato a Teresa.

«Farrah Fawcett?» aveva bisbigliato Teresa, come in trance.

«No, ispettore Carli. Isabella Carli» e le aveva allungato una mano.

A quel punto, la Papavero avrebbe voluto perdere i sensi di nuovo più che volentieri.

Ma purtroppo era rimasta vigile.

Aveva visto Serra allontanarsi e da quel momento non ne aveva avuto più notizie.

«Hai sentito il dottore?» disse Gigia, riportandola alla realtà. «Devi andare a letto.»

«Ma no, sto benissimo. Ho solo questo fastidioso mal di gola…»

«Ti rendi conto che stavi per morire?»

«Sì, lo so…»

«Non ci posso credere. Sei la persona più in gamba che io conosca. Non ti sei mai arresa. Lo avevi detto fin dall'inizio che Paolo non poteva essersi suicidato. Ora per merito tuo il Providal sarà tolto dal mercato e la Farmavid indagata. Sei una combattente.»

«SIAMO delle combattenti. Io e te, insieme.»

«Avremmo dovuto chiamarlo così…»

«Cosa?»

«Il B&B. *Le combattenti!*»

«Gigia, ma lo sai che è una grande idea? Faremo una nuova insegna e una grande festa di inaugurazione. Ora che Strangolagalli è sulla bocca di tutti, vedrai quante persone arriveranno qui.»

«Sì, va bene. Però prima vai a riposare.»

«Non ho sonno. Sarà l'adrenalina…»

In realtà, voleva aspettare che Serra si facesse vivo.

Serra e quella maledetta frase che le aveva detto prima che entrasse nel palazzo della Farmavid. Non aveva smesso un attimo di pensarci, e non andava bene. Non andava bene per niente.

In quel momento, suonarono alla porta.

Gigia guardò l'amica, sgomenta. «Chi può essere? È quasi mezzanotte!»

A Teresa batté forte il cuore.

E se fosse stato Leonardo? Magari si era precipitato a Strangolagalli, lasciando che gli altri svolgessero le indagini.

Si alzò di scatto dal divano, con un'energia che non credeva di avere, e andò ad aprire.

«Corrado?»

«Scusa l'ora, Teresa. Ma ho un bisogno disperato del tuo aiuto.»

«Certo, entra.»

«Cosa ti è successo al collo?»

«Ah, niente, è una storia lunga.»

«Ma ti fa male? Sembra quasi che… che…»

«Che abbiano tentato di strangolarmi? Come direbbe Peppino, togli pure il "quasi".»

Ma Corrado aveva la testa da un'altra parte, era evidente.

«Prima di tutto volevo chiedervi se posso fermarmi qui questa notte.»

«Certo» risposero in coro.

«Okay, grazie.» Poi fece un profondo respiro e continuò: «Teresa. So perché Monica Tonelli è scomparsa. So perché era qui e so che cosa stava cercando. L'unica cosa che non so è dove possa essere finita».

«Oh, Gesù santo benedetto!» gridò Gigia.

«Ti ascolto» disse Teresa.

E capì che la sua lunga notte non era ancora finita.

45

Teresa si svegliò di soprassalto per i rumori provenienti dal soggiorno.

Era stata una nottata pazzesca. E la giornata sarebbe stata ancora più intensa.

Guardò subito il telefonino per controllare se Serra le avesse mandato un messaggio, se avesse provato a chiamarla.

Niente di niente. Possibile che non fosse preoccupato? Eppure era stato così premuroso, così attento.

Scese dal letto e cominciò a vestirsi, per andare in soggiorno.

Sapeva chi e che cosa stava provocando tutto quel baccano.

La storia che le aveva raccontato Corrado era incredibile.

Monica Tonelli aveva avuto una figlia e precisamente nel 1987, quando aveva appena sedici anni. Era stata sedotta e abbandonata, come nella migliore tradizione, da un uomo molto più grande di lei, per usare un eufemismo.

Monica proveniva da un'ottima famiglia e temeva che, se avesse rivelato ai genitori il suo stato interessante, li avrebbe fatti precipitare nella vergogna. Così si era fidata dell'uomo che l'aveva sedotta ed era andata da un medico. Un ciarlatano, per l'esattezza, morto recentemente di tumore al pancreas.

Corrado aveva rintracciato la figlia del medico in questione, che fortunatamente aveva conservato le scartoffie del padre e, ignara di tutto, gliele aveva consegnate. A quel punto, era venuto fuori l'orrore.

Il medico si era arricchito vendendo neonati a famiglie facoltose che non potevano avere figli.

Così Monica Tonelli, dopo essere riuscita a nascondere agli occhi del mondo la sua gravidanza, aveva dato alla luce una bambina. Ma quel parto le era stato fatale. Qualcosa doveva essere andato storto perché lei era rimasta sterile.

«Ma chi era il padre della bambina?» aveva domandato Teresa.

«Qui viene il bello...»

Gigia aveva smesso di respirare, mentre Teresa si era dimenticata che Serra non si era ancora fatto vivo.

«Il padre della bambina» aveva proseguito Corrado «era il padre del cavaliere Roccasecca.»

Gigia aveva gridato, Teresa si era buttata con le spalle contro lo schienale della poltrona. «Chantal!» aveva sussurrato la Papavero. «Chantal è la figlia di Monica Tonelli?»

«Eh?» Gigia si era voltata verso di lei. «Pap, che dici? Sai che ti do sempre ragione, ma...»

«E infatti ha ragione anche stavolta» si era intromesso Corrado. «Chantal è la figlia della Tonelli. Il problema è un altro: perché è scomparsa? Perché, dopo aver scoperto la verità, e sono sicuro che è accaduto, non si è fatta viva con Chantal? Forse ha avuto un incidente, è precipitata in un burrone, si è suicidata... Non lo so. Ma a questo punto qualcuno avrebbe dovuto ritrovare il corpo. La sua storia è in televisione, la sua faccia su tutti i giornali...»

«Aspetta un attimo» lo aveva interrotto Teresa. «Come è finita Chantal a Strangolagalli?»

«Qui posso fare solo delle congetture. Forse, Roccasecca senior ha voluto la botte piena e la moglie ubriaca. Ha fatto in modo che Chantal venisse adottata dai suoi domestici, che magari figli non potevano averne. Così facendo, avrebbe potuto tenere sotto controllo sua figlia e liberarsi della sua giovane amante. O forse è stato colto da un rimorso di coscienza…»

«E il sindaco?»

«Non c'entra niente con questa storia. Probabilmente quando lo hai nominato Monica Tonelli ha avuto paura. Il sindaco è l'autorità. Non lo conosceva, non sapeva chi fosse. Magari temeva che all'epoca fosse coinvolto nella vicenda…»

«Giusto, bravo.»

Il cervello di Teresa stava lavorando vorticosamente.

«Grazie. A qualcosa servo anche io.»

«E Roccasecca junior?» aveva proseguito Teresa, ignorandolo. «Potrebbe avere saputo qualcosa. Ecco perché era sempre gentile con Chantal. Ma perché le ha offerto dei soldi solo adesso? Perché non prima?»

«Questa è una cosa su cui bisognerà indagare. Rimorsi di coscienza? Vecchiaia? In fin dei conti, si trattava pur sempre di suo padre e lui aveva una reputazione da difendere. Si sarà vergognato. Forse la Tonelli è andata davvero a visitare le stalle. Forse voleva vedere dove era cresciuta la figlia e subito dopo lo ha contattato…»

«Sì, forse hai ragione. Ora, però, bisogna avvisare subito Chantal!»

«Prima dovremmo trovare la madre.»

«Già.» Teresa si era concentrata per un attimo. Poi, si era rivolta all'amica: «Gigia, tu dove andresti a rifugiarti se avessi un segreto terribile? Se volessi trovare un po' di pace e avessi bisogno di chiedere perdono?».

E Luigia, che fino a quel momento non aveva smesso un attimo di ruotare la testa da una parte all'altra, per l'emozione di essere stata interpellata si era bloccata di colpo, con uno scricchiolio di giunture.

«Io?» chiese. «Lo stai davvero domandando a me?»

«Sì.»

«Io andrei subito da don Guarino.»

Teresa si era alzata in piedi di scatto e aveva sgranato gli occhi.

«No? Ho sbagliato?» Gigia la guardava sgomenta. «Ho detto una cazzata?»

«Tu sei un genio!»

«Ah, sì?»

«Ma è ovvio! Dove può andare una persona a rifugiarsi, per stare lontana dagli occhi del mondo? Dove può raccogliere le forze, meditare, senza essere raggiunta da nessun mezzo di comunicazione e senza riuscire a sua volta ad avere contatti con l'esterno?»

«In un convento!» Questa volta era stato Corrado ad alzarsi in piedi.

«Esattamente. E qui è pieno di conventi. Ecco perché non riuscivamo a trovarla. Ecco perché lei non si è mai fatta viva nonostante gli appelli. In convento non c'è la televisione! Ora non ci resta che trovarlo. Chiamo subito Lamonica.»

«Starà dormendo» aveva provato a dire Gigia.

«E quindi? Lo svegliamo!»

Il povero maresciallo, in effetti, era stato strappato al sonno. Ma gli era bastato ascoltare quello che Teresa aveva da dire per mettersi in moto senza perdere un secondo.

Tutti insieme, poi, si erano presentati a casa di Chantal, che, per nulla spaventata dall'improvvisa incursione notturna, aveva aperto la porta e li aveva fatti accomodare in cucina.

A quel punto il maresciallo le aveva comunicato la notizia. E Chantal, tutto sommato, l'aveva presa bene. In principio era rimasta incredula. Subito dopo si era commossa.

«Meno male che le ho sistemato bene i capelli...» aveva mormorato. «Ma adesso dov'è? Perché non me lo ha detto subito? Come starà?»

Gli altri avevano cercato di confortarla.

«Sono tanto preoccupata per mamma» aveva concluso. Dimostrando un'incredibile capacità di recupero.

Poi si era alzata in piedi e si era avvicinata al cellulare con lo stesso coraggio avuto da Maria Antonietta mentre veniva trasportata al patibolo. Li aveva guardati e aveva composto il numero di Romoletto.

E lui, da vero eroe, si era precipitato al fianco della sua amata. Quella piccola debolezza nei confronti di Solange era stata magnanimamente perdonata e lui non poteva che essergliene grato.

Il giorno dopo, quando entrò in soggiorno, Teresa trovò tutti riuniti.

Corrado, che quella notte si era fermato a dormire lì; Gigia, che aveva fatto altrettanto e aveva accolto gli altri prima che lei si svegliasse; Peppino, Floriano, la signora Marisa, Antonia, elegantissima, il sindaco, il maresciallo e Romoletto.

Questo era il bello di Strangolagalli. E lei si sentì felice di far parte di quella comunità.

Felice e orgogliosa.

Doveva esserci anche Chantal, e Teresa la cercò con lo sguardo.

La vide emergere timidamente da dietro il gruppo.

«Spero non le sia successo niente di brutto.»

«Certo che no!» sentenziò il sindaco. «Piuttosto, che cosa stiamo aspettando? Direi di dividerci in gruppi da tre... no, forse da due... o è meglio fare un gruppo da uno? Zanni, lei che ne pensa?»

E sollevò le dita uno a uno, contando, pensieroso.

«Dividiamoci e basta!» intervenne la signora Marisa. «Quel che sarà, sarà.»

«E io che ho detto?»

«No, tu ti sei messo a fare di conto!» A Floriano non si poteva nascondere nulla.

«Allora» intervenne Teresa. «Ho fatto l'elenco di tutti i monasteri della zona» disse, e iniziò a distribuire i fogli. «Secondo me non può essere andata lontano.»

«Ma tu stai bene?» le chiese Gigia. «Forse non dovresti affaticarti.»

«Stai scherzando, vero?»

«Teresa verrà con me» disse Corrado. «Così potrò tenerla sotto controllo.»

E uscirono, non senza una certa difficoltà, dal momento che avevano cercato di passare dalla porta tutti insieme, e contemporaneamente.

Teresa diede un'ultima occhiata al cellulare.

Di Serra, ancora nessuna notizia.

Con lei aveva chiuso! E doveva esserne felice.

Allora perché non era così che si sentiva?

46

Teresa si stava preparando per la grande serata a casa del sindaco.

Era stata una giornata intensa, dal punto di vista fisico ed emotivo.

Avevano girato tutto il giorno, percorso chilometri, visitato monasteri, parlato con preti e suore.

Sentiva ancora le mani di Antonelli che le stringevano il collo, eppure l'emozione per quello che stavano facendo era più grande di qualsiasi altra cosa.

La sua idea, però, si stava rivelando un buco nell'acqua.

Forse la Tonelli era morta davvero, sepolta da qualche parte sotto uno strato di foglie, o nascosta in un burrone.

Proprio quando stavano per rinunciare, era arrivata la chiamata del maresciallo.

«L'ho trovata!» aveva gridato Lamonica con voce concitata e commossa.

«Davvero? Dove?» chiese Teresa. Poi, rivolta a Corrado, aveva aggiunto: «L'ha trovata! L'ha trovata!».

«Al monastero delle Benedettine di San Giovanni Battista, a Boville Ernica.»

«Maresciallo, lei è stato... è stato BRAVISSIMO! Come sta? Sta bene? Che cosa ha detto? Lamacina, parli!!! Dica qualcosa!»

«Lamonica. Sì, è che sono molto frastornato. La signora però sta bene, è confusa ma sta bene. Sono io che non mi sento tanto in forma, ecco.»

«Perché? Che ha?»

«Mi sono un po' emozionato mentre le parlavo e non so se ha capito quello che le stavo dicendo. Cioè, lei, poveretta, ce l'ha messa tutta. Volevo dire che non so se io sono riuscito a spiegarmi. Comunque, ha deciso di venire via con me lo stesso, e non ne capisco il motivo. Io non avrei mai dato credito a uno squinternato come me.»

«Maresciallo, la Tonelli è stata molto fortunata, mi creda. Non poteva trovare una persona migliore di lei. Ci vediamo a Strangolagalli.»

Si guardò allo specchio.

Aveva coperto i segni intorno al collo con un foulard e aveva indossato il suo abito migliore: un vestitino rosa stretto in vita.

Si sentiva bene, tutto sommato.

Monica Tonelli era stata accompagnata a casa del sindaco e visitata da Peppino, il quale, affaticato da tutte quelle visite a domicilio, aveva deciso che era giunto il momento di prendersi una vacanza.

Comunque, la donna stava bene. Era solo molto turbata e dispiaciuta. Non aveva intenzione di spaventare nessuno, né tantomeno di gettare suo marito nello sconforto. Era talmente forte la paura di quello che avrebbe dovuto dirgli, il senso di colpa che l'aveva accompagnata durante quegli anni, che il suo unico pensiero era stato nascondersi, scappare da lui e dal mondo. Come avrebbe potuto confessargli che ciò che aveva fatto in passato era la principale causa della sua sterilità? E di averglielo tenuto nascosto in tutti quegli anni?

Teresa poteva capirla benissimo. Anche lei aveva avuto il suo personalissimo monastero.

Comunque, la Tonelli si era fatta coraggio e aveva chiamato il marito il quale, ancora con il telefono in mano, era salito in macchina ed era partito da Napoli alla volta di Strangolagalli.

Non si immaginava di certo che, al suo arrivo, avrebbe trovato una figlia.

Chantal, infatti, era già entrata perfettamente nella parte. Con Monica si erano abbracciate, avevano pianto.

In fondo, lei i genitori non li aveva quasi avuti. La presunta madre era morta quando lei era ancora piccola, e il padre aveva dovuto chiuderlo in una specie di ospizio perché era diventato ingestibile.

Teresa scese di sotto e trovò Corrado ad aspettarla.

Il pomeriggio appena trascorso era stato così intenso, così emozionante che non aveva più guardato il cellulare e non si era accorta dei numerosi messaggi che le aveva inviato Serra.

«Sei bellissima» disse Corrado.

«Grazie, davvero. A parte questi segni sul collo...»

«Passeranno...»

«Già. Come tutto, del resto.»

«Non tutto, Teresa. Certe cose restano.»

«Non le persone, però.»

«Ce l'hai con me?»

«Vedi qualcun altro? Ah, scusa, lasciamo stare. Oggi è stata una giornata talmente bella che mi dispiacerebbe rovinarla...»

«No, invece. Roviniamola pure. Parliamo di noi, finalmente.»

«Noi? C'è mai stato un noi?»

«Certo che c'era!»

«Allora, se c'era un noi, perché te ne sei andato?»

«Che cosa stai dicendo?»

«Hai anche il coraggio di negare?»

«Non nego niente. Ma ti sei mai chiesta il motivo?»

«Un milione di volte, almeno! Non andavo bene per te. Punto. Solo che non avevi il coraggio di dirmelo. Forse temevi di ferirmi e...»

Corrado sgranò gli occhi. «TU non andavi bene per me? Questa è la risposta che ti sei data?»

«Sì.»

«Teresa, io sono andato via in quel modo perché TU non mi volevi.»

«Eh?»

«Non facevi altro che ripetere che non ti saresti mai innamorata, che gli impegni a lungo termine non facevano per te, che tuo padre diceva che avevo gli occhi troppo piccoli, che...»

«Ah, eri tu quello con gli occhi troppo piccoli?»

Poi, con un paio di secondi di ritardo, come se fosse stata in collegamento televisivo da una navicella spaziale in orbita sulla Terra, realizzò la portata di quello che Corrado le aveva appena detto.

«Come sarebbe, che io non ti volevo? Corrado, sei pazzo? Tu sei andato via perché non mi ritenevi all'altezza, ammettilo. Non credevi che fossi abbastanza per te. Abbastanza intelligente, abbastanza bella, abbastanza... tutto!»

Teresa gridava. Non avrebbe voluto farlo, ma era più forte di lei.

Gli anni trascorsi a soffocare quei pensieri e il senso di abbandono che ne era conseguito stavano producendo le grida che ora uscivano dalla sua bocca. Persino sua madre era andata via perché non voleva avere a che fare con lei. Non lo avrebbe mai ammesso, ma era così che stavano le cose.

Ecco perché si era rinchiusa a Strangolagalli. Per essere lasciata in pace.

Si sentiva una nullità e lì avrebbe potuto nasconderlo meglio che in qualunque altro posto.

«Teresa.» Corrado si stava avvicinando, incerto. «IO non ero alla tua altezza. IO non ero abbastanza per te. Ero solo un ragazzino e avevo paura. Persino tuo padre pensava che fossi un cretino.»

«Mio padre lo pensa di tutti, cosa c'entra...»

Corrado sorrise. «Sono venuto qui per te. Erano anni che mi domandavo che fine avessi fatto. Sei una persona difficile da dimenticare. Ma c'era sempre qualcosa che mi frenava. Poi, è sparita Monica Tonelli e mi sono detto che era arrivato il momento di affrontare i miei fantasmi.»

«Già. Quelli li conosco bene anche io.»

«Vieni con me» disse, prendendola per mano e trascinandola davanti allo specchio che c'era all'ingresso. «Cosa vedi?» le chiese, mettendosi dietro di lei e appoggiandole le mani sulle spalle.

«Una quarantenne allo sbando. E con la ricrescita» aggiunse, avvicinandosi all'immagine riflessa.

«Ti dico quello che vedo io, invece. Vedo una donna che ha paura. Paura di amare, paura di lasciarsi andare, paura delle sue incredibili capacità mnemoniche e del suo intuito. E poi, sì, una donna con la ricrescita, in effetti.»

Teresa scoppiò a ridere.

«Possibile che tu non te ne renda conto? Hai visto che cosa sei riuscita a fare, qui? Hai ritrovato Monica Tonelli!»

«No, tu l'hai ritrovata.»

«Lo abbiamo fatto insieme. Che fine ha fatto la ragazzina che sognava di diventare una profiler?»

«Se l'è portata via la madre...»

«Troppo comodo.»

«Se una persona se ne va vuol dire che vuole farlo, e bisogna lasciarla andare.»

«Ne sei proprio sicura? Sei sicura al cento per cento che tua madre volesse andare via? Ti ho appena dimostrato che per me non è stato così...»

«Non lo so, sono molto confusa, adesso...» Teresa si voltò di scatto verso di lui. «Corrado, pensi davvero che mia madre voglia essere trovata?»

«Se non ci provi, non lo saprai mai.»

Si guardarono per un lunghissimo istante. A Teresa mancò il

fiato e le sembrò di essere stata in apnea per ore. Forse per tutta la vita.

«E se vuoi, se me lo permetterai» continuò Corrado, senza staccarle gli occhi di dosso, «io sarò qui per aiutarti a ritrovarla.» Poi allungò il braccio e le accarezzò una guancia.

Teresa piegò la testa andando incontro a quella mano che aveva aspettato per vent'anni.

In quel momento, squillò il suo cellulare.

«Scusa, devo rispondere» e si allontanò.

Prese il cellulare dalla borsa e solo allora si accorse dei messaggi di Serra.

Li avrebbe letti più tardi.

Rispose.

«Pronto?»

«Teresa, che storia è questa?»

«Papà?»

«Non me ne capacito. Alla televisione stanno dicendo che il marito della Tonelli è innocente e che sei stata tu a scoprirlo.»

«Perché è vero.»

«Sciocchezze.»

«Ma papà...»

«Come si fa, come si fa a credere a quel che dice una moglie? E tu dovresti saperlo meglio di chiunque altro! Avrà cambiato idea all'ultimo. Che poi è tipico di voi donne...»

«No, guarda che ti sbagli...»

«Quella Tonelli ha qualcosa che non mi convince, e prima o poi verrà fuori. Tu, piuttosto? Non ti sei ancora stancata di vivere in quella "grande metropoli"? Non so proprio come fai, non succede mai niente lì, a Strangolagalli...»

«È vero. Non succede mai niente.»

«Appunto. Niente.»

Teresa fece un profondo respiro e chiuse gli occhi. Si sentiva in pace.

«Pronto? Teresa? Sei ancora lì? Pronto? Bah, sarà andata via la linea. Non c'è neanche quella, a Strangolagalli.»

Ringraziamenti

Come rinunciare alle mie diciotto pagine di ringraziamenti? Chi mi conosce, lo sa.

Allora comincio proprio da voi, mie adorate lettrici. Voi che mi avete sostenuto fino a qui, che spero ogni volta di non deludere e che ringrazio di cuore. Siete voi la mia forza. Grazie per essermi state sempre accanto e avere creduto in me.

Ringrazio le ragazze che chiamo il gruppo di Trieste! Siete state fantastiche, nell'accoglienza e nell'affetto. La mia Livia, che ho visto crescere libro dopo libro (e che si è trasformata in una donna, più donna di me).

Un grazie speciale ai librai, per il loro lavoro che so essere molto faticoso. Fra tutti (e scusate se salto qualcuno, rimproveratemi pure, così nel prossimo vi metto), Romano Montroni e la cara Piera, Amanda Colombo, Cristina Di Canio, Gianni Tarantola e Giorgio Tarantola; Roberta Rodella, le ragazze della libreria Biblos di Gallarate. Flavio, Stefano Bon, i mitici Laura Di Gianfrancesco e Alessandro Barbaglia; Laura Busnelli. Un grazie a tutti quelli che lavorano nelle librerie Giunti al Punto, a tutti i ragazzi della Lirus e della Verso, alle Pieralice (brave, brave), Valentina Francese, alle mie adorate Marella Paramatti e Simonetta Bitasi che si prendono sempre cura di me ormai da quattordici festival, ai Nicolini, a Lidia Mastroianni e al suo cagnolino, a Metella Orazi, Giuditta Bonfiglioli, Barbara Sardella, Rossella Pompa (sono devastata, lo sai),

Valeria De Vitis, Cinzia Zanfini, le ragazze del Circolo dei lettori di Torino e tutti quelli che mi manderanno una lettera di richiamo perché non li ho nominati e che mi hanno accolta e ospitata in tutti questi anni. Ringrazio tanto i blogger, che con il loro impegno e la loro passione rendono il nostro lavoro molto più bello.

Ringrazio mamma e papà, perché è merito loro se sono nata. Podalica, ma è pur sempre meglio di niente. Ringrazio mio zio Caco per essersi preso cura di me e mamma. Ringrazio mio fratello Nicola, Valentina e Rosetta. Il mio amato nipotino Matteo. Un pensiero speciale a chi mi ha visto crescere, che non c'è più e che mi manca tanto e a cui non smetterò mai di pensare: Alida, Gianna, babbo Giuseppe, babbo Santo.

Ringrazio i miei amici, che mi danno la forza di andare avanti, tutti i giorni. Senza di loro la mia vita non avrebbe la stessa forza. Sono loro il mio motore.

Grazie alla mia eterna Mateldina, che ci seppellirà tutti purtroppo per lei, a Gianluca e al loro nanetto Giovannino, a Michela (che ci vuoi fare Michi, sopravvivremo nonostante le nostre pazzie!), a Chiara (non ti preoccupare, invecchieremo insieme, tu mi aiuterai a entrare in acqua e io continuerò a farti le foto dicendo di coprirti le tette. Mi dà conforto pensarci così), a Luca (mio adorato. Quanto tempo è trascorso da quando ci guardavamo *Kiss Me Licia*? In fondo neanche poi così tanto), a Susanna (la nostra forza, il nostro problem solver), a Michele (che posso aggiungere? Anche noi ne abbiamo passate tante e mi fa felice saperlo), a Giulia (per gli anni occupati a studiare, a mangiare tanto, a raccontarci di noi. E siamo ancora qui) e ad Anna (siamo noi la nostra forza). A Marta (se quei banchi di scuola potessero raccontare la nostra storia…). Quei pazzerelli di Filippo e Carlotta (soprattutto le camicie di Filippo e il mercato della finanza, ma soprattutto Carlotta, che lo sopporta).

Ringrazio la mia cara Veronica e i suoi adorati genitori che ci ospitano tutti i Natali.

Toni, il papà di Luca, Vittoria, la mamma di Anna.

Andrea (per i nostri pranzetti milanesi), Antonella e il loro erede.

Siete sempre con me, da più di vent'anni (fa impressione pensarlo e anche scriverlo) e spero lo sarete per gli altri cinquanta, non di più, a venire (perché non credo vivrò così a lungo, per fortuna). Ringrazio tanto Sara e Luchi, il mio Pierpino e il Bozzoloni (che per fortuna ogni tanto passa a Milano a trovarmi), il mio pazzo e adorato Vignola. Fabiana e Patrizio (a cui ho dato il primo bacio, quello che non si scorda mai).

Ringrazio le piccole Alma ed Eloisa, che sono adorabili e mi hanno fatto quasi amare le bambine (quasi). E quindi anche Marco, va'... mi pare doveroso! Ti tocca, lo sai. Marco, un giorno, spero, terrai tu il telecomando!

Ringrazio Brunella, che ha sempre creduto in me, a dispetto di tutto. «Mi rimarrai sul groppone» mi ha detto un giorno. In effetti così è stato, poveretta. E continua a esserlo nonostante il trascorrere degli anni. Brunella, mi hai fatto il regalo più importante del mondo. Tu lo sai!

Un grazie di cuore a Francesca Longardi, che fin da quando eravamo ragazze mi spronava a scrivere, e ai suoi figli che ormai andranno all'università ma che io non ho visto neanche a due mesi.

Ringrazio la mia adorata Elisa e i suoi adorati Marisa, Mario e Milena, compagna di mille avventure, lettrice in bozze di tutte le versioni possibili immaginabili di tutti i libri e custode dei miei segreti più intimi (e spinti) insieme al mio povero psicologo. E ci metto pure Simone, che ormai è uno di noi!

Un grazie gigante alla mia Nuvolina che ha accettato di buon grado di apparire in *Quando meno te lo aspetti*. Sono certa riuscirai a trovare il tuo posto nel mondo (intanto hai trovato casa) e un uomo, nonostante il tappeto. Ringrazio Baccomo che, suo malgrado, è mio amico. Baccomo, lo so che mi vuoi bene, e anche io, tanto! La cara Ilaria che ha tanta pazienza e ora ha anche la colite, ma non per colpa mia, sia chiaro.

Ringrazio Federica, anzi no, la Bosco (se no si offende), la mia anima gemella, il bastone della mia vecchiaia. Bosco, un giorno, tu lo sai, noi ne rideremo dalla nostra casa di riposo nel Kentucky con appeso alle nostre spalle il calendario quattro stagioni della Brubi.

Ringrazio Marchino mio, quanta strada hai fatto? Sei il mio orgoglio.

Un grazie gigante alla Broc per la sua unicità e a Graziamaria che difficilmente potrei riassumere con un aggettivo, rischierei di sminuirla. Posso solo ringraziarla per essere esattamente quello che è: pazza, elegante, chic. La mia fonte principale di ispirazione. Le chiedo scusa per come si è ridotta Roma. Cosa fanno i romani? Si abbronzano e giocano a tennis…

Ringrazio la Codeluppi per la nostra amicizia, intensa e solida (e adesso c'è anche Gregorio), Viola, che mi manca tanto (anche lei ha Lorenzo).

Ora che ci penso, solo io non ho procreato… e ormai… sono in menopausa per fortuna!

Ringrazio Coratelli, la Ted (e va bene, pure Alì, anche se è un uomo inutile e lui lo sa), la Gabri per le nostre chiacchierate e il suo scoglio che è diventato un po' anche mio, e Annarita.

Un grazie speciale al mio amato Capacchione per l'affetto di sempre e per i preziosi suggerimenti. A Eugenio e Gianfranco che non mi invitano mai a casa loro ma mi amano, io lo so e amo loro! A Joseph ed Enrico e a tutto il gruppo del tacchino! Vi voglio bene, ragazzi!

Ringrazio di cuore il mitico signor Amedeo! Se non fosse stato per lui, non avrei comprato casa.

E anche Katia Valastro, che mi ha seguito con amore. La mia cara Angela, che si è presa cura di me, e delle mie piante.

La Fiaccarini! Non mi ha ancora presentato un uomo, ma mi ha fatto una casetta che è una sciccheria.

Ringrazio il mio personal trainer, Francesco Luglio, che dopo un anno di fatica mi ha detto che stavo sempre a magna' (son soddisfazioni). E tutto il gruppo di boxe, fra tutte, Federica, Francesca, Teresa e il mitico Diego.

Grazie, cara Angela dell'Hotel Broletto! Se a Mantova non ci fossi tu... chi penserebbe a me?

Un grazie speciale a Paola e Maurizio e ai loro figli. Paola, tu lo sai, un giorno io e te in un riad a farci massaggiare. Alla faccia di tutti!

A Ketty e Orecchiuzze.

Ringrazio i miei cugini, Sara, Lorenzo, Giovanna e Piero. Laura, Massimo e zia Graziella. Giorgio e Lella per l'affetto di sempre. Margherita e Giulio, Sandra e Mario, Anna e Gino.

Ringrazio il mio adorato Max per le chiacchiere, le confidenze e l'amore reciproco, e Sebastian, suo amato consorte. Che matrimonio!

Ringrazio Valeria per la sua classe («meglio piangere in una Rolls Royce che in una Cinquecento» è opera sua), Paola, Monica; Chicca, Angela, Sabrina, la mia estetista e amica, e Katia, che ha ereditato qui a Milano il suo lavoro. Antonietta, Raffa, Annetta, Gabriellina. Le ragazze della Vivalibri: Michela, Agnese, Daila, Claudia e il mitico Angi!

Chiara, per la sua eleganza, che dimentica solo a Mantova, di fronte alle patatine. Francesca e Vanda, i miei amici del mare, che non scorderò mai: Francesca, Claudia e Marilena, Stefano, Massimo, Ale e Paolo.

Il mitico gruppo Islanda 2000. Bruno e l'operazione protocollo, Patatone, il Capitano, Peppiniello e la Marino.

Ringrazio Ahmed, la luce del mio occhio!

E Deborah! Che con tanta pazienza mi restaura almeno una volta al mese.

Le mie compagne di classe del mitico Liceo De Sanctis, su tutte Laura, che ho ritrovato grazie ai libri, Alessia. I miei professori: chissà se avranno riconosciuto nell'autrice quell'allieva tanto timida che si presentava in classe con le pantofole e, a volte, con la busta dell'immondizia ancora in mano.

Dulcis in fundo, mi tocca pure ringraziare Giorgino. È stitico, ma in fondo mi vuole bene! Io lo so. Ora deve accorgersene anche lui, però, prima che sia troppo tardi.

Ringrazio le mie colleghe dell'ufficio stampa, e i colleghi (uniti dal dolore): Rosanna, Maria Pia, Cristiana, Riccardo, Adolfo, Maria Elisa, la Carlone, la Cinelli! Ma quanti siamo?!

Paolo e Francesca, amici cari. Cristina Taglietti, per l'affetto e le chiacchierate, quando ci riusciamo, la Pezzino (che mi ha fatto dono della madonnina greca, la porto sempre con me!), la Galeani, la Maccagni e il caro Oliviero.

La Bergy per la sua forza e a Valentina.

Ringrazio Marina, per la sua calorosa accoglienza a Courmayeur anno dopo anno. Rosa.

Ringrazio i miei vecchi capi, tra tutti Sergio Fanucci, il mio mentore, con cui ho trascorso degli anni intensi e felici e che mi ha insegnato tanto. Ringrazio Alessandro Dalai, Pietro D'Amore e Stefano Mauri.

Un grazie speciale ai miei vecchi colleghi della Garzanti, che comunque mi hanno sopportato per quattro anni (non sono pochi). Fra tutti, Camilla, Elisabetta (rimarremo sempre un duo), Zaninoni, la mitica Campo, Fusillino mio, la cara Rodella e il suo tegolino, l'impiegabile Pugnaloni e Valentina. Giulia e Cecilietta, Barbarina, Mottinelli! La mia adorata e unica Graziella, per l'entusiasmo, la passione e la forza vitale che mette tutti i giorni sul lavoro, l'insostituibile Zanon!!! E infine Cocco! Che, in fondo in fondo, mi vuole bene.

Ringrazio Michele e Cristina Dalai.

Ringrazio i miei colleghi passati, quelli della Pierreci, della Play Press e della Christie's con i quali ho condiviso tanto.

Francesco Colombo e il suo elegantissimo pigiamino a righe, Guglielmone (anche lui, che maschio!).

Un ringraziamento speciale a Elisabetta Sgarbi ed Eugenio Lio, per avermi accolta in questa nuova avventura e avere creduto in me come editor. A Mario Andreose. Un grazie gigante a Luca Ussia, che mi sopporta tutti i giorni e ha avuto fiducia in me. A tutti i colleghi della Nave di Teseo.

Ringrazio Filippo Vannuccini (su cui non vorrei aggiungere altro oltre al fatto che è l'ultimo maschio rimasto sulla Terra), Carlotta per avermi supportato in uno dei momenti più importanti della mia vita: il rogito! Tommasellino mio, Maruccia e Anto, le mie adorate combattenti. Losani (su cui vorrei spendere due parole ma ci vorrebbe un altro libro), la mia Crosettina, Alberto Rollo con cui ho condiviso un anno di cammino, bello, intenso, unico. Claudia, Emanuele, Laura, Francesca. Paola e le nostre chiacchiere-sigaretta.

La mia adorata Anna Manfredini. Ce la farai!

Benedetta Centovalli e Alessandra Carati.

Ringrazio Andrea Vitali che mi sprona sempre e ha fiducia in me, che si è offerto di ospitarmi al lago (se ne pentirà, forse, quando mi piazzerò da lui!) e Manuela che mi legge sempre! Claudio Magris, per il tempo condiviso che per me è stato un bene prezioso, Jole, Cristina Caboni, Sara Rattaro, Silvia Meucci, il mio amato Bertante, Caterina Bonvicini, Paola Zannoner, Vito Mancuso e Jadranka. Joe Lansdale, Karen e Kasey, Sandro Catani, Cecilia Scerbanenco, per l'affetto che sempre mi dimostrano. Daniele Bresciani,

Paolo Mereghetti, Rita Monaldi e Francesco Sorti e i loro figli, Atto e Teodora. Siamo partiti malissimo, ma siamo finiti benissimo!

Romana Petri, Maurizio Bono.

Il mitico Basso!

Ringrazio Giorgio Faletti che non c'è più e che mi manca tanto e Roberta Bellesini.

Massimo Carlotto e Colomba Rossi che mi vogliono tanto bene, spero, e mi sopportano.

Roberta Mazzoni e Susanna Tamaro che mi hanno spronato e dato fiducia.

Francesco Cevasco, per una tra le più belle recensioni mai avute su uno dei miei libri! Antonio Troiano (quanto ti mancherò come stalker?), Piero Ratto e Claudia Morgoglione per le nostre chiacchierate che spero continueremo a fare.

Vorrei ringraziare di cuore Bruno Ventavoli, che ha creduto in me e che continua a farlo. Lui sa che potrebbe essere un uomo uscito dalla penna di Nicholas Sparks.

Infine, e non certo per ordine di importanza, i ringraziamenti a chi mi sopporta tutti i giorni che Dio manda in terra (capite che cosa comporta?).

Ringrazio di cuore la mia adorata agente, e amica, Silvia Donzelli, per l'affetto, il sostegno e la forza di una combattente. Ma soprattutto per la pazienza, tanta. Ringrazio la Giunti e tutti coloro che ci lavorano per essersi dedicati con tanta passione a questi miei ultimi libri. In particolar modo Annalisa Lottini e Antonio Franchini, con menzione d'onore all'ufficio stampa (per ovvie ragioni di solidarietà) e alla redazione, tra tutti, Alida Daniele e Giovanni Bartoli.

E ringrazio la persona con cui ho iniziato il mio percorso di scrittura e che ha creduto in me: Luca Briasco. Lo ringrazio perché con questa quinta fatica ci siamo di nuovo riuniti in un sol uomo! Luca, ricordati che senza di te tutto questo non sarebbe mai successo!

Ringrazio il mio psicologo che mi sta aiutando a capire quanto io sia preziosa.

Ovviamente, ringrazio tutta Strangolagalli! La vedovanza, la menopausa e l'uomo della mia vita, che è lì fuori da qualche parte.

Esci, no?! Mica ti mangio... oddio, per quanto...

CHIARA MOSCARDELLI, romana, vive a Milano. *Volevo essere una gatta morta*, suo romanzo d'esordio (ripubblicato da Giunti in edizione tascabile nel 2016), ha avuto un grande successo di pubblico e di critica, diventando in breve un libro di culto. Nel 2013 è uscito per Einaudi *La vita non è un film*, mentre Giunti ha pubblicato *Quando meno te lo aspetti* (2015) e *Volevo solo andare a letto presto* (2016) affermando l'autrice come una delle penne più frizzanti e apprezzate del panorama letterario italiano.

Teresa Papavero e la maledizione di Strangolagalli è il primo, esilarante capitolo di una trilogia. A settembre 2020 è in uscita l'attesissimo sequel *Teresa Papavero e lo scheletro nell'intercapedine*.

www.giunti.it

Disponibile anche in versione ebook

Printed in Great Britain
by Amazon